मार्क्सवाद

कार्ल मार्क्स द्वारा प्रतिपादित वैज्ञानिक समाजवाद
के सिद्धान्त की ऐतिहासिक व्याख्या

मार्क्सवाद

कार्ल मार्क्स द्वारा प्रतिपादित वैज्ञानिक समाजवाद
के सिद्धान्त की ऐतिहासिक व्याख्या

यशपाल

विप्लव कार्यालय, लखनऊ
की ओर से

लोकभारती प्रकाशन
पहली मंजिल, दरबारी बिल्डिंग, महात्मा गांधी मार्ग, इलाहाबाद-1

विप्लव कार्यालय, लखनऊ
की ओर से
वेबसाइट : www.viplav.com

लोकभारती प्रकाशन
पहली मंजिल, दरबारी बिल्डिंग, महात्मा गाँधी मार्ग
इलाहाबाद-211 001211 001
वेबसाइट : www.lokbhartiprakashan.com
ईमेल : info@lokbhartiprakashan.com

शाखाएँ : 1-बी, नेताजी सुभाष मार्ग, दरियागंज
नयी दिल्ली-110 002
अशोक राजपथ, साइंस कॉलेज के सामने
पटना-800 006 (बिहार)
36-ए, शेक्सपियर सरणी
कोलकाता-700 017

मूल्य : ₹ 225

प्रथम संस्करण : 1940
वर्तमान संस्करण : 2010
पुनर्मुद्रण : 2016

त्रिवेणी ऑफसेट प्रिंटर्स
इलाहाबाद द्वारा मुद्रित

MARXVAD
by Yashpal

ISBN : 978-81-8031-541-1

अनुक्रम

समर्पण

मेरा यह परिश्रम समर्पित है उन सब साथियों को जो समाजवाद को पूर्णतः समझे बिना ही उसके सुखद स्वप्नों की कल्पना किया करते हैं और उन सब मित्रों को जो समाजवाद का वास्तविक परिचय प्राप्त किये बिना ही उसे समाज, सभ्यता और संस्कृति का शत्रु समझते हैं।

यशपाल

समाजवादी विचारों का आरम्भ

अनेक देशों में हम मनुष्य समाज को संगठन और व्यवस्था के नाते अनेक पृथक रूप में देख पाते हैं। यदि इतिहास के मार्ग पर अतीत की ओर चलकर मनुष्य समाज की आयु का, उसकी अनेक अवस्थाओं में निरीक्षण करें तो मनुष्य की सामाजिक व्यवस्था के और भी अनेक विचित्र रूप देखने को मिलेंगे। मनुष्य समाज जिस किसी भी अवस्था या व्यवस्था में रहा हो, उसके सन्मुख सदा कुछ सिद्धान्त, नियम और आदर्श रहे हैं। मनुष्य समाज की परिस्थिति और अवस्था बदलने से उसकी व्यवस्था, सिद्धान्तों, नियमों और आदर्शों में भी परिवर्तन होता रहा है।

मनुष्य समाज के लिए आदर्श व्यवस्था, सिद्धान्त और नियम क्या है—इस विषय पर विचारकों में सदा ही मतभेद रहा है। इन मतभेदों का कारण रहा है, खास समय में खास तरह की परिस्थितियों में जीवन का विकास होने के कारण विचारकों के संस्कार और विचारधारा अपने समय में एक खास मार्ग पर ढल जाती है। विचारक अपनी खास परिस्थितियों में पैदा होने वाले विचारों के अनुसार मनुष्य के सामाजिक और व्यक्तिगत जीवन के उद्देश्य और आदर्श को निश्चित करने का यत्न कर जाते हैं। आरम्भ में मनुष्य समाज एक अलौकिक शक्ति (super natural power) की आज्ञा और इच्छा को सामाजिक व्यवस्था का आदर्श मानकर चलता था। अशिक्षित लोग आज भी अपना भाग्य पीपल के पेड़ या पीर की कब्र की दया पर निर्भर समझते हैं। परन्तु समाज की व्यवस्था को भगवान् की इच्छा या अलौकिक शक्ति की प्रेरणा के अनुसार मान कर भी मनुष्य अपनी सामाजिक व्यवस्था से पूर्णतः संतुष्ट न हो सका। उसे अपनी सामाजिक व्यवस्था में अपूर्णता और त्रुटियाँ नजर आती रहीं। अपनी परिस्थिति, अवस्था और व्यवस्था में त्रुटि अनुभव करना और उसे पूरा करने के उपाय की खोज ही मनुष्य समाज को परिवर्तन और विकास के पथ पर आगे बढ़ाती है।

किसी एक समय के विचारक अपने समाज के विकास मार्ग में आने वाली रुकावटों को देखकर अपने अनुभव और ज्ञान के आधार पर समाज के लिए एक नई व्यवस्था की तजवीज करते हैं। मनुष्य समाज जब इस नई व्यवस्था में विकास कर लेता है तो इस नयी अवस्था में नये प्रश्न और नई रुकावटें उसके सामने आती हैं। इन रुकावटों और प्रश्नों को हल करने के लिए मनुष्य समाज के विचारक अपनी नयी परिस्थिति में एक नयी व्यवस्था की चिंता करने लगते हैं। इस प्रकार परिवर्तन और विकास के पथ पर चलता हुआ मनुष्य वर्तमान समय की सभ्यता और व्यवस्था तक पहुँचा है। इस अवस्था में पहुँच कर आज फिर उसके सामने अड़चनें हैं, समाज में परस्पर संघर्ष हैं, अशान्ति है। मनुष्य आज फिर एक और नयी व्यवस्था की चिन्ता कर रहा है जिससे वह सामने आ गई कठिनाई को हल करना चाहता है।

मनुष्य के सामने सामाजिक और व्यक्तिगत दृष्टिकोण से महत्त्वपूर्ण प्रश्न रहा है उसके जीवन की रक्षा, वृद्धि और विकास जीवन के आवश्यक अंग हैं। जब तक मनुष्य के हाथ में साधनों और उसकी सभ्यता का विकास नहीं होता, उसे जीवन की रक्षा के लिये प्रकृति पर निर्भर रह कर जल, वायु, सर्दी, गर्मी और जंगली पशुओं से युद्ध करना पड़ता है परन्तु मनुष्य का सामर्थ्य ज्ञान और साधन के रूप में बढ़ जाने पर, उसकी सभ्यता की उन्नति हो जाने पर और मनुष्य समाज की संख्या के पर्याप्त रूप से बढ़ जाने पर, स्वयं मनुष्यों में भी अपने-अपने जीवन की रक्षा के लिये संघर्ष और मुकाबला होने लगता है। जब मनुष्य आपस में एक-दूसरे के विरुद्ध अपनी शक्ति का प्रयोग करने लगते हैं—वह शक्ति किसी प्रकार की हो, बुद्धिबल की हो या और किसी तरह की—तब मनुष्यों में कमज़ोर और बलवान का, साधन-सम्पन्न और साधनहीन होने का प्रश्न उठने लगता है तथा उनमें एक प्रकार की असमानता या विषमता पैदा हो जाती है।

मनुष्य दूसरे जीवों की अपेक्षा अधिक शक्ति और साधन-सम्पन्न होने से दूसरे जीवों को अपने लाभ के लिये उपयोग करने का अवसर पाता है। इसी प्रकार मनुष्य समाज में भी कुछ व्यक्ति संचित सम्पत्ति के रूप में दूसरों की अपेक्षा अधिक साधन-सम्पन्न हो, बलवान बन कर दूसरे साधनहीन व्यक्तियों को अपने उपयोग के लिये व्यवहार करने का अवसर पा जाते हैं। मनुष्यता के नाते सब मनुष्यों के समान होने पर भी यह असमानता मनुष्य समाज में आ जाती है। इस असमानता और विषमता का फल होता है, साधन-सम्पन्न मनुष्य साधनहीन का उपयोग अपने हित में करने लगता है और मनुष्य समाज में अशान्ति उत्पन्न हो जाती है। समाज में पैदा हो जाने वाला यह असंतोष समाज में अशान्ति, विद्रोह और संघर्ष पैदा करता है। मनुष्य समाज अपने आपको इस अशान्ति और संघर्ष से बचाने के लिये उपाय और चेष्टा करता रहा है, व्यवस्था बनाता रहा है। कुछ शब्दों में कहे जाने वाले इस परिवर्तन में हजारों वर्ष व्यतीत हुए हैं।

सम्पन्न मनुष्य ने अशान्ति और असन्तोष प्रकट न होने देने के लिये जहाँ अपनी शक्ति से काम लिया, वहाँ उसने अपनी बनाई व्यवस्था की रक्षा के लिये सिद्धान्त भी बनाये। उसने निर्बलों और साधनहीन लोगों को संतोष की शिक्षा दी। परलोक में दण्ड का भय दिखाया और विषमता को बढ़ने से रोकने के लिये, दलितों की अवस्था को सह्य बनाने के लिये उसने बलवानों और साधन-सम्पन्न लोगों को दया, सहानुभूति और त्याग का भी उपदेश दिया। संतोष, दया, सहानुभूति और त्याग के उपदेशों को सफल बनाने के लिये इनके परिणामस्वरूप इस जीवन में और मृत्यु के बाद दूसरे जीवन में भी सुख मिलने का विश्वास दिलाया गया। व्यक्ति को समझाया गया कि यह गुण व्यक्तिगत पूर्णता के लक्षण हैं, उसकी उन्नति के साधन हैं और परलोक में सुख देने वाले हैं। इन उपदेशों की तह में समाज में शान्ति और व्यवस्था कायम रखने की इच्छा और उद्देश्य ही मुख्य था। मनुष्य समाज में पैदा हो जाने वाले असन्तोष और अशान्ति का कारण मनुष्यों की अवस्था में आ जाने वाली असमानता थी। इसलिए सामाजिक हित के विचार से मनुष्य समाज का हित चाहने वाले विचारकों ने सदा समानता का उपदेश दिया और असमानता को दूर कर समानता लाने की चेष्टा की। समानता और असमानता से उनका क्या अभिप्राय था, इन उपदेशों और चेष्टाओं का क्या परिणाम हुआ, उन्होंने इसके लिए किन उपायों का व्यवहार किया, उन्हें कहाँ तक सफलता मिली, इसी विषय पर हम क्रमशः विचार करेंगे।

असमानता की नींव

समानता की भावना को हिन्दू, मुस्लिम, ईसाई तथा अन्य सभी धर्मों में विशेष महत्त्व दिया गया है। शायद ही कोई ऐसा सन्त या समाज सुधारक हुआ होगा जिसने समानता का उपदेश न दिया हो, परन्तु मनुष्य समाज के साधनों के विकास के साथ-साथ यह असमानता बढ़ती ही गई।

मनुष्य के जीवन की रक्षा के लिये सबसे अधिक महत्व जीवन निर्वाह के लिये आवश्यक वस्तुओं की पैदावार के साधनों का है। जिस व्यक्ति या समाज के हाथ में पैदावार के साधन जितने उन्नत होंगे, वह उतनी ही अच्छी तरह जी सकेगा, उसकी शक्ति भी उतनी ही अधिक होगी। जीवन निर्वाह और पैदावार के साधनों से हीन व्यक्ति को अपने जीवन की रक्षा के लिये पैदावार के साधनों के मालिक व्यक्ति की इच्छा पर निर्भर रहना होगा, उसके वश में रहना होगा। कुछ व्यक्तियों का बहुत बड़े परिमाण में पैदावार के साधनों का मालिक बन जाना और दूसरे व्यक्तियों का इन साधनों से हीन हो जाना ही समाज में असमानता की नींव है। जिस समय तक पैदावार के साधन आरम्भिक अवस्था में थे, उनका बहुत अधिक विकास नहीं हुआ था, कुछ व्यक्तियों के पैदावार के साधनों के मालिक होने और दूसरों के हाथ पैदावार के साधनों के न रहने के कारण उत्पन्न होने वाली असमानता और विषमता का रूप इतना विकट न हो सका जितना कि पैदावार के साधनों का अधिक विकास हो जाने पर हो गया।

मनुष्य समाज की बिलकुल आरम्भिक अवस्था को छोड़कर, जबकि मनुष्य वन के फलों और वन के पशुओं के मांस पर ही निर्वाह करता था, पैदावार का साधन हथियार, खेती की भूमि, पशु, वन और दास ही थे। उस अवस्था में पैदावार के साधनों की मिल्कियत का अर्थ हथियारों, भूमि, वन और दासों और पशुओं की मिल्कियत था। उस समय मनुष्य के साधन बहुत सीमित थे। वह अपने साधनों को पशुओं, भूमि के क्षेत्रफल और दासों के रूप में ही बढ़ा सकता था।

दास प्रथा

आरम्भिक अवस्था में असमानता का परिणाम हुआ दास प्रथा। जीवन के साधनों भूमि, वन और पशुओं के लिए परस्पर लड़ने वाले मनुष्यों के दलों और कबीलों में एक कबीले का हार जाना आवश्यक था। ऐसी अवस्था में विजयी दल या कबीले के लोग पराजित कबीले के लोगों को मार कर अपना भोजन बना लेते थे। परन्तु विजयी कबीले के लोगों ने अनुभव से सीखा कि पराजित लोगों को एक दिन मार कर खा जाने की अपेक्षा उन्हें दास बना कर रखना अधिक उपयोगी है। इस प्रकार दास प्रथा का जन्म हुआ। यह दास पैदावार के सबसे उत्तम साधन थे। उस समय सम्पन्नता और शक्ति का सबसे बड़ा साधन दासों की संख्या थी। यह अवस्था संसार के सभी देशों और समाजों में रह चुकी है। दास प्रथा को आज की अवस्था में हम मनुष्यता के लिये कलंक समझते हैं परन्तु मनुष्य समाज की सभ्यता के विकास में दास प्रथा बहुत बड़ा साधन रही है। प्रथम तो पराजित व्यक्तियों को मार कर खा जाने की अपेक्षा उन्हें जीवित रखकर, दास बना कर काम लेना ही दास रखने वाले और दास बनाये जाने वाले दोनों के हित में था। दूसरे इस प्रथा ने समाज के शासक वर्ग या श्रेणी के सुख सम्पत्ति के साधनों को कई गुना बढ़ा दिया।

दास प्रथा शोषण की विकट अवस्था थी, शोषण का आरम्भ था, इस बात से इनकार नहीं किया जा सकता परन्तु यह भी मानना पड़ेगा कि वह अपनी पहली जंगली अवस्था से विकास का भी प्रबल प्रमाण थी। यूनान के विद्वान महर्षि सुकरात ने दास प्रथा को सभ्यता के विकास और रक्षा के लिये आवश्यक बताया था और पुराणों की गाथाओं के अनुसार हमारे देश के राजा और सम्पन्न वर्ग ऋषियों और विद्वानों को यज्ञों की दान-दक्षिणा में अनेक दास-दासियों का उपहार दिया करते थे क्योंकि उस काल में दासों का उपयोग किये बिना सुखमय और सभ्य जीवन बिताना सम्भव न था। आज दास प्रथा सभ्यता का कलंक है; हमारी यह धारणा इस बात का प्रमाण है कि समाज की नैतिकता जीवन की परिस्थिति से ही पैदा और निश्चित होती है।

उस काल में जब उपदेशक और विचारक समानता की बात करते थे तो दासों का प्रश्न उसके सामने नहीं होता था। दास मनुष्यों को इस काल में बोलते हुए हथियार या पैदावार के साधन समझा जाता था। उस समय मनुष्य समाज दो स्पष्ट श्रेणियों में बँटा हुआ था। जैसे हम आज समानता की बात करते समय मनुष्य और पशु की श्रेणियाँ ध्यान में रखते हैं उस समय आर्यों, नागरिकों और दासों की श्रेणियों का ध्यान रखा जाता था। समानता का अर्थ आर्यों और नागरिकों में परस्पर समानता थी, दासों से समानता नहीं। दासों के प्रति केवल दया के उपदेश का नियम था। दास से समानता की बात उस समय सोचना सम्भव न था क्योंकि दास मनुष्य के रूप का जीव होकर भी आर्यों और नागरिकों के उपयोग की वस्तु मात्र थे।

इसके अलावा भूमि और दासों की पैदा करने की शक्ति की एक सीमा है। इन सीमाओं के कारण भूमि और दासों के रूप में मनुष्य के हाथ में आ जाने वाले पैदावार के साधनों की भी एक सीमा थी। दासों के अलावा जो लोग निज़ी भूमि न होने से भूमि के मालिकों की जमीन पर खेती करते थे, वे एक सीमा तक पैदावार कर सकते थे इसलिए उनसे उठाये जाने वाले लाभ की भी एक सीमा थी। कृषि काल की सभ्यता के समय बहुत से मनुष्यों का काम कम मनुष्यों से नहीं निकाला जा सकता था, इसलिए पैदावार के साधनों से हीन बेकारों का प्रश्न उस समय नहीं उठ सकता था। बेकारों अर्थात् फालतू आदमियों के न होने से पैदावार की साधन भूमि के मालिक के लिये ऐसे आदमियों को चुन लेना सम्भव नहीं था जिन्हें अपनी मेहनत का कम से कम भाग स्वयं लेने और अधिक से अधिक भाग मालिक को देने के लिये विवश किया जा सके। भूमि के अतिरिक्त दूसरे साधनों या औजारों से जीविका पैदा करने वाले कारीगर लोग, उदाहरणतः जुलाहे, बढ़ई, लोहार, कुम्हार आदि अपने औजारों के स्वयं मालिक थे। वे अपनी इच्छा और आवश्यकता के अनुसार पदार्थों को अपने लाभ के लिये पैदा करते थे। उस समय सभी समर्थ लोग दास रखकर सुख और सम्पत्ति के साधनों को बढ़ाते थे। दासों के साधन से पैदावार बढ़ी और वस्तुओं का परस्पर विनिमय होने से व्यापार में बढ़ती होने लगी।

सामन्तकाल की इस समानता का अर्थ केवल स्वामी समाज की दया थी। समाज मुख्यतः सामन्तों, प्रजा और दासों में विभाजित था। सामन्त की दया और उसका न्याय उसकी बुद्धि और विवेक पर निर्भर करता था। इस काल में साधनों का स्वामित्व और श्रेणियों का वर्गीकरण मुख्यतः वंश क्रम से ही होता था। व्यापार का क्षेत्र भी सामन्त के अधिकार से निश्चित होता था परन्तु पैदावार के साधनों के बढ़ने से पैदावार बढ़ रही थी,

व्यापार बढ़ रहा था और व्यापारी वर्ग के हाथ में धन की शक्ति बढ़ रही थी। इसी काल में आरम्भिक यन्त्रों, पहियों, चर्खा, कर्घा और बारूद आदि का भी आविष्कार हो रहा था।

असमानता में वृद्धि

समाज की आरम्भिक अवस्था में वस्तुओं की पैदावार करने और कराने वाले के निजी पारिवारिक उपयोग के लिये होती थी। जैसे कि अभी कुछ वर्ष तक हमारे देश में घरेलू उपयोग का कपड़ा घरों में बना लिया जाता था परन्तु व्यापार का रिवाज़ चल निकलने पर वस्तुएँ निजी उपयोग के लिये नहीं व्यापार के लिये बनने लगीं। इससे पैदावार का क्षेत्र और परिमाण बहुत बढ़ गया। सैकड़ों लोग पैदावार में एक साथ भाग लेने लगे। जिन देशों में व्यापार और पैदावार की ऐसी वृद्धि हुई, वहाँ-वहाँ व्यापारी वर्ग के हाथ में सम्पत्ति संचय हो जाने से उनकी शक्ति बहुत बढ़ गई।

व्यापारी और व्यवसायी वर्ग की शक्ति बढ़ने और समाज में पैदावार के ढंग में परिवर्तन हो जाने का परिणाम यह हुआ कि धनी प्रजा सामन्तों से समता का दावा करने लगे। दासों की अवस्था पर भी इसका प्रभाव पड़ा। दास प्रायः सामन्तों और वंश अधिकार से ऊँचे लोगों के पास ही अधिक होते थे। सामन्तों और वंशजों का धन व्यापारी वर्ग के हाथ चला जाने से वे लोग दासों की सेनाएँ पालने में असमर्थ हो गये। पूँजी का महत्व और सामर्थ्य बहुत बढ़ गया। व्यापारी वर्ग को अब पहले की अपेक्षा अधिक व्यवसायियों और कारीगरों की आवश्यकता थी जो व्यापार के लिए सामान तैयार कर इनके हाथ बेच सकें। ऐसी अवस्था आने पर समाज में दास प्रथा के प्रति विरोध और घृणा पैदा होने लगी। कारीगर और श्रमिक दास लोग स्वतन्त्र कारीगर और श्रमिक बनने लगे। व्यवसाय की वृद्धि से पैदावार की माँग बढ़ती जाने से कला-कौशल को और आविष्कारों को प्रोत्साहन मिलने लगा।

समाज में पैदावार की प्रणाली में परिवर्तन आने का परिणाम यह हुआ कि सामन्तों की तुलना में पूँजीपतियों और व्यापारियों की शक्ति बढ़ गई। वंश के स्थान पर पूंजी के आधार पर पैदावार होने पर असमानता मिटने लगी। स्वामी और दास का सम्बन्ध टूट कर मालिक और मज़दूर का, श्रम-शक्ति खरीदने वाले और श्रम-शक्ति बेचने वाले के सम्बन्ध कायम हो गये। यह पूँजी के युग का, पैदावार के ढंग पूँजी की प्रभुता के युग का आरम्भ था। सामन्ती युग की अपेक्षा इस युग में निश्चय ही समाज का विकास हुआ और भावी विकास के लिये मैदान भी प्रस्तुत हो गया।

पूँजी के पूर्ण विकास से समाज की अवस्था में जो परिवर्तन आये हैं उन्हें हम देख रहे हैं। आज व्यक्तिगत रूप से पैदावार का और बहुत छोटे पैमाने पर व्यापार का अस्तित्व नहीं रह सकता। औद्योगिक विकास क्षेत्र में पिछड़े भारत में यह बातें अभी एक सीमा तक दिखाई देती भी हैं तो मिट भी बहुत शीघ्रता से रही हैं। इस युग में दास प्रथा और सामन्तकाल की असमानताएँ मिट कर मनुष्यता के आधार पर समानता और साम्य की भावना ने बहुत प्रोत्साहन पाया है। एक ओर वंशक्रमागत राजाओं और सामन्तों के एकसत्तात्मक निरंकुश अधिकारों का अस्तित्व समाप्त हुआ है परन्तु साथ ही सैद्धान्तिक समता के इस युग में साधनों की असमानता भी बहुत विकट परिमाण में बढ़ गई है।

पूँजी की प्रधानता के युग में मनुष्य की श्रम-शक्ति के क्रय-विक्रय से पूँजी के रूप में बदल जाने से मनुष्यों के सामर्थ्य में असमानता की सीमा ही नहीं रही है। आज हम साधारणतः देखते हैं कि एक पूँजीपति अपने प्रयोग के लिये लाखों श्रमिकों, श्रम करने वाले मनुष्यों का श्रम खरीदने का सामर्थ्य रखता है। दूसरी ओर श्रमिक अपनी श्रम-शक्ति का उपयोग अपनी इच्छा से नहीं कर सकता। श्रमिक के लिये जीविका का एक ही उपाय है कि अपनी श्रम-शक्ति को जिस-तिस मोल पर बेच डाले। लाखों श्रमिकों की शक्ति एक व्यक्ति के व्यावसायिक लाभ के लिये खर्च होती है उनके अपने उपयोग के लिये नहीं। उपयोग की वस्तुओं के अटूट भंडार भरे रहते हैं परन्तु आवश्यकता से परेशान लोग मृत्यु की आशंका होने पर भी इन्हें पा नहीं सकते। वास्तविक जीवन के क्षेत्र में इस प्रकार की असमानताएँ सिद्धान्तों की समानता को सर्वथा विफल और निस्सार किये हुए हैं। इस असमानता को दूर करने का उपाय समाजवाद आर्थिक असमानता को दूर करना बताता है।

मनुष्य की आर्थिक अवस्था में समानता लाने के लिये समाज की व्यवस्था में परिवर्तन करने की जो विचारधारा आज दिन समाजवाद या मार्क्सवाद के नाम से हमारे सामने आ रही है, उसे अनेक व्यक्ति भारतीय वातावरण और संस्कृति के लिये विदेशी और अनुपयुक्त समझते हैं। उनकी दृष्टि में इस देश की परिस्थितियों में समाजवाद की विदेशी विचारधारा के लिये गुंजाइश नहीं। इसमें सन्देह नहीं कि समाजवाद की विचारधारा पहले पश्चिम में ही विकसित हुई और वहीं से इसका प्रचार बढ़ा। पश्चिम के देशों में ऐसी विचारधारा पैदा करने वाली परिस्थितियाँ भारत से पहले पैदा हुईं परन्तु समय गुज़रने के साथ वह परिस्थितियाँ इस देश में भी उत्पन्न हो गई हैं। पूँजी-प्रधान पद्धति और पैदावार के वैज्ञानिक साधनों और औद्योगिक सभ्यता को यदि यह देश अपनायेगा तो इन परिस्थितियों से पैदा होने वाले विचारों की भी उपेक्षा न कर सकेगा।

सन्तों का साम्यवाद

समता की भावना या साम्यवाद भारत की पुरानी चीज है। दया, धर्म और मनुष्यता के नाते समानता की भावना मनुष्य समाज में बहुत पुरानी है। इस दृष्टि से समानता और साम्यवाद के आदर्श का उपदेश देने वालों की इस देश में कमी नहीं बल्कि अधिकता ही रही है। इस प्रकार का साम्यवाद, जिसे हम सन्तों का साम्यवाद कह सकते हैं, वंश-क्रम के अधिकारों, कृषि और व्यापार के कारण उत्पन्न होने वाली असमानता के युग की चीज थी परन्तु पैदावार के साधनों में उन्नति हो जाने से, मनुष्य-मनुष्य की शक्ति में भयंकर अन्तर आ जाने पर जो समानता की आवाज उठी वह दूसरे प्रकार की है। यह दूसरे युग की समानता की आवाज़ दया, धर्म के उपदेशों की नींव पर नहीं बल्कि समाज और व्यक्ति के लिये, जीवन के अधिकारों के रूप में शोषित वर्ग की शक्ति के विकास से उठी है। दास प्रथा के काल और सामन्त युग में साम्यवाद की पुकार का उद्देश्य था, उस समय की शासन व्यवस्था को दृढ़ करना और दलितवर्ग को अपने हित के लिये जीवित बनाये रखना। उस समय इस पुकार को उठाने वाले स्वयं सम्पन्न लोग थे परन्तु औद्योगिक काल में उठने वाली समाजवाद की पुकार का उद्देश्य था इस समय मौजूद सामाजिक व्यवस्था को बदल देने का प्रयत्न। यह पुकार उठाई थी स्वयं शोषितों ने। आज हम संतों के

साम्यवाद के विचारों के युग को पार करके ऐतिहासिक आवश्यकता के वैज्ञानिक समाजवाद के विचारों के युग में आ गये हैं जो इस युग के श्रेणी संघर्ष का परिणाम है।

अंग्रेजी शब्द 'सोशलिज्म' के लिये हिन्दी में साम्यवाद और समाजवाद शब्दों का व्यवहार होता है परन्तु साम्यवाद और समाजवाद शब्दों का एक ही अर्थ नहीं। मोटी नजर से यह शब्द विषमता और असमानता के विरुद्ध वे एक ही भावना को प्रकट करते हैं। यदि इन शब्दों से किसी कार्यक्रम या समाज के किसी एक रूप की कल्पना बनती है तो इनका अर्थ भिन्न-भिन्न है और इनका ऐतिहासिक आधार भी पृथक-पृथक है।

आरम्भिक काल

समाजवादी विचारों के विकास के इतिहास में इन दोनों ही शब्दों का स्थान है परन्तु अलग-अलग अवस्थाओं में और भिन्न प्रयोजन से। यह दोनों शब्द एक ही विचार प्रकट नहीं करते। साम्यवाद का अर्थ है—समाज में समानता लाना। वह समाज के एक रूप की कल्पना है। समाजवाद शब्द समाज की एक व्यवस्था को प्रकट करने के साथ ही इस व्यवस्था के साधन की ओर भी इशारा करता है। साम्यवाद का अर्थ है—समाज में सब समान हों। समाजवाद का अर्थ है—समाज स्वामी हो। समाजवाद का अनुवाद अंग्रेजी में 'सोशलिज्म'—सोसाइटी की प्रधानता समझना ठीक है परन्तु साम्यवाद का अंग्रेजी अनुवाद सोशलिज्म न होकर 'इक्वेलिटेरियनिज्म'—इक्वेलिटी (समानता) की प्रधानता होगा।

साम्यवाद और समाजवाद विचारों के विकास की स्पष्ट अलग-अलग अवस्थाएँ हैं। विषमता के कारण समाज में उत्पन्न होने वाली अशांति ने मनुष्य की प्रवृत्ति समानता की ओर की। अशांति दूर करने के लिये वह समानता और साम्यवाद की बात सोचने लगा। साम्यवाद की मांग हो जाने पर समानता प्राप्त करने का साधन उसने सोचा—व्यक्ति के बजाय समाज का शासन; समाजवाद! साम्यवाद लक्ष्य है और समाजवाद साधन। इन विचारों के विकास का इतिहास निम्न प्रकार है :

फ्रांस

वर्तमान समय में समाजवाद का गढ़ रूस समझा जाता है परन्तु समाजवादी विचारधारा का आरम्भ हुआ सबसे प्रथम फ्रांस और इंग्लैण्ड में, क्योंकि पूँजीवादी उत्पादन प्रणाली और औद्योगिक विकास सबसे पहले इन्हीं देशों में हुआ था। इस विचारधारा के वैज्ञानिक विकास का श्रेय जर्मनी के विचारकों को है। क्रियात्मक रूप में यह सबसे पहले रूस में आई। इतिहास के इस क्रम को ध्यान में रखने से यह धारणा कि समाजवाद रूस या दूसरे पश्चिमी देशों के वातावरण और वहाँ की जनता की मनोवृत्ति के ही अनुकूल कोई खास विचारधारा है, पूर्व में भी उसकी ज़रूरत और गुंजाइश की दृष्टि से सही नहीं जान पड़ती।

समाजवादी विचारों का सबसे पहला परिचय हमें साम्यवाद के रूप में फ्रांस और इंग्लैण्ड के विचारकों से मिलता है। फ्रांस का पहला साम्यवादी विचारक था—सेंट साइमन (Saint Simon)। इसका जन्म सन् १७६० में हुआ था और मृत्यु १८२५ में। इंगलैण्ड के पहले साम्यवादी राबर्ट ओवन का जन्म हुआ था सन् १७७१ में। इन दोनों ही विचारकों पर उनके देशों में नये आने वाले औद्योगिक परिवर्तन के कारण बढ़ती हुई विषमता का गहरा प्रभाव पड़ा। उस समय के अंग्रेज़ मज़दूरों की अवस्था के विषय में उस समय का प्रसिद्ध लेखक थामस किर्कप (Thomas Kirkup) यों लिखता है:

(१) किसानों और मज़दूरों का निर्वाह उन्हें मिलने वाली मज़दूरी से होना असम्भव है।

(२) उनके निवास स्थानों की अवस्था अत्यन्त शोचनीय है।

(३) पूँजीपति और जमींदार लगातार मज़दूरी घटाने का यत्न करते रहते हैं इसलिए बजाय मर्दों के स्त्रियों और बच्चों को काम पर लगाया जाता है, जिनसे काम उनकी शक्ति भर लिया जाता है परन्तु मज़दूरी आधी या उससे भी कम दी जाती है। इसके परिणामस्वरूप मज़दूरों और किसानों में बेकारी खूब बढ़ गई है।

(४) अपनी अवस्था में सुधार करने का कोई राजनैतिक साधन या अधिकार मज़दूरों के हाथ में नहीं। वे न तो अपना संगठन ही कर सकते हैं, न वोट द्वारा कानून आदि के सम्बन्ध में अपनी राय दे सकते हैं।

(५) शिक्षा प्राप्त करने का उन्हें कोई अवसर नहीं। उनमें शराबखोरी और व्यभिचार बेहद बढ़ रहा है। मर्दों की अपेक्षा स्त्रियों की मजदूरी सस्ती है। स्त्रियों को आसानी से काम मिल जाता है इसलिए मर्द प्रायः स्त्रियों की कमाई पर निर्वाह करते। स्त्रियों की अपेक्षा बच्चों से काम लेना और भी अधिक सस्ता पड़ता है इसलिए बच्चों को प्रायः पाँच-छः बरस की आयु में काम पर लगा कर उनसे चौदह-चौदह घण्टे काम लिया जाता है। बारह-चौदह वर्ष की आयु तक इन बच्चों को बिलकुल निर्बल करके भूखों मरने के लिये बेकार छोड़ दिया जाता है।

किंग्सले (Charles Kingsley, 1819-75) उस समय का एक प्रसिद्ध उपन्यास लेखक था। अपने समय के अंग्रेज किसानों और मज़दूरों की अवस्था का जो वर्णन उसने किया है उसे पढ़ कर एक भयंकर नरक का दृश्य आँखों के सामने नाचने लगता है। फ्रांस के मज़दूरों और किसानों की अवस्था इससे अच्छी न थी। दोनों ही देशों में उत्पत्ति के नये विकसित साधन कुछ एक पूँजीपतियों के हाथों में जमा हो जाने से और भूमि जमींदारों के अधीन सिमट जाने से एक बड़ी संख्या ऐसे लोगों की पैदा हो गयी थी जिनके अपने हाथों में पैदावार के कोई भी साधन न रहे थे। अपना पेट पालने के लिए उन्हें अपने शरीर की श्रम पैदावार के साधनों के मालिकों के हाथ किराये पर देनी पड़ती थी।

समाज की इन विषमताओं को दूर करने के लिए फ्रांस में सेंट साइमन ने आवाज उठायी। वह समाज की अवस्था में सुधार द्वारा समता लाने के लिये सरकार से अपीलें करता था। उसके विचार में सरकार की बागडोर धर्मात्मा और वैज्ञानिक लोगों के हाथ में रहनी चाहिए थी और समाज में पूँजीपतियों के हित को प्रधान महत्व न देकर सम्पूर्ण समाज के हित को महत्व दिया जाना चाहिए था। उसके विचार में कम योग्य और शक्तिहीन लोगों के हितों और अधिकारों की रक्षा का बोझ योग्य मनुष्यों पर रहना चाहिए था। सेंट साइमन का गरीबों के लिये समानता का दावा दया-धर्म के नाते था, इसलिए नहीं कि गरीब या मज़दूर ही अपने परिश्रम से समाज के लिये आवश्यक वस्तुओं की पैदावार करते हैं। अपने समय की सामाजिक विषमता की ओर उसका ध्यान गया परन्तु विषमता उत्पन्न करने वाले कारणों की ओर उसका ध्यान न गया। परिश्रम और पूँजी में क्या सम्बन्ध है, इस बात को उसने स्पष्ट नहीं किया। बजाय यह समझने के कि पैदावार के साधन हाथ में होने से कुछ मनुष्य अधिक सामर्थ्यवान हो गये हैं, उसने यह समझा कि

पैदावार के साधन सामर्थ्यवानों के हाथ में चले जाते हैं क्योंकि वे बलवान हैं। इसलिए वह सामर्थ्यवानों को दया और न्याय का उपदेश देता था।

सेंट साइमन ने अपनी कल्पना के अनुसार समाज की व्यवस्था पर एक प्रस्ताव तैयार किया जिसमें प्रत्येक व्यक्ति को उसकी योग्यता के अनुसार स्थान देकर गरीबों को भी जीवन का अवसर समान रूप से देने की व्यवस्था की गयी थी। इस व्यवस्था में समाज की आवश्यकताओं के विचार से पैदावार का प्रबन्ध सरकार द्वारा किये जाने का सिद्धान्त रखा गया था। यह सरकार ईसाई धर्म के सिद्धान्त के अनुसार कायम होनी चाहिए थी। सेंट साइमन ने अपने साम्यवादी विचारों को समाज के आर्थिक संगठन पर नहीं बल्कि मनुष्य की सहृदयता की नींव पर खड़ा किया।

धार्मिक भावना के नाम पर प्रचार करने के कारण उसके प्रति फ्रांस की जनता में पर्याप्त सहानुभूति उत्पन्न हो गयी। परन्तु जब साइमन ने पुराने धार्मिक विश्वासों को विकास के मार्ग में अड़चन अनुभव कर उनका खण्डन करना शुरू किया तो जनता की सहानुभूति विद्रोह के रूप में भी शीघ्र ही परिवर्तित हो गयी। अपने जीवन काल में उसने अनेक साम्यवादी मठ स्थापित किये जो उसके जीवन का अन्त होते ही समाप्त हो गये। सेंट साइमन ने अपने विचार अपनी पुस्तकों Du system industriel; Catechisme des industries और Nouveau christianisme में प्रकट किये हैं। इन पुस्तकों में अर्थशास्त्र या समाजशास्त्र के सिद्धान्तों का निरूपण नहीं, भावुकता और सहृदयता की ही प्रधानता है। सेंट साइमन के पश्चात उसके शिष्यों आंफांती, बज़ाद आदि में मतभेद हो जाने से उनके संगठन देर तक न टिक पाये।

सेंट साइमन के बाद फ्रांस में साम्यवाद का प्रचार करने वाले विचारकों में ख़ास व्यक्ति लूई ब्लां (Louis Blanc) था जिसके विचारों में आधुनिक समाजवाद की ओर विकास के संकेत मिलते हैं। लूई ब्लां का जन्म सन् १८११ में हुआ और मृत्यु १८८२ में। वह प्रतिभाशाली लेखक था। उसकी पुस्तक 'परिश्रम का संगठन' (Organisation du Travail) ने फ्रांस के मज़दूरों में जीवन फूँक दिया। लूई ब्लां पहला समाजवादी था जिसने मज़दूर-किसानों को अपने कल्याण के लिये राजनैतिक शक्ति हाथ में लेने की आवश्यकता सुझाई। लुई ब्लां के विचार का आदर्श था एक औद्योगिक सरकार जो राष्ट्र के उद्योग-धन्धों का प्रबन्ध करे और बैंकों को नियंत्रण में रखे। यह सरकार पूर्णतः प्रजातंत्र होनी चाहिए और उद्योग-धन्धों और कारखानों में परिश्रम और प्रबन्ध करने वाले व्यक्तियों को अधिकार होना चाहिए कि अपने-अपने व्यवसायों के मैनेजर, डाइरेक्टर आदि का चुनाव स्वयं करें और अपने व्यवसाय से होने वाले मुनाफे को आपस में बाँट कर परस्पर सहयोग से अपने कारोबार को बढ़ायें।

लूई ब्लां पैदावार के साधनों पर व्यक्तिगत अधिकारों को भी समाज के लिये हितकर नहीं समझता था। सम्पत्ति के राष्ट्रीयकरण या सामाजिक अधिकार में लाने की तजवीज़ उसने यह रखी कि सरकार की ओर से भारी-भारी व्यवसाय आरम्भ किये जायें, जिनकी सफलता के सम्मुख निजी कारोबार स्वयं समाप्त हो जायेंगे।

फ्रांस की राज्यक्रान्ति से शक्ति आम जनता के हाथ में नहीं आयी। राजसत्ता और सामन्तशाही के हाथ से निकली शक्ति नयी उठती पूँजी की मालिक मध्यम श्रेणी के हाथ में चली गयी। सम्पत्तिहीन श्रेणियों को इससे सन्तोष न हुआ। इसीलिए बाद में भी क्रांति

के छोटे-छोटे अनेक प्रयत्न फ्रांस में हुए जिनसे राजनैतिक अधिकारों का कुछ विस्तार नागरिकों की निम्न श्रेणियों में भी हुआ। फ्रांस की सन् १८४८ की समाजवादी प्रजातंत्र राज्यक्रांति का समाजवाद के इतिहास में विशेष महत्व है। इस क्रांति में समाजवादी व्यवस्था को क्रियात्मक रूप देने का पहला प्रयत्न किया गया। यह प्रयत्न यद्यपि असफल हुआ परन्तु अपने बीज भविष्य के लिये छोड़ गया। लूई ब्लां का इस क्रांति पर विशेष प्रभाव था और उसके प्रभाव के कारण उस समय की प्रजातंत्र सरकार को सामाजिक सम्पत्ति और नियंत्रण में चलने वाले व्यवसायों के लिये १२०००० पाउण्ड की रकम नियत करनी पड़ी परन्तु इसका विशेष फल न हुआ क्योंकि इस रकम का प्रबन्ध जिन लोगों के हाथों में था, उनकी सहानुभूति इस उद्देश्य के प्रति न थी।

फ्रांस में समाजवादी विचारधारा के प्रवर्तकों में प्रोधों (Pierre Joseph Proudhon, 1809-65) का ज़िक्र न करने से समाजवादी विचारों के विकास की एक कड़ी का स्थान खाली रह जाता है। प्रोधों के प्रभाव का समय प्रायः सन् १८४० से १८७० तक रहा। यद्यपि प्रोधों समाजवादी होने की अपेक्षा 'शासनहीन व्यवस्था' (अराजकता) का ही अधिक समर्थक था, फिर भी अपने समय में उसने कुछ ऐसी महत्वपूर्ण बातों की ओर संकेत किया जिन्हें वैज्ञानिक रूप देने के कारण मार्क्स समाजवाद के परिपक्व सिद्धान्तों की ठोस नींव तैयार कर सका।

सम्पत्ति के विषय में प्रोधों के विचार आमूल क्रांति के थे। सन् १८४० में उसने एक पुस्तक 'सम्पत्ति है क्या?' (Que'st ce que la propertie ?) प्रकाशित की। इस पुस्तक में उसने सिद्ध करने की चेष्टा की कि संचित सम्पत्ति चोरी है ("...propriete cest la vol.")। उसकी दूसरी प्रसिद्ध पुस्तक 'न्याय और धर्म की धारणा में क्रांति' (La revolution dans la justice et dans la l'eglis) ने भी प्राचीन विचारधारा की नींव खोखली करने में विशेष काम किया।

प्रोधों पहला विचारक था जिसने इस बात को सुझाया कि किसान-मज़दूरों के साधनहीन होने के कारण उन्हें अपने परिश्रम का पूरा मूल्य नहीं मिलता और साधनों का मालिक बिना परिश्रम किये ही परिश्रम का फल हथिया लेता है। मार्क्स ने 'अतिरिक्त मूल्य (Theory of Surplus Value)[9] के जिस सिद्धान्त की स्थापना की, उसकी ओर पहला अविकसित संकेत हम यहीं पाते हैं। प्रोधों सम्पूर्ण समाज के स्वामित्व का समर्थक था। सरकार की व्यवस्था के बारे में प्रोधों के लिये यह सह्य न था कि एक मनुष्य द्वारा दूसरे मनुष्यों पर किसी प्रकार का शासन हो। शासन में व्यक्ति को अपने विकास के लिये पूर्ण अवसर नहीं रहता इसलिए शासन उसकी दृष्टि में केवल अत्याचार ही था।

समाज की व्यवस्था के साथ धर्म-विश्वास का गहरा सम्बन्ध रहता है। सामाजिक व्यवस्था में परिवर्तन लाने की चेष्टा धर्म-विश्वास और समाज के मौजूदा रीति-रिवाज को चोट पहुँचाये बिना नहीं रह सकती। यद्यपि फ्रांस के आरम्भिक समाजवादी सेंट साइमन, फ़ूरियर, लूई ब्लां आदि आध्यात्मिक शक्ति से मुनकिर या नास्तिक न थे, उन्होंने धार्मिक प्रतिबन्धों के विरुद्ध और विशेषकर गृहस्थ के बन्धनों, स्त्रियों के पुरुष और परिवार की सम्पत्ति समझे जाने के विरोध में भी आवाज़ उठायी। इन लोगों के स्त्री-पुरुषों के

---

९. अतिरिक्त मूल्य का सिद्धान्त क्या है, इस पर आगे चलकर विचार किया जायेगा।

वैवाहिक सम्बन्धों और रीति-रिवाज की उपेक्षा करने का परिणाम यह हुआ कि यह लोग सर्वसाधारण की दृष्टि में आचारहीन जँचने लगे। एक हद तक इन लोगों के विचारों के प्रभाव से जनता के आचार में उच्छृङ्खलता भी आ गयी। इस कारण पुरानी आचारनिष्ठा में विश्वास रखने वाले लोगों को इनके प्रति अश्रद्धा होने लगी और जनता में इनके प्रति अविश्वास फैल गया। प्रोधों ने अनुभव से इस प्रकार की उच्छृङ्खलता का घोर विरोध किया। उसने कहा, स्त्री-पुरुष के आचार-सम्बन्धी नियमों को केवल धार्मिक भय से न मान कर, वैयक्तिक विकास का साधन और व्यवस्था के लिये आवश्यक समझना चाहिए। उसके इन विचारों का क्रियात्मक रूप हम रूस के मौजूदा समाज में देख पाते हैं, जहाँ स्त्री-पुरुष के सम्बन्ध, विवाह आदि का धर्म से कोई सम्बन्ध न होने पर भी इस प्रकार की उच्छृङ्खलता को व्यक्ति और समाज के लिये हानिकर और उनके विकास में बाधक समझ कर दूर रखने की चेष्टा की जाती है।

इंगलैंड

फ्रांस की भाँति इंगलैंड में भी समाजवादी विचारों का आरम्भ साम्यवाद, दया और समता के लिये प्रयत्नों के रूप में हुआ। इंगलैंड का पहला साम्यवादी राबर्ट ओवन (Robert Owen) था। हम ऊपर कह आये हैं, राबर्ट ओवन फ्रांस के पहले साम्यवादी सेंट साइमन का समकालीन था। राबर्ट व्यापारिक और प्रबन्ध कौशल की दृष्टि से बहुत सफल व्यक्ति था। उसका पिता जीनसाज की मामूली दुकान करता था परन्तु राबर्ट अपने परिश्रम और कौशल से उन्नीस वर्ष की अवस्था में ही इंगलैंड की एक बड़ी कपड़ा मिल का मैनेजर बन गया। मिलों और व्यापार से सम्बन्ध रहने के कारण उसे मज़दूरों की दिन-प्रतिदिन गिरती अवस्था और पूँजीपतियों के बढ़ते वैभव, दोनों का ही भलीभाँति परिचय था। अपनी व्यापारिक योग्यता के कारण वह कई मिलों का पट्टीदार बन, मिलों से होने वाले लाभ से स्वयं भी लखपती बन गया। राबर्ट समाज की अवस्था के इस अन्तर्विरोध से परेशान था कि समाज में पैदावार के साधन उन्नति कर रहे हैं, धन बढ़ता जा रहा है परन्तु समाज के बड़े भाग मज़दूरों और भूमिहीन किसानों की अवस्था गिरती चली जाती है। समाज के बढ़ते धन से गरीबों और मज़दूरों की अवस्था भी सुधरनी चाहिए, इस विचार से उसने मज़दूरों की हालत सुधारने के लिये स्कूल खोलने आरम्भ किये।

अपना रुपया बहाकर उसने मज़दूरों की बस्तियाँ बसायीं, जहाँ उन्हें साफ रहने, व्यवहार ठीक रखने की शिक्षा दी जाती थी। मज़दूरों के लिये उसने इस प्रकार की दुकानें खोली जिनमें अच्छे और बढ़िया सामान प्रायः केवल लागत पर ही मिल सकते थे। मज़दूरों की अवस्था में सुधार करने के लिये उसने एक नयी कम्पनी चलायी, जिसके हिस्सेदार केवल पाँच प्रतिशत मुनाफा लेकर ही सन्तुष्ट हों और मुनाफे का शेष भाग मज़दूरों की भलाई में खर्च किया जाय। इस प्रकार की जनसेवा या परोपकार के कामों में राबर्ट को सफलता भी पर्याप्त मिली परन्तु उसके यह सब काम गरीबों के प्रति दया और सहानुभूति के परिणाम थे। इनका उद्देश्य सामाजिक व्यवस्था में परिवर्तन लाना न था। उन दिनों इंगलैंड की मिलों में मज़दूरों की अवस्था को सुधारने के लिये बनने वाले कानूनों को पास कराने में भी राबर्ट ने विशेष प्रयत्न किया।

सन् १८१३ तक राबर्ट एक सुधारक के रूप में रहा। यह बात उसकी पुस्तकों 'समाज का नया दृष्टिकोण' (A New View of Society, 1813) और 'मनुष्य के

आचरण के सम्बन्ध में नियम' (Essays on the Principle of Formation of Human Character, 1813) से प्रकट है परन्तु सन् १८१७ से उसके विचारों में उग्रता आने लगी। सबसे पहले पार्लियामेण्ट में पेश 'गरीब सहायक कानून' (Poor Law) पर रिपोर्ट देते समय उसने लिखा था—'...मज़दूरों की दुरावस्था का कारण है, मशीनों द्वारा उनके परिश्रम का मूल्य घटा देना।'

आधुनिक अर्थशास्त्र या समाज के विकास का कोई भी वर्णन माल्थस (Thomas Robut Malthus, 1766-1834) और उसके विचारों की चर्चा बिना अपूर्ण रहेगा। उन्नीसवीं सदी के मध्य भाग में पैदावार का प्रयोजन पैदावार के साधनों के स्वामी पूँजीपति का पेट भरना ही था। उस समय मज़दूरों से मशीनों पर करायी जाने वाली पैदावार द्वारा मज़दूरों के शोषण पर कोई प्रतिबन्ध—उदाहरणतः काम के समय या कम से कम मज़दूरी देने के कानूनों की सीमाएँ—न लगायी गयी थीं। मज़दूरों की बेकारी और दुसवस्था अत्यन्त भयंकर रूप धारण कर गयी थी। जनता की गिरती अवस्था देख माल्थस इस परिणाम पर पहुँचा कि समाज में सब लोगों के समुचित निर्वाह के लिये पर्याप्त पैदावार नहीं हो रही। उसने अर्थशास्त्र का यह सिद्धान्त कायम किया कि पैदावार एक सीमा तक ही बढ़ायी जा सकती है। इस सीमा के पश्चात पैदावार बढ़ाने के लिये जो परिश्रम किया जायगा, उसका फल अनुपात से घटता जायेगा, इसलिए समाज को सन्तुष्ट रखने के लिये समाज में मनुष्यों की संख्या एक सीमा के अन्दर ही रहनी चाहिए।

माल्थस का विचार था कि इंगलैंड, फ्रांस आदि देशों में बढ़ती बेकारी का कारण इन देशों की जनसंख्या का पैदावार के साधनों के सामर्थ्य से अधिक बढ़ जाना है, इसलिए इन देशों में बेकारी और मज़दूरों की दुरावस्था होना स्वाभाविक है और इसका उपाय केवल जनसंख्या को घटाना है। प्रकृति बीमारी, बेकारी और युद्ध द्वारा जनसंख्या घटाने की चेष्टा करती रहती है।

राबर्ट ने इस सिद्धान्त का घोर विरोध कर पैदावार और जनसंख्या के आँकड़ों के हिसाब से यह दिखाया कि समाज में धन और पैदावार की जितनी बढ़ती हुई है, जनसंख्या की बढ़ती उतनी नहीं हुई। पैदावार के साधनों में उन्नति होने से समाज में प्रति मनुष्य के औसत में धन का परिमाण बढ़ गया है परन्तु इस बढ़े हुए धन का बँटवारा उचित रूप से नहीं हो रहा। कुछ मनुष्यों के पास आवश्यकता से अधिक और कुछ के पास आवश्यकता से बहुत कम धन जाता है। अतः उनकी अवस्था संकटमय हो जाती है। माल्थस के सिद्धान्त यद्यपि सचाई की कसौटी पर पूरे नहीं उतरे परन्तु समाजशास्त्र के विकास में उस मंजिल का संकेत है जहाँ पूँजीवादी अर्थशास्त्र[१] के नियम समाज में व्यवस्था कायम करने में अपने आपको असमर्थ अनुभव करने लगते हैं और समाज में शान्ति रक्षा का उपाय केवल समाज की संख्या को कम करना बताते हैं। अर्थात जनवृद्धि की रक्षा नहीं कर सकते।

राबर्ट के विचारों में हम विकास का एक स्पष्ट क्रम देख पाते हैं। १८३५ में लिखी उसकी पुस्तक 'गरीबी का संरक्षक' (Poor Man's Guardian) में उन विचारों को स्पष्ट

१. पूँजीवादी अर्थशास्त्र से अभिप्राय है अर्थशास्त्र का वह क्रम जो पूँजी के हितों और निरंकुश व्यापारी प्रतियोगिता का समर्थन करता है।

देख पाते हैं जिन्हें मार्क्स के 'अतिरिक्त मूल्य' (surplus value) के वैज्ञानिक सिद्धान्तों की अस्पष्ट भूमिका कहा जा सकता है। राबर्ट लिखता है—"..... सम्पूर्ण पैदावार मज़दूर और किसानों के श्रम से ही होती है परन्तु सब कुछ पैदा करके भी इन्हें केवल प्राणरक्षा के योग्य भोजन पाकर ही सन्तुष्ट हो जाना पड़ता है। शेष चला जाता है पूँजीपति, ज़मींदार, राजा और पादरियों की जेब में।"

सहयोग द्वारा पैदावार की पद्धति के आरम्भिक विचारों का श्रेय भी राबर्ट को ही है, जिसका कि आज सभ्य संसार के सभी देशों में काफ़ी प्रचार दिखायी देता है। सोशलिज़्म—(समाजवाद) शब्द का सबसे प्रथम प्रयोग भी राबर्ट द्वारा स्थापित 'सम्पूर्ण राष्ट्रों की सम्पूर्ण श्रेणियों के सहयोग की संस्था' (The Association of All Classes of All Nations) के वाद-विवादों में ही तय हुआ था।

हम ऊपर कह आये हैं, आरम्भ में राबर्ट द्वारा चलाये गये मज़दूर सहायक आन्दोलन की जड़ में धार्मिकता, दया और मनुष्यता की भावना ही प्रधान थी। इन आंदोलन में अमीर, सम्पन्न श्रेणियों के आत्माभिमान की भावना के पूर्ण होने की काफ़ी गुंजाइश थी। इसलिए राबर्ट को इन श्रेणियों—धर्माधिकारियों और इंगलैंड के राजवंश—का भी सहयोग प्राप्त हुआ। परन्तु ज्यों ही राबर्ट ने पूँजीवादी समाज के चौखटे को सुरक्षित रखने वाली धार्मिक भावना पर चोट करना आरम्भ किया, लोग उसके विरोधी होने लगे। उसके संगठनों का आयोजन बिखर गया। अपना बहुत सा धन अपने अनुभवों में फूँक देने के बाद वह स्वयं भी ख़स्ताहाल हो गया। दूसरे सम्पन्न लोगों ने उसे आर्थिक सहायता देना भी स्वीकार न किया। इससे उसका साम्यवादी मज़दूर सहायक आन्दोलन स्वयं तो बिखर गया परन्तु असंतोष के बीज छोड़ गया।

राबर्ट का आन्दोलन समाप्त हो जाने पर भी इंगलैंड में मज़दूरों की दुरावस्था के प्रति जाग उठी सहानुभूति समाप्त न हो गयी और क्रिश्चियन सोशलिज़्म के रूप में एक सुधारवादी आन्दोलन आरम्भ हुआ। राबर्ट द्वारा चलायी सहयोग प्रणाली का सम्बन्ध जहाँ तक पैदावार में था, वह प्रायः असफल ही रही। अलबत्ता जहाँ खपत के लिये—अर्थात् उपयोगी पदार्थों को सहयोग से खरीद कर सस्ते में प्राप्त करने का सवाल था—यह प्रणाली एक हद तक सफल हो सकी।

जर्मनी

उन्नीसवीं सदी के आरम्भ में साम्यवादी विचारों की जो लहर इंगलैण्ड और फ्रांस में उठी, वह कोई स्थायी परिणाम पैदा किये बिना ही इस सदी के मध्य में (१८५०) कुछ समय के लिये दब सी गयी। इसके बाद इस विचारधारा का विकास रूस और जर्मनी में हुआ। जर्मनी के समाजवादी विचारकों में कार्ल मार्क्स (Karl Marx), फ्रेडरिक एंगल्स (Fredrich Engles), लास्साल (Lassalle) और राडबर्टस (Rodbertus) के नाम विशेष उल्लेखनीय हैं। मार्क्स की खोज और सिद्धान्तों का समाजशास्त्र और अर्थशास्त्र पर क्या प्रभाव पड़ा, यही इस सम्पूर्ण पुस्तक का विषय है और उस पर हमें विचार करना है परन्तु उस मूल विषय पर आने से पहले समाजवादी विचारधारा पर लास्साल और राडबर्टस के प्रभाव पर भी कुछ प्रकाश डालना आवश्यक है। इंगलैण्ड और फ्रांस में समाजवादी विचारधारा दब जाने और जर्मनी तथा रूस में उग्र रूप से उठ जाने के कारण पर भी ध्यान देना समाजवाद के ऐतिहासिक विकास के क्रम को समझने में सहायक होगा। इस

विषय को यहाँ आरम्भ न कर, मार्क्स के सिद्धान्तों पर विचार करते समय ही इस पर विचार करेंगे और उसी समय हम समाजवाद के स्थान पर मार्क्सवाद शब्द को व्यवहार करने की सफाई देंगे।

लास्साल (Ferdinand Lassalle) जाति का यहूदी था। उसका जन्म सन् १८२५ में एक अमीर व्यापारी के घर हुआ (मृत्यु १८६४)। विशेष प्रतिभाशाली होने के साथ ही उसे ऊँची शिक्षा प्राप्त करने का भी पर्याप्त अवसर मिला। प्रतिभाशाली व्यक्तियों की साधारण स्वच्छन्दता भी लास्साल में कम न थी। शौक और मिजाज से वह बड़े आदमियों के ढंग का परन्तु विचारों में अपने समय का उग्र क्रांतिकारी था। घटनाक्रम से लास्साल जर्मनी में विशेष उथल-पुथल के समय पैदा हुआ। उसके विचार जनता के सामने सन् १८६० के बाद आये और यह वह समय था जब प्रशिया प्रान्त के नेतृत्व में जर्मन राष्ट्र का निर्माण हो रहा था। एक ओर बिस्मार्क था जो जर्मनी को राजसत्ता की शृंखला में बाँध कर जबरदस्त शक्ति बना देना चाहता था। दूसरी ओर थे जर्मनी के उदार दल वाले लोग जो प्रजातंत्र के हामी थे। लास्साल इन दोनों से ही असहमत था। उसने अपना एक अलग दल कायम किया। जो आगे चलकर 'समाजवादी प्रजातंत्र' (Social Democratic Party) के नाम से जाना गया।

लास्साल और कार्ल मार्क्स तथा राडबर्टस के विचारों में बहुत कुछ साम्य है। लास्साल अनेक बातों में अपने आपको मार्क्स और राडबर्टस का अनुयायी समझता था परन्तु फिर भी लास्साल का अपना एक स्थान है। लास्साल के दृष्टिकोण में हम भावुकता की अपेक्षा वास्तविकता का आभास अधिक पाते हैं। लास्साल द्वारा वास्तविकता की ओर होने वाली प्रवृत्ति मार्क्स तक पहुँच कर वैज्ञानिक हो जाती है इसीलिए हमें उसके राजनैतिक, आर्थिक सिद्धान्तों तथा वैज्ञानिक समाजवाद में सामीप्य दिखायी देता है।

लास्साल का 'मजदूरी के लौह पंजे का नियम' (Iron Law of Wages) उसके आर्थिक और सामाजिक सिद्धान्तों की नींव है; ठीक उसी प्रकार जैसे मार्क्स की विचारधारा की नींव 'अतिरिक्त मूल्य' (Surplus Value) का सिद्धान्त है। लास्साल कहता है—पैदावार पर पूँजी के नियंत्रण के कारण मजदूर को पैदावार का कम से कम भाग मिल पाता है। मार्क्स भी यही कहता है परन्तु मार्क्स इस क्रम की एक वैज्ञानिक व्याख्या और विश्लेषण पैदा करता है।

इससे पूर्व जितने समाजवादी विचारक हुए, उन्होंने समाज की सहानुभूति, सरकारी कानून और सहयोग संस्थाओं द्वारा मज़दूरों और किसानों की अवस्था सुधारने के प्रस्ताव किये परन्तु लास्साल इस परिणाम पर पहुँच गया था कि यह सब संस्थाएँ पूँजीवाद के युग में (जहाँ व्यक्तिगत मुनाफे का राज है और जहाँ मज़दूर के शोषण की कोई सीमा नहीं) कभी सफल नहीं हो सकतीं। यह सिद्धान्त मार्क्स द्वारा निश्चित सिद्धान्त—स्वयं मेहनत करने वाली श्रेणी का राज ही वास्तव में सर्वजनहित की रक्षक सरकार हो सकती है—की अस्पष्ट पृष्ठभूमि है। इसके आगे लास्साल ने समाज में पूँजी और मज़दूरों के हितों का विरोध हटाने की आवश्यकता पर भी जोर दिया। यहाँ तक पहुँच कर भी लास्साल क्रियात्मक क्षेत्र में मज़दूरों की औद्योगिक पंचायती संस्थाओं के विचार से आगे न बढ़ सका। मजदूरों के हाथ में राजनैतिक शक्ति होना उसके विचार में अनिवार्य न था। मार्क्स

इसी बात को सबसे आवश्यक बताता है। लास्साल मज़दूरों की पंचायती संस्थाएँ कायम सरकारों के भरोसे बनाना चाहता था परन्तु मार्क्स सरकार की शक्ति को ही पूर्ण रूप से मजदूरों (ऐसी श्रेणी जो शोषण पर नहीं बल्कि अपने श्रम पर निर्भर करती है) के हाथों सौंपे बिना समाज के कल्याण का दूसरा मार्ग नहीं देखता।

मार्क्स के इस सिद्धान्त का पूर्व आभास हमें लास्साल के दो और सिद्धान्तों में अविकसित रूप में दिखायी देता है। वे सिद्धान्त हैं, 'सम्मिलित उत्तरदायित्व' (Theory of Conjunctures) और 'पूँजी के स्वामित्व' (Theory of Capital) के सम्बन्ध में। सम्मिलित उत्तरदायित्व से लास्साल का अभिप्राय था कि समाज के आर्थिक क्षेत्र में व्यक्ति को अपने स्वार्थ के लिये मनमानी करने की स्वाधीनता न होकर सामाजिक हित की दृष्टि से समाज का आर्थिक कार्यक्रम निश्चित होना चाहिए, क्योंकि प्रत्येक व्यक्ति के व्यवहार का प्रभाव समाज की अवस्था पर निर्भर रहता है। पूँजी के विषय में लास्साल का कहना है कि पूँजी ऐतिहासिक विकास से पैदा हुई है, समाज को इसकी आवश्यकता है। समाजवाद यह नहीं कहता कि पूँजी न रहे; वह यह कहता है कि पूँजी पर एक व्यक्ति के स्वामित्व की अपेक्षा सम्पूर्ण समाज का स्वामित्व ही समाज के हित के अनुकूल है। मार्क्स इससे और आगे जाता है और सिद्ध कर देता है कि पूँजी एक आदमी के परिश्रम की उपज नहीं है बल्कि समाज के सम्मिलित परिश्रम की उपज है इसलिए वह समाज की ही सम्पत्ति है।

राडबर्टस

भिन्न-भिन्न समाजवादी विचारकों के क्रमिक विकास से हम समाज की उस मानसिक अवस्था में पहुँच गये हैं जिसमें मार्क्स समाजवादी विचारधारा को वैज्ञानिक कसौटी पर पूरा उतरने योग्य बना सका। अतः अब हम मार्क्स के विचारों का विश्लेषण, उन्हें अनुभव और तर्क की कसौटी पर परखकर कर सकेंगे। इससे पूर्व कि हम मार्क्स के विचारों की समीक्षा आरम्भ करें, जर्मन समाजवादी राडबर्टस (Johann Karl Rodbertus, 1805-75) के विषय में भी दो शब्द कह देना उचित होगा। राडबर्टस एक विचित्र प्रकार का समाजवादी था। आज समाजवाद के क्रियात्मक क्षेत्र में उसे समाजवादी कहना भी कठिन है। आन्दोलन या क्रांति के विचारों के तो वह समीप नहीं फटकता था। स्वभाव से बहुत शान्त, पेशे से वकील और जमींदार, परिवर्तन की बात से घबराने वाला और उत्तरोत्तर विकास का हामी। राजनैतिक क्षेत्र में वह समाजवाद, राष्ट्रीयता और राजसत्तात्मक नीति के एक पंचमेल का समर्थक था। उसका विचार था कि जर्मन सम्राट को ही एक समाजवादी शासक सम्राट को स्थान दिया जाना चाहिए परन्तु जहाँ अर्थशास्त्र के सिद्धान्तों का सम्बन्ध था, वह बहुत आगे बढ़ा हुआ था। यहाँ तक कि समाजवादी विचारधारा के अनेक ऐतिहासिक मार्क्स से पहले राडबर्टस को ही वैज्ञानिक समाजवाद का जन्मदाता बताते हैं।

पदार्थों या सौदे के मूल्य के सम्बन्ध में उसके विचार प्रमुख अर्थशास्त्रज्ञ डेविड रिकार्डो (David Ricardo, 1772-1823) और एडम स्मिथ (Adam Smith, 1729-90) की ही तरह थे। उसका विचार था कि पदार्थों या सौदे का मूल्य उसे उत्पन्न करने वाले परिश्रम पर निर्भर करता है। परिश्रम के कारण ही उन पदार्थों का मूल्य या दाम निश्चित होता है। भूमि के लगान, व्यवसाय के मुनाफे और मजदूर की मजदूरी को वह सामाजिक

पैदावार का भाग समझता था, जिसे सम्पूर्ण समाज का सम्मिलित परिश्रम पैदा करता है। इसलिए पूँजीपति को अपनी पूँजी के भाग से मज़दूरी या वेतन दिये जाने का कोई प्रश्न उठ ही नहीं सकता। भूमि व पूँजी आदि पैदावार के साधन, जिन्हें समाज के सम्मिलित परिश्रम ने उत्पन्न किया है, ऐसे पूँजीपतियों और जमींदारों के कब्जे में रहते हैं, जो स्वयं पैदावार के लिये परिश्रम नहीं करते। यह लोग परिश्रम का भाग अपने उपयोग के लिये रख लेते हैं।

समाज में आर्थिक संकट[१] आने पर ही मनुष्य का ध्यान अपने समाज की त्रुटियों, उसमें मौजूद विषमताओं की ओर जाता है। इन त्रुटियों को दूर करने के लिये ही मनुष्य इनके कारण की खोज कर नयी आयोजनाओं की फिक्र करता है। पूँजीवादी प्रणाली से समाज में पैदावार के साधनों का पर्याप्त विकास हो जाने पर भी समाज में लगातार बने रहने वाले आर्थिक संकट को हल करने की आवश्यकता ने ही समाजवाद को जन्म दिया है। इसलिये आर्थिक संकट के बारे में किसी भी विचारक के विचार इस बात का निश्चय कर सकते हैं कि समाजवाद के प्रति उसका क्या रुख है? इसी दृष्टि से हमें राडबर्टस के विचारों को देखना है। राडबर्टस कहता है—समाज की पैदावार निरन्तर बढ़ती जा रही है परन्तु परिश्रम करने वालों (मज़दूरों) को इस पैदावार में से केवल उतना ही भाग मिलता है, जिसके बिना उनकी प्राणरक्षा नहीं हो सकती (जितनी पैदावार वे करते हैं, उतनी नहीं)····· परन्तु यह परिश्रम करने वाले (मज़दूर) भी उस समाज का एक अंग हैं जो पैदावार को खर्च करते हैं। इन लोगों को जब पैदावार का उचित हिस्सा नहीं मिलता तो खर्च करने की इनकी शक्ति घट जाती है। इसका अर्थ होता है, समाज जितना पैदा करता है उतना खर्च नहीं कर पाता।

परिणाम यह होता है कि पैदावार बिना खर्च हुए पड़ी रहती है और भविष्य में पैदावार कम करने की कोशिश की जाती है। इस वजह से पैदावार के लिये मेहनत करने वाले लोगों (मज़दूर) को काम से हटा दिया जाता हैं, वे बेकार हो जाते हैं। बेकार हो गये लोग आमदनी का कोई साधन न होने के कारण खरीद कर खर्च भी नहीं कर पाते और समाज में इकट्ठी हो गयी पैदावार और भी कम खर्च होती है। इस प्रकार समाज के आर्थिक संगठन का दायरा तंग होता है। दिन-प्रतिदिन ऐसे लोगों की संख्या बढ़ती जाती है जिनके लिये समाज में स्थान नहीं रहता। पूँजीपतियों के पास अलबत्ता इस तरीके से धन की बड़ी रकमें जमा हो जाती है जिसे वे केवल ऐयाशी पर खर्च कर सकते हैं। इसलिए समाज में ऐसी अवस्था आने पर मेहनत करने वालों की शक्ति समाज के भूखे-नंगे अंग की आवश्यकताओं को पूर्ण करने के लिये खर्च न होकर भोग के पदार्थ तैयार करने में खर्च होती है। राडबर्टस के इन विचारों को हम आधुनिक समाजवादी विचारधारा से किसी प्रकार भी अलग नहीं कर सकते।

राडबर्टस एक ऐसे आदर्श समाज की कल्पना करता था जिससे प्रत्येक व्यक्ति के लिये समान अवसर हो, पैदावार के साधन भूमि और पूँजी सामाजिक सम्पत्ति हो, सम्पूर्ण समाज की आवश्यकताओं का अनुमान कर उन्हें पूर्ण करने के लिये पैदावार की आयोजना

---

१. आर्थिक संकट से अभिप्राय केवल रुपये-पैसे की कमी नहीं, बल्कि समाज में जीवन के लिये आवश्यक वस्तुओं की कमी या उनका ठीक बँटवारा न होना है।

बनायी जाय। प्रत्येक व्यक्ति शक्ति भर परिश्रम करे और उसे उसके परिश्रम के अनुसार फल मिले। इन विचारों के आधार पर हम राडबर्टस को समाजवादी कहे बिना नहीं रह सकते। दूसरी ओर जब समाजवाद को कार्यरूप में परिणित करने के लिये कार्यक्रम का प्रश्न आता है, राडबर्टस मजदूर श्रेणी को राजनीति के झंझट में न पड़ने की सलाह देता है। वह कहता है, यह सब तो स्वाभाविक क्रम से स्वयं ही होगा परन्तु शनैः शनैः, विकास की राह से, आन्दोलन द्वारा तुरन्त नहीं। और इसके लिये वह प्रायः पाँच सौ वर्ष का समय आवश्यक समझता है।

एक बात—जिसकी ओर समाजवाद के इतिहासज्ञों का ध्यान नहीं गया—वह राडबर्टस के राजनैतिक सिद्धान्त थे। एक ओर वह जर्मनी में राष्ट्रीयता और राजसत्ता कायम करना चाहता था और दूसरी ओर उसकी प्रवृत्ति समाजवादी थी। इन दोनों विरोधी विचारधाराओं का मेल हो सकता था केवल राष्ट्रीय समाजवाद (नाज़ीवाद)[१] में। मार्क्स द्वारा प्रतिपादित समाजवाद राष्ट्रीयता के बन्धनों को स्वीकार नहीं करता। वह व्यक्तियों की आपसी होड़ की भाँति राष्ट्रों की प्रतियोगिता को भी मनुष्य समाज के हित के लिये हानिकारक समझता है और समाजवाद में एक संसारव्यापी मनुष्य समाज की कल्पना करता है। परन्तु राडबर्टस के राष्ट्रीय राजसत्तात्मक समाजवाद का अर्थ होता है—एक राष्ट्र (जर्मनी) के भीतर तो समानता और समाजवाद हो परन्तु इस समानता और समाजवाद की सीमा के बाहर जर्मनी दूसरे देशों पर आधिपत्य करे। हिटलर के आधुनिक नाज़ीवाद के बीज हमें राडबर्टस की इस विचित्र वैज्ञानिक खिचड़ी समाजवादी विचारधारा में मिलते हैं।

उन्नीसवीं सदी के मध्यकाल की इस सामाजिक अशान्ति और बेचैनी को न तो फ्रांस की मध्यश्रेणी की राज्यक्रांति, न इंगलैड का चार्टिस्ट[२] आन्दोलन और न जर्मनी में बिस्मार्क की राजनैतिक संगठन की शक्ति शान्त और सन्तुष्ट कर सकी। इस समय ऐसी परिस्थितियाँ पैदा हुईं जिनमें कार्ल मार्क्स और फ्रेडरिक ऐंगल्स ने समाज के सम्मुख मौजूदा समानता की भावना, पूँजीवादी प्रणाली की असफलता और समाज के आर्थिक संगठन के बारे में उठती हुई आयोजनाओं को लेकर समाजवादी विचारधारा और उसके दार्शनिक पहलू के लिये ठोस वैज्ञानिक नींव की स्थापना की।

मार्क्स

जर्मनी में एक छोटा सा नगर ट्रेयर है। वहीं ५ मई सन् १८१८ में मार्क्स का जन्म हुआ था। मार्क्स का पूरा नाम कार्ल हेनिरख मार्क्स (Karl Heinrich Marx) था। मार्क्स का परिवार यहूदी था। उसके पिता ने राजनैतिक कारणों से यहूदी सम्प्रदाय छोड़ ईसाई सम्प्रदाय ग्रहण कर लिया था परन्तु मार्क्स ने पिता के इस परिवर्तन से अपने जीवन में कोई लाभ न उठाया। वकील का पुत्र होने के कारण उसे शिक्षा प्राप्त करने का पर्याप्त अवसर मिला। उसके स्वभाव में विचारक की गम्भीरता और क्रांतिकारी की कर्मठता और उग्रता दोनों ही मौजूद थीं। इसलिए जहाँ उसे समाजवादी विचारों को वैज्ञानिक रूप देने में सफलता मिली, वहाँ वह पीड़ितों के अन्तर्राष्ट्रीय संगठन की नींव भी डाल गया।

---

१. नाज़ीवाद का अर्थ है—राष्ट्रीय समाजवाद।

२. मज़दूरों द्वारा प्रतिनिधि शासन में वोट की माँग।

मार्क्स का अध्ययन बहुत गम्भीर था। उसने दर्शनशास्त्र की अनेक विचारधाराओं का भी गूढ़ अध्ययन किया और स्वयं भी उसने युनिवर्सिटी से दर्शनशास्त्र के आचार्य की पदवी प्राप्त की। उसका विचार यूनिवर्सिटी में प्रोफेसर बनने का था। उसके उग्र विचारों के कारण यह पद उसे न दिया गया। वह अपनी निष्ठा में न केवल विचारों की क्रांति बल्कि क्रियात्मक क्रांति के मार्ग पर चल निकला।

सन् १८४२ में स्वतंत्र विचार के लोगों ने एक पत्र प्रकाशित करना आरम्भ किया। मार्क्स ने भी इस कार्य में सहयोग दिया। कुछ ही मास में उसे इस पत्र का सम्पादक बना दिया गया। इस काम में उसे अपने अध्ययन के लिये अवसर न मिलता इसलिए उसने इसे छोड़ दिया। सन् १८३३ में एक सम्पन्न परिवार की लड़की जेनी से मार्क्स का प्रेम हो गया। जर्मनी में अपने स्वतंत्र विचारों के लिये गुंजाइश न देख वह जेनी से विवाह कर पेरिस चला गया और वहां 'फ्रेंकों जर्मन शब्दकोश' (Franco-German Year Book) के सम्पादन का काम करने लगा।

इस शब्दकोश में अनेक सामयिक क्रांतिकारी विचारकों के लेख प्रकाशित होते थे। इसी नाते सन् १८४४ में एक दूसरे जर्मन विद्वान फ्रेडरिक ऐंगल्स (Friedrich Engels) से उसका परिचय हो गया। इस परिचय के बाद से इन दोनों विद्वानों की मैत्री मार्क्स की मृत्यु तक बनी रही। दोनों ने मिलकर समाजवाद की वैज्ञानिक नींव कायम करने और पीड़ितों (मज़दूर-किसानों) के अन्तर्राष्ट्रीय आन्दोलन को चलाने के लिये अनेक ग्रंथ लिखे। दोनों विद्वान गम्भीर विषयों पर परस्पर सहयोग से विचार करते थे और इनकी पुस्तकों पर प्रायः दोनों के नाम साथ रहते थे। अपने क्रांतिकारी विचारों के कारण मार्क्स को जीवन में कभी चैन से रहने का अवसर न मिला। एक के बाद एक जर्मनी, फ्रांस, बेलजियम आदि सभी देशों से वह निकाल दिया गया। आयु के पिछले चौंतीस बरस उसने इंगलैंड में ही बिताये, जहां उसका काम था उस समय के संसार के सबसे बड़े पुस्तकालय ब्रिटिश म्यूज़ियम में बैठ कर अध्ययन करना और भविष्य में क्रांति के मार्ग को प्रशस्त करना।

मार्क्स के दो अन्तरंग मित्रों या सहायकों—ऐंगल्स और वुल्फ़ की आर्थिक अवस्था अच्छी थी। वे मार्क्स की आर्थिक अवस्था से परिचित थे और प्रायः मार्क्स को आर्थिक सहायता भी देते रहते थे। मार्क्स ने स्वयं कभी अपने गुजारे के लिये पर्याप्त धन कमाने को विशेष महत्व न दिया। जब उसे उसके लेखों या पुस्तकों की लिखायी के रुपये मिल जाते, वह अपनी आवश्यकताएँ और शौक पूरे करने लगता। उस समय अच्छा खाना, शराब और सिगार का भी मन भर उपयोग करता। कुछ ही दिन में सब रुपया समाप्त हो जाने पर मार्क्स भूखे पेट ही अपनी पुस्तकें लिखने बैठता। ऐसी भी अवस्था अनेक बार आई कि ब्रिटिश म्यूज़ियम के पुस्तकालय में अपनी पुस्तकों के लिये नोट लिखते समय भूख और कमजोरी में अधिक श्रम करने के कारण मार्क्स बेहोश होकर कुर्सी से लुढ़क गया और लोगों ने आकर उसे उठाया। उसकी लड़की बीमार हो गयी परन्तु पैसा पास में न होने के कारण कोई इलाज न कराया जा सका और वह मर गयी। इन सब संकटों का प्रभाव मार्क्स पर न पड़ा हो सो बात नहीं। निरंतर विरोध और कष्ट का सामना करते रहने से उसका स्वभाव बहुत चिड़चिड़ा हो गया। बात-बात पर वह अपनी पत्नी जेनी से झगड़ पड़ता परन्तु जेनी सब सह जाती। वह पति के चिड़चिड़ेपन का कारण समझती थी

और उसे यह भी विश्वास था कि उसका परिवार चाहे जो मुसीबतें भुगते, परन्तु उसका पति जिस महान कार्य की नींव डाल रहा है, वह एक दिन संसार के पीड़ितों के दुःख दूर करने का साधन बनेगा।

ब्रुसेल्स में रहते समय मार्क्स अपने मित्रों सहित कम्यूनिस्ट संघ (लीग आफ़ कम्यूनिस्टस) में शामिल हो गया। कम्यूनिस्ट संघ की पहली कानफ्रेंस के समय एक घोषणापत्र (कम्यूनिस्ट मेनीफ़ेस्टो) प्रकाशित करने का निश्चय किया गया, जिसे लिखने का भार मार्क्स और ऐंगल्स को सौंपा गया। यह घोषणा सन् १८४८ के फरवरी मास में प्रकाशित हुई थी। इतिहासज्ञों का मत है कि समाज की अवस्था और उसके विचारों पर जितना गहरा प्रभाव इस पुस्तक का पड़ा, उतना प्रभाव इधर दो-तीन सौ वर्ष में और किसी पुस्तक का नहीं हुआ। कम्युनिस्ट मेनीफ़ेस्टो को मार्क्सवाद का सूत्ररूप कहा जा सकता है। इस घोषणा पत्र को 'समाजवादी मेनीफ़ेस्टो' (Socialist Menifesto) न कह कर 'कम्युनिस्ट मेनीफ़ेस्टो' क्यों कहा गया, इस प्रश्न के उत्तर में ऐंगल्स कहता है—'समाजवाद शब्द का प्रयोग अनेक बेसिर-पैर की हवाई आयोजनाओं के लिये हुआ है। परोपकार की भावना द्वारा मज़दूरों की अवस्था सुधारने के ऐसे सैकड़ों प्रयत्नों से भी इस शब्द का सम्बन्ध रहा है जो एक ओर तो मज़दूरों का कल्याण करने की फिक्र करते हैं और दूसरी ओर पूँजी तथा उसके मुनाफे को भी सुरक्षित रखे रहना चाहते हैं।'

'कम्यूनिस्ट मेनीफ़ेस्टो' फरवरी १८४८ में प्रकाशित हुआ। फ्रांस की तीसरी राज्यक्रांति पर, जिसे समाजवादी राज्यक्रांति का नाम भी दिया जाता है, कम्यूनिस्ट मेनीफ़ेस्टो का प्रभाव बहुत गहरा पड़ा। इस राज्यक्रांति में क्रांतिकारियों ने पेरिस में एक समाजवादी सरकार 'पेरिस कम्यून' के रूप में स्थापित करने की चेष्टा की थी। यह सरकार स्थापित हो भी गयी परन्तु उस समय तक इस सरकार के स्थापन करने वालों का संगठन और अनुभव इतना न था कि पूँजीवादी आक्रमण से अपनी रक्षा सफलतापूर्वक कर सकते।

मार्क्स के इस घोषणापत्र का प्रभाव संसार भर के मज़दूर आन्दोलनों पर पड़ा और मज़दूरों के आन्दोलन ने अन्तर्राष्ट्रीय रूप धारण कर लिया। इस घोषणा के बाद मज़दूरों में एक नयी भावना, जिसे मार्क्स 'श्रेणी चेतना' (class consciousness) का नाम देते हैं, पैदा हो गयी। श्रेणी चेतना को हम मार्क्सवाद के क्रियात्मक रूप का बीज कह सकते हैं।

मार्क्स इंगलैंड में रहते समय लगातार मज़दूरों के आन्दोलनों में भाग लेता रहा और अर्थशास्त्र का गहरा अध्ययन कर उसने अर्थशास्त्र की एक नयी पद्धति कायम कर दी जिसे हम पूँजीवादी अर्थशास्त्र के मुकाबिले में 'वर्गवादी' या समष्टिवादी (communist) अर्थशास्त्र कह सकते हैं। इस अर्थशास्त्र की दृष्टि से मनुष्य समाज के इतिहास का रूप और दृष्टिकोण ही बिलकुल बदल जाता है।

मार्क्स का जीवन अपने सिद्धान्तों के लिये संघर्ष का जीवन था परन्तु इस पुस्तक का विषय मार्क्स का जीवन न होकर उसके सिद्धान्त या कहिए समाजशास्त्र में उसके सिद्धान्त का प्रभाव है, इसलिए हम मार्क्स के जीवन के विषय में अधिक न कह सकेंगे।

मार्क्स के सिद्धान्तों का प्रभाव श्रेणी संघर्ष के रूप में प्रकट होने से उसके एक कठोर प्रकृति का मनुष्य होने की कल्पना होना स्वाभाविक है परन्तु मार्क्स की सैद्धान्तिक उग्रता

मार्क्स के सिद्धान्तों का प्रभाव श्रेणी संघर्ष के रूप में प्रकट होने से उसके एक कठोर प्रकृति का मनुष्य होने की कल्पना होना स्वाभाविक है परन्तु मार्क्स की सैद्धान्तिक उग्रता और कठोरता उसके वैयक्तिक जीवन में सहृदयता और कोमलता के रूप में प्रकट होती थी। अपनी सन्तान और स्त्री के प्रति उसके हृदय में अगाध स्नेह था। सन् १८८१ में उसकी स्त्री का देहान्त हो जाने पर वह इतना निराश हो गया कि अपनी स्त्री की कब्र में कूदने का यत्न करने लगा। मार्क्स की स्त्री के देहान्त के समय ऐंगल्स ने कहा था—'मार्क्स मर गया।'

इसके पश्चात भी मार्क्स निराशा का दमन कर अर्थशास्त्र पर अपनी पुस्तक 'पूँजी' (Das Capital) को पूरा करने का यत्न करता रहा परन्तु उसे इसमें सफलता न मिली और १४ मार्च सन् १८८४ में मार्क्स इस संसार से कूच कर गया। उसकी मृत्यु के पश्चात् ऐंगल्स ने 'पूँजी' (Das Capital) के तीसरे भाग को समाप्त कर छपवा दिया। मार्क्स की यह पुस्तक मार्क्सवाद या कम्युनिज्म (Communism) की आधारशिला है।

मार्क्सवाद

इस पुस्तक का नाम सिद्धान्त की विवेचना के विचार से समाजवाद न रख व्यक्ति के सम्पर्क से मार्क्सवाद रखा गया है। इसका कारण मार्क्स के व्यक्तित्व के प्रति श्रद्धा के फूल चढ़ाना नहीं बल्कि अपने आपको ऐतिहासिक भूल से बचाना है। राबर्ट ओवन, लूई ब्लां, लास्साल और राडबर्टस के विचारों को हम समाजवाद के रूप में पेश कर चुके हैं परन्तु मार्क्स द्वारा प्रतिपादित विचारधारा इन विचारकों की विचारधारा से स्पष्ट रूप से भिन्न है। यह बात ऊपर के वर्णन से स्पष्ट है। ऐतिहासिक रूप से उसे पुरानी विचारधारा के साथ मिला देना भूल होगी। मार्क्स द्वारा प्रतिपादित समाजवाद को, जिसके सिद्धान्तों के लिये विज्ञान की पूर्णता का दावा किया जाता है, काल्पनिक समाजवाद से नहीं मिलाया जा सकता। मार्क्स का सहयोगी समाजवादी विद्वान ऐंगल्स स्वयं इस विषय पर प्रकाश डालता है :

"...मैं इस बात से इनकार नहीं कर सकता कि मार्क्स के साथ चालीस वर्ष तक इकट्ठे काम करने से पहले और बाद में भी मैंने स्वतन्त्र रूप से आर्थिक सिद्धान्तों की खोज का काम किया है परन्तु हम लोगों के विचारों का अधिकांश भाग, विशेषकर जहाँ अर्थशास्त्र, इतिहास और क्रियात्मक व्यवहार के आधारभूत सिद्धान्तों का सम्बन्ध है, श्रेय मार्क्स को ही है। इसलिए इन विचारों और सिद्धान्तों का सम्बन्ध भी उसी के नाम से होना चाहिए....।"

मार्क्सवाद क्या है, समाजवाद क्या है, समाजवाद और मार्क्सवाद में क्या अन्तर है, इस बात को ऊपर के उद्धरण स्पष्ट कर देते हैं। अर्थशास्त्र और राजनीति का प्रसिद्ध रूसी विद्वान लियोन्तेव इस भेद को और भी स्पष्ट कर देता है :

"...मार्क्सवाद ही पहला प्रयत्न था जिसने मनुष्य समाज के विकास को वैज्ञानिक दृष्टिकोण से देखने का यत्न किया। मार्क्स ने भावुक सुधारकों के समाजवादी हवाई महलों को गिरा कर वैज्ञानिक समाजवाद की बुनियाद डाली। पूँजीवादी वैज्ञानिक समाज के विकास के नियमों को कभी स्पष्ट नहीं कर सके। वे मनुष्य के इतिहास को केवल घटनाओं की शृंखला मात्र समझते रहे। मार्क्स ने मनुष्य समाज के इतिहास की घटनाओं को कार्यकारण की शृंखला में जोड़ दिया। उसने बताया कि प्रकृति की तरह मनुष्य समाज के विकास और परिवर्तन के भी नियम हैं। उसने बताया मनुष्य समाज का रूप और संगठन किसी अलौकिक शक्ति से नहीं बल्कि परिस्थिति और स्वयं मनुष्य समाज के विचारों, निश्चयों और कार्यों से होता है और आगे भी समाज का रूप आवश्यकतानुसार बदला जा सकता है। मार्क्स ने यह भी बताया कि पूँजीवादी प्रणाली अपने विकास से समाज में इस प्रकार की परिस्थितियाँ पैदा कर देती है, जो स्वयं पूँजीवाद का आगे चलना असम्भव कर देती है और पूँजीवाद अपनी रक्षा के लिये समाज को विकास के नहीं,

विनाश के मार्ग पर धकेलने लगता है। इसके साथ ही मार्क्सवाद इस ओर भी ध्यान दिलाता है कि समाजवादी प्रजातंत्रवादियों'[१] (Social Democrats) के विचार के अनुसार पूँजीवादी शासन प्रणाली स्वयं ही निश्चल होकर समाजवाद को स्थान नहीं दे देगी बल्कि उसके लिये समाज की शोषित श्रेणियों का संगठित प्रयत्न आवश्यक है। मार्क्सवाद के अनुसार समाज के विकास और परिवर्तन के नियम मनुष्य के प्रयत्न बिना स्वतन्त्र रूप से काम नहीं करते। समाज की श्रेणियों (classes) के परस्पर संघर्ष के रूप में ही यह नियम सफल होते हैं··· ।''

मार्क्सवाद का ऐतिहासिक आधार

मार्क्सवाद में विश्लेषण और विवेचना का आधार इतिहास है। मनुष्य समाज के शनैः विकास को लेकर यह वाद अपने सिद्धान्त निश्चित करता है और मनुष्य समाज के इतिहास को आर्थिक और भौतिक दृष्टिकोण से देखता है। इतिहास को आर्थिक दृष्टिकोण से देखने का अर्थ है—मनुष्य समाज के इतिहास को जीवन के लिये संघर्ष के क्षेत्र में देखने का यत्न करना। इसे और भी सरल शब्दों में यों कहा जा सकता है—मनुष्य किस प्रकार अपनी जीविका प्राप्त करता है, जीवन रक्षा करता है, यही बात उसके रहन-सहन के ढंग को निश्चित करती है। मनुष्य के जीविका उपार्जन करने और जीवन रक्षा के ढंग के बदलने से समाज का रूप बदल जाता है। किसी व्यक्ति या श्रेणी का समाज में क्या स्थान है, इसका निश्चय इस बात से होता है कि सम्पूर्ण समाज के जीविका पैदा करने के क्रम में इस व्यक्ति या श्रेणी का क्या भाग और अधिकार है। समाज किस प्रकार संगठित है और उसके कौन-कौन अंग हैं, यह देखना हो तो हम समाज को व्यक्तियों में नहीं बल्कि श्रेणियों में संगठित और विभक्त पायेंगे। समाज में पैदावार की दृष्टि से सब श्रेणियाँ अपना-अपना स्थान रखती हैं। इन श्रेणियों में पैदावार के फल या पैदावार के साधनों पर अधिकार करने के लिये जो संघर्ष चलता है, वही मनुष्य समाज का इतिहास है, वही मनुष्य समाज के विकास का मार्ग है। मार्क्स का कहना है कि विकास के मार्ग में अड़चनें अवश्य आती हैं और अन्तर्विरोध पैदा होने पर एक नयी व्यवस्था तैयार होती है। नयी व्यवस्था मनुष्य समाज के विकास को आगे बढ़ने का अवसर देती है। समाज के विकास के मार्ग में आने वाली अड़चनें और उससे उत्पन्न होने वाली नयी व्यवस्थाओं का उदाहरण हम इतिहास में निम्न प्रकार देख सकते हैं।

मनुष्य समाज ने धन, धान्य और सम्पत्ति इकट्ठा कर अपनी सभ्यता की उन्नति आरम्भ की। समाज की सम्पन्न श्रेणी ने अपनी शक्ति बढ़ाने के लिये दूसरी श्रेणी के लोगों को अपना गुलाम बना कर पैदावार के हथियारों के तौर पर व्यवहार करना शुरू किया। इससे मनुष्य समाज में पैदावार की गति में बढ़ती हुई सभ्यता का विकास हुआ। गुलामों द्वारा पैदा की गयी सम्पत्ति से मनुष्य समाज ने वे पदार्थ तैयार किये, जिन्हें एक मनुष्य की निजी शक्ति निजी उपयोग के लिये तैयार न कर सकती थी। उदाहरणतः सैकड़ों मील लम्बी सड़कें, नहरें, मिस्र के पिरामिड, यूनान के मन्दिर और भारत की विशाल इमारतें।

---

१. मार्क्सवाद समाजवादी प्रजातंत्र शासन का विरोधी नहीं है। विरोध है केवल उन लोगों से, जो समाजवादी प्रजातंत्र का नाम ले समाजवाद को प्राप्त करने के क्रांतिकारी कार्यक्रम का विरोध करते हैं।

गुलाम आवश्यक वस्तुएँ उत्पन्न करने में लगे रहते थे और सम्पत्तिशाली विद्वान संगीत, साहित्य और ज्योतिष की चर्चा किया करते थे। गुलामों के परिश्रम के आधार पर समाज की सम्पत्ति और ज्ञान का विकास हुआ। समय आया कि कला-कौशल का विस्तार होने से कारखाने खुलने लगे। मशीनों से एक आदमी बीसियों की शक्ति का काम करने लगा। ऐसी अवस्था में गुलामों की संख्या उनके मालिकों के सिर पर बोझ हो गयी क्योंकि मालिक लोग मशीन की सहायता से एक ही आदमी से बीस आदमियों का काम करा सकते थे; बीस गुलामों को अपनी सम्पत्ति बनाकर उनका पेट भरने की क्या ज़रूरत थी। दूसरी ओर उद्योग-धन्धों से पैदावार करने के लिये जिन लोगों ने कारखाने खोले उन्हें मजदूरी पर काम करने वाले न मिलते क्योंकि मालिकों के गुलाम अपने मालिकों को छोड़कर कहीं न जा सकते थे और जागीरदारों की रैयत भी उस समय अपने मालिकों की बस्ती छोड़कर मज़दूरों के लिये दूसरी जगह न जा सकती थी। गुलामी की प्रथा जो एक समय समृद्धि और सभ्यता की उन्नति के लिये सहायक थी, अब न केवल बोझ बन गयी बल्कि पैदावार की वृद्धि, समृद्धि और सभ्यता की बढ़ती की राह में अड़चन बनने लगी। इसलिए गुलामी की प्रथा के विरुद्ध आंदोलन चला। गुलामी को मनुष्य समाज का कलंक बताकर मिटा दिया गया। सब मनुष्यों को स्वतंत्र कर एक समान बनाया गया और इन्हें अपने परिश्रम से जीविका उपार्जन करने की स्वतंत्रता दी गयी। यह एक नयी व्यवस्था (synthesis) थी जो समाज में गुलामी की प्रथा (thesis) द्वारा होते हुए विकास की राह में अड़चन (antithesis) आने पर पैदा हुई।[१]

समाज के आर्थिक संगठन में जीविका उपार्जन करने की व्यक्तिगत स्वतन्त्रता के सिद्धान्त पर जो विकास आरम्भ हुआ, उसका लक्ष्य था: पूँजीपति व्यक्ति स्वतन्त्रता पूर्वक व्यवसाय चला सकें। उत्पत्ति के साधन जिन व्यक्तियों के हाथ में नहीं, वे भी जीविका उपार्जन करने में स्वतन्त्र हैं, इसलिए वे अपने निर्वाह के लिये अपनी श्रमशक्ति स्वतन्त्रता से बेचकर मजदूरी या वेतन पा सकें। दास लोग स्वतन्त्र रूप हो मज़दूरी और वेतन पाकर अधिक खर्च करने लगें। इससे पूँजीपति व्यवसायियों को पैदावार बढ़ाने का और अवसर मिला। पैदावार बढ़ाने के लिये मशीनों के आविष्कार हुए। व्यवसाय फैलाने से मुनाफ़ा अधिक हुआ और उससे अधिक बड़ी-बड़ी मिलें खुलने लगीं। मज़दूरों की संख्या बढ़ती गयी और दूसरी ओर मशीनरी का व्यवहार बढ़ता गया। अन्ततः ऐसी अवस्था आयी कि मशीनों की सहायता से दस आदमी सौ मज़दूरों का काम करने लगे। इससे मज़दूर फालतू बचने लगे। मज़दूर फालतू बचने से पूँजीपतियों को यह मौका मिला कि उन मज़दूरों को काम पर लगायें जो अपने श्रम का कम से कम दाम लेकर अधिक से अधिक काम करें। इसके साथ ही पूँजीपतियों के लिये यह लाभदायक था कि ऐसी मशीनों का उपयोग करें, जिसमें कम से कम मज़दूरों को काम पर लगाना पड़े, ताकि उनका अपना मुनाफ़ा अधिक हो। परिणाम यह हुआ कि एक बहुत बड़ी संख्या बेकार लोगों की हो गयी जिनके पास न पैदावार के साधन थे और न वे कोई काम ही पा सकते थे। समाज में यह विकास पूँजीवादी श्रेणी की शक्ति बढ़ाने के साथ ही उसकी विरोधी साधनहीन मज़दूर श्रेणी को

---

१. अमेरिका का उत्तरी और दक्षिणी रियासतों में दास प्रथा को दूर करने के लिये जो युद्ध हुआ वह इस बात का अच्छा उदाहरण है। अमेरिका के दक्षिणी भाग उस समय कृषि प्रधान थे, उन्हें गुलामी की ज़रूरत थी और उत्तरी भाग उद्योग प्रधान हो रहे थे जहाँ स्वतन्त्र मज़दूरों की जरूरत थी।

भी उत्पन्न कर रहा था। पूँजीवादी के विकास के साथ ही उसकी विरोधी श्रेणी भी बढ़ती जा रही थी।

लेकिन यह व्यवस्था आरम्भ हुई थी व्यक्तिगत स्वतन्त्रता से मुनाफ़ा कमाने के अधिकार और अपने परिश्रम को बेचने की स्वतन्त्रता के न्यायपूर्ण सिद्धान्त पर। आरम्भ में इससे समाज में पैदावार के बढ़ने में खूब सहायता मिली परन्तु अब ऐसी अवस्था आ गयी है कि वही सिद्धान्त और अधिकार (मुनाफ़ा कमाने की स्वतन्त्रता) पैदावार को घटा रही है और बेकारी को बढ़ा रही है। समाज के विकास में अड़चन आ गयी है और यह अड़चन मुनाफ़ा कमाने के आधार पर चलने वाली पूँजीवादी प्रणाली ने अपने विकास से अपने मार्ग में स्वयं उत्पन्न कर ली है। इसलिए अब पुरानी घिसी हुई अवस्था में परिवर्तन कर एक नई व्यवस्था लाने की आवश्यकता अनुभव हो रही है। मार्क्सवाद समाज के इतिहास को इसी रूप में देखता है। मार्क्सवाद इतिहास को स्थिति (thesis), प्रतिवाद (antithesis) और समन्वय (synthesis) अर्थात एक स्थिति के आरम्भ होकर बढ़ने और उसमें विरोध उत्पन्न होकर नया समन्वय होते रहने के क्रम में ही देखता है। क्रियात्मक रूप में यों कहा जा सकता है समाज में पूँजीवाद के विकास की स्थिति ने साधनहीन मजदूर श्रेणी के रूप में अपना प्रतिवाद या प्रतिस्थिति उत्पन्न कर दी है। इस स्थिति का समन्वय समाजवाद या व्यवस्था का मज़दूर श्रेणी के हाथ में चला जाना होगा।

भौतिकवाद

किसी समाज के संगठन में उस समय की विचारधारा का विशेष महत्व रहता है। हम ऊपर कह आये हैं, मनुष्य की परिस्थितियों और निर्वाह के ढंग अपनी रक्षा और विकास के प्रयोजन से उसके विचारों को एक खास तरीके पर ढाल देते हैं। विचारों की यह प्रवृत्ति, समाज की कल्पना, समाज़ की दृष्टि में उचित-अनुचित के विचारों पर प्रभाव डाल कर उसके आदर्श और कार्यक्रम को निश्चित करती है। समाज के लिये क्या उचित-अनुचित और सम्भव-असम्भव है, इस निर्णय में समाज के दर्शन या विचार पद्धति का बहुत महत्वपूर्ण स्थान रहता है।

व्यक्ति और समाज के मार्ग का निश्चय उनके स्वतः स्वतन्त्र विचार करते हैं या परिस्थितियाँ, यह महत्वपूर्ण प्रश्न दार्शनिकों को बहुत समय तक परेशान करता रहा है। जो लोग मनुष्य और उसके समाज को संसार से परे एक शक्ति, ब्रह्म या खुदा की रचना समझते हैं, उनकी दृष्टि में इस संसार का क्रम एक निश्चित वस्तु है। इसमें मनुष्य की शक्ति, भगवान की इच्छा के बिना उलट-फेर नहीं कर सकती। मनुष्य की इच्छा और बुद्धि भी, इन लोगों के विचार में, भगवान की प्रेरणा के ही अनुकूल होती है। ऐसे लोगों की दृष्टि में यह सम्पूर्ण संसार मिथ्या भ्रम और नष्ट हो जाने वाला है। सत्य है, केवल शाश्वत भगवान। संसार के बन्धन तुड़ा कर उस ब्रह्म को प्राप्त करना ही उनके विश्वास में जीवन का लक्ष्य है। संसार में अपनी सांसारिक या भौतिक अवस्था सुधारने का यत्न करना उनकी दृष्टि में अपने आपको भ्रम में डालना है। इस दृष्टि से मनुष्य की सम्पूर्ण उन्नति, अवनति, सफलता, असफलता का उत्तरदायित्व भगवान पर रहता है, मनुष्य और उसका समाज स्वयं कुछ नहीं है। संसार का इतिहास इस आध्यात्मिक विचारधारा का समर्थन नहीं करता इसलिए मनुष्य ने गूढ़ चिन्तन द्वारा अपने सामर्थ्य और शक्ति के विषय में तर्क और अनुमान किया। अपनी समस्याओं के विश्लेषण और विवेचन के लिये

मनुष्य समाज ने जिस विचारक्रम या तर्क का विकास किया, वही उसका दर्शनशास्त्र है। इस दर्शनशास्त्र में भी विकास और परिवर्तन होता रहता है।

मार्क्सवाद का दर्शन विश्वास के आधार पर चलने वाले आध्यात्मिक दर्शन के ठीक विपरीत है। वह मनुष्य के प्रकृति पर विजय प्राप्त कर अपने समाज का कार्यक्रम और मार्ग मनुष्य द्वारा निश्चय कर सकने में विश्वास रखता है। वह संसार की रचना और विकास का आधार प्रकृति में मानता है। प्रकृति के अलावा किसी आत्मा या आध्यात्मिक शक्ति में वह विश्वास नहीं रखता, न उसकी जरूरत ही देखता है। मनुष्यों और प्राणियों में मौजूद जीव और चेतना को वह प्राकृतिक जगत से भिन्न या बाहर की चीज नहीं समझता और न मनुष्य जीवन का उद्देश्य, मृत्यु के बाद इस संसार से परे ब्रह्म या किसी अन्य अवस्था को प्राप्त करना मानता है। मार्क्सवाद की दृष्टि में संसार सत्य और वास्तविक है। इस प्रकृति को इन्द्रियों[१] द्वारा समझा और अनुभव किया जा सकता है। इस प्रकृति में ही गति और चेतना (motion and consciousness) का विकास होता है।

मार्क्सवाद का मत

मनुष्य में चेतना की उत्पत्ति यदि प्रकृति से भिन्न की किसी परिपूर्ण शक्ति द्वारा की जाती तो यह चेतना सदा से एक सी होनी चाहिए थी परन्तु जीवविज्ञान और शरीर विज्ञान में डार्विन (Charles Darwin, 1809-82) और हैकल (Ernst Haeckel, 1834-1919) द्वारा की गयी खोज के आधार पर मार्क्सवाद यह निश्चय करता है कि मनुष्य की चेतना का, जिसे अध्यात्मवादी नित्य आत्मा कहते हैं, विकास क्रमशः हुआ है।

मार्क्सवाद विज्ञान से अनुमोदित इस तथ्य को सृष्टि के विकास का सूत्र मानता है कि भौतिक प्रकृति में गति का गुण अन्तर्निहित है। परिस्थिति विशेष में गति, जो कि स्वयं प्रकृति का ही अंग है चेतना के रूप में प्रकट होती है। भौतिक पदार्थों में परिमाण की वृद्धि उनमें गुणात्मक परिवर्तन कर देती है। इन भौतिक पदार्थों के विशेष परिस्थितियों में आने से उनमें ऐसे भौतिक और रासायनिक परिवर्तन आये जिससे उनमें दूसरे पदार्थों को अपने अन्दर हज़म करके स्वयं बढ़ने का गुण आ गया। यही क्रिया है जिससे जीव की उत्पत्ति होती है। यह बात रसायनशाला के अनुभवों से प्रत्यक्ष प्रमाणित होती है। आरम्भिक अवस्था में प्राणियों के शरीर कुहासे से मिलते-जुलते, एक झिलमिल आकृतिहीन (nebula) अवस्था में थे। दूसरे पदार्थों को हज़म कर स्वयं बढ़ने का गुण या गति आ जाने से इनमें क्रिया और अनुभूति बहुत सूक्ष्म रूप में पैदा हो जाती है परन्तु इन जीवयुक्त पदार्थों की गति, इनकी इच्छा और अनुभूति का ज्ञान स्थूल दृष्टि को नहीं हो सकता।

अध्यात्मवादी जीवों के शरीर की उत्पत्ति तो प्रकृति से स्वीकार करते हैं परन्तु मनुष्य की चेतना और विचार शक्ति को स्थूल प्रकृति का गुण नहीं मानते। प्रकृति में चेतना का गुण न पाकर वे मनुष्य की चेतना को अप्राकृतिक शक्ति ब्रह्म या खुदा का अंग या देन समझते हैं। मार्क्सवाद इच्छा और चेतना को भी जीव के शरीर के अंग मस्तिष्क का ही कार्य समझते हैं। जीव के मस्तिष्क के तन्तुओं की क्रिया से ही इच्छा और चेतना पैदा

---

१. इन्द्रियों से अभिप्राय इन्द्रियों और इन्द्रियों की पहुँच बढ़ाने वाले मनुष्य द्वारा तैयार किये गये यन्त्रों से भी है।

होती है। मनुष्य का मस्तिष्क प्राकृतिक पदार्थों से ही बनता है। इसलिए मस्तिष्क द्वारा होने वाले कार्य भी प्रकृति की ही क्रिया हैं।

अध्यात्मवादी लोग मनुष्य की इच्छा, विचार और कार्यों में अन्तर समझते हैं। इच्छा और विचारों को वह आत्मा (ईश्वरीय अंग) की क्रिया समझते हैं और प्रत्यक्ष कार्यों को स्थूल शरीर की क्रिया समझते हैं। मार्क्सवाद और विज्ञान इनमें इस प्रकार का भेद नहीं समझते। हाथ से लकड़ी को पकड़ना एक क्रिया है। हमें इस क्रिया का केवल वही भाग दिखायी देता है जो प्रत्यक्ष है—अर्थात हाथ का हिलना। परन्तु यह क्रिया आरम्भ होती है मस्तिष्क के तन्तुओं से जहाँ पहले इच्छा या विचार पैदा होता है।

मनुष्य का मस्तिष्क स्वयं प्रत्यक्ष क्रिया नहीं कर सकता। वह स्नायुओं द्वारा अंगों को गति देकर क्रिया करता है। मस्तिष्क की क्रिया, विचार और इच्छा अप्रत्यक्ष रहते हैं। इच्छा या विचार पैदा होने से लेकर लकड़ी को पकड़ लेने तक यह क्रिया का एक क्रम है, जो मनुष्य के शरीर की बनावट के कारण कई भागों में बँट जाता है। मस्तिष्क हमारे शरीर का संवेदन केन्द्र है, जहाँ से सभी क्रियाओं का आरम्भ होता है। मस्तिष्क और दूसरी इन्द्रियाँ अलग-अलग अंग हैं, उनमें प्रत्यक्ष भेद दिखायी देता है इसलिए इनके द्वारा की गयी क्रियाएँ भी अलग-अलग जान पड़ती हैं। वास्तव में विचार और चेतना भी भौतिक या शारीरिक क्रिया है।

जिन मनुष्यों का मस्तिष्क जितना कम विकसित होता है वे उतना ही कम सोचते हैं परन्तु हम यों नहीं कह सकते कि कम विकसित या चेतन मस्तिष्क में कम आत्मा होती है। अध्यात्मवादियों के मत से आत्मा तो नित्य, अजर, अमर, अक्षय और एकरूप, एकरस है। जिन जीवों के शरीर का विकास निचली अवस्था में होता है, उनमें मस्तिष्क का विकास भी कम होता है। जीवों को हम विकास की भिन्न-भिन्न अवस्थाओं में देख पाते हैं। मनुष्य के शरीर में अनेक अंग और उपअंग है, जैसे हाथ, पैर, उनकी उँगलियाँ आदि। पशुओं के इससे कम अंग होते हैं और कुछ जीवों में नाक, आंख और मुँह के सिवा कुछ नहीं होता। शरीर में अंग जितने कम होंगे, मस्तिष्क का सम्बन्ध अंगों से उतना ही निकट का होगा। जीव-विज्ञान की खोज से यह पता चलता है कि जीवों की उस अवस्था में, जबकि अंगों का विकास नहीं हो पाता और उनका केवल गोल-मटोल पोटली सा रहता है, उस समय उनका मस्तिष्क शरीर के किसी खास भाग में एकत्र न होकर सम्पूर्ण शरीर की तह पर छाया रहता है। अपने शरीर की त्वचा से वह जो कोई काम करते हैं, उसमें तथा विचार में कोई अन्तर दिखायी नहीं पड़ता। इसी प्रकार यदि मनुष्य का मस्तिष्क भी उसके हाथ-पैर में होता तो उसकी चेतना और इच्छा मनुष्य शरीर से होने वाली क्रिया से पृथक वस्तु न जान पड़ती। मार्क्सवाद कहता है, मनुष्य की चेतना और इच्छाशक्ति का विकास परिस्थितियों और जीवन की आवश्यकताओं से होता है और वह शरीर का अंग और कार्य हैं। इस शरीर से परे ऐसी कोई वस्तु नहीं जो मनुष्य का शरीर समाप्त हो जाने के बाद भी फिर से जीवन धारण करने के लिये शेष रह जाय या संक्षेप में जिसे अध्यात्मवादियों के शब्दों में आत्मा कहा जा सके।

जीवों के शरीर के विकास की आरम्भिक अवस्था में जीवन की रक्षा और उसे बढ़ाने के प्रयत्नों के लिये बहुत सूक्ष्म रूप से अस्पष्ट आकृति शरीरों में गति का यत्न होने लगा। इस प्रयत्न के लिये स्फुरण के कारण इस शरीर में इधर-उधर विशेष वृद्धि होने लगी। बाद

में यह बढ़े हुए भाग शरीर के अंग बन जाते हैं। अंग बन जाने पर अपनी बदलती परिस्थितियों में बदलता हुआ शरीर विकास पाने लगा—जीवों की अनेक अवस्थाओं से गुजरता हुआ, अनेक रूप धारण करता हुआ, जिनमें से कुछ जल में उगने वाले वनस्पति[१] बने, कुछ स्थल पर उगने वाले वनस्पति, कुछ जल में रहने वाले जीव और कुछ स्थल पर रहने वाले; कुछ पक्षी बने, कुछ रेंगने वाले जीव। इन रेंगने वाले जीवों में विकास हुआ तो उनके छोटे-छोटे पैर निकल आये।[२] इस प्रकार अनेक शाखा-प्रशाखा होकर जीव-चौपायों के रूप में आये और बाद में बन्दर, वनमानुष की योनि पार करते हुए आखिर मनुष्य का भी रूप धारण किया।

मनुष्य भी विकास के अनेक दर्जों में पाये जाते हैं। जैसे कुछ मनुष्य बिलकुल नंगे रह कर बिना पकाया मांस या वनस्पति खाते हैं, कुछ अर्ध-सभ्य हैं और कुछ सभ्य। जब मनुष्य नाम का यह प्राणी लाखों वर्षों में इन योनियों से गुजरा, उसकी चेतना, बुद्धि और आत्मा आज जैसी अवस्था में न थी। उसका क्रमशः विकास हुआ है और इस विकास में उसकी परिस्थितियों का प्रभाव पड़ा है। किसी अलौकिक, संसार से बाहर की शक्ति का प्रभाव मनुष्य की चेतना, बुद्धि या आत्मा[३] पर नहीं जान पड़ता। परिस्थितियों के जो प्रभाव चेतना, बुद्धि और आत्मा का विकास कर सकते हैं वे संयोग क्रम में उसकी सृष्टि भी कर सकते हैं। इस प्रकार मार्क्सवाद का दर्शनशास्त्र पूर्णरूप से भौतिकवाद (Materialism) की नींव पर कायम है।

मार्क्सवाद और अध्यात्म

कुछ अध्यात्मवादी मार्क्सवाद के अर्थशास्त्र सम्बन्धी सिद्धान्तों और कार्यक्रम को तो स्वीकार करते हैं, परन्तु मार्क्सवाद के दर्शन—भौतिकवाद, अनात्मवाद और निरीश्वरवाद से आशंकित होते हैं। मार्क्सवाद इस प्रकार के दुरंगे ढंग को अवैज्ञानिक समझता है। अवैज्ञानिक समझने का इसके कारण है कि जब आत्मा और परमात्मा का अस्तित्व विज्ञान और तर्क द्वारा सिद्ध नहीं होता, उसका आश्रय क्यों लिया जाय? यह कहना कि आत्मा और ईश्वर इन्द्रियों का विषय नहीं, अनुभव का विषय है, मार्क्सवादियों की दृष्टि में केवल अन्धविश्वास है। अनुभव इन्द्रियों के द्वारा ही होता है। इन्द्रियाँ विज्ञान की सहायता से आत्मा और परमात्मा की अनुभूति का निश्चय क्यों नहीं कर पातीं? आत्मा परमात्मा की अनुभूति केवल कल्पना में ही क्यों होती है? मार्क्सवाद की नज़र में आत्मा-परमात्मा, भूत-प्रेत आदि काल्पनिक वस्तुओं की तरह केवल विश्वास की ही वस्तु है।

अध्यात्मवादियों का कहना है कि आत्मा-परमात्मा पर विश्वास रखने से मनुष्य अपने सामने एक महान और ऊँचे आदर्श को रखकर महान शक्ति का आश्रय पा सकता है और विकास कर सकता है। मार्क्सवाद कहता है, जो शक्ति वास्तव में है ही नहीं, वह

---

१. जीव का उद्‌भव पहले जल में हुआ माना जाता है।

२. सांप के पैर नहीं होते, कनखजूरे के होते हैं।

३. अध्यात्मवादी आत्मा को चेतना और बुद्धि से पृथक वस्तु मानते हैं परन्तु विज्ञान की शोध के अनुसार चेतना और बुद्धि से परे कोई वस्तु नहीं। मार्क्सवाद आत्मा के विश्वास को केवल मानसिक अभ्यास या संस्कार समझते हैं।

मनुष्य को किस प्रकार ऊँचा उठा सकती है और आश्रय दे सकती है। उससे मिलने वाला आश्रय केवल मिथ्या-विश्वास होगा।

आत्मा-परमात्मा पर विश्वास की दूसरी उपयोगिता समझी जाती है कि यह विश्वास मनुष्य को धर्म और न्याय के मार्ग पर रखता है। मार्क्सवाद के सिद्धान्तों के अनुसार धर्म, कर्तव्य और न्याय परिस्थितियों के अनुसार बदलते रहते हैं। परन्तु अध्यात्मवादियों के विचार में आत्मा-परमात्मा कभी नहीं बदलते, इनके द्वारा निर्देशित धर्म और न्याय भी नहीं बदलता। इसलिए परिवर्तन के मार्ग पर चलते हुए समाज को परिवर्तन आशंकित करने वाली आध्यात्मिकता सदा पीछे की ओर घसीटती है। अपनी इस बात की पुष्टि में मार्क्सवादी इतिहास द्वारा यह सिद्ध करते हैं कि धर्म-विश्वास ने सदा ही नवीन विचारों का विरोध कर प्राचीन शासन, विश्वास और पद्धति की ही सहायता की है। धर्म का सम्बन्ध सदा ही अतीतकाल की परिस्थितियों से रहा है।

आत्मा-परमात्मा पर विश्वास (आध्यात्मिकता) को विज्ञान और तर्क की कसौटी पर पूरा न उतरते पाकर भी अनेक विचारक मनुष्य को नेकी की राह पर चलाने के लिये उन्हें उपयोगी समझते हैं। इस प्रकार के विचारों को फ्रांस के प्रसिद्ध क्रांतिकारी लेखक वोल्तेयर (Voltaire, 1694-1778) ने यों स्पष्ट कहा है—'यदि परमेश्वर नहीं है तो हमें स्वयं परमेश्वर गढ़ लेना चाहिए क्योंकि उसका भय मनुष्य को उचित मार्ग पर चलाने में सहायक होता है।' मार्क्सवाद इस प्रकार के काल्पनिक भय में लाभ की अपेक्षा हानि ही अधिक देखता है। उसका कहना है कि काल्पनिक भगवान् के भय से यदि मनुष्य को न्याय के मार्ग पर चलाया जा सकता है तो काल्पनिक भय के आधार पर मनुष्य को यह भी समझाया जा सकता है कि समाज की सम्पन्न और मालिक श्रेणियों को भगवान ने ग़रीबों और साधनहीनों पर शासन करने के लिये और ग़रीबों को शासक श्रेणियों की सेवा करने के लिये ही बनाया है और इस कायदे को उलटना भगवान की इच्छा या आज्ञा के विरुद्ध है और पाप है। इतिहास इस बात का गवाह है कि आध्यात्मिकता ने सदा से उपदेश दिया है कि भगवान की इच्छा और न्याय से समाज में मालिक-नौकर और राजा-प्रजा का विधान बना है। नौकर और प्रजा को चाहिए कि मालिक और राजा को अपना पिता, स्वामी और रक्षक मानकर उसकी सेवा और आज्ञा का पालन करे। राजा और मालिक के प्रति विद्रोह करना सदा पाप और ईश्वर की इच्छा के विरुद्ध बताया गया है। यदि मनुष्य समाज भगवान की आज्ञा को स्वीकार कर अपनी अवस्था से सन्तुष्ट रह कर, अपनी अवस्था में परिवर्तन करने की चेष्टा न करता तो मनुष्य समाज का न कभी विकास होता और न कुछ उन्नति होती।

आध्यात्मिकता का रूप बदलता रहा है और उसे मनुष्य के मस्तिष्क ने ही पैदा किया है।[१] ऐसी अवस्था में मनुष्य के मस्तिष्क को आध्यात्मिकता का दास बना देना इतिहास के क्रम को उलटना और उसके बाद अत्याचार करना, सत्य को छिपाना और मनुष्य की शक्ति और विकास पर बनावटी प्रतिबन्ध लगाना है। आध्यात्मिकता और धर्म-विश्वास

---

१. इतिहास बताता है कि मनुष्य पहले वृक्षों, पहाड़ों और नदियों की पूजा करता था; अनेक जातियाँ अब भी पूजा करती हैं। इसके बाद वह अनेक देवताओं की पूजा करने लगा और उसके बाद एक निराकार निर्गुण भगवान की। ज्यों-ज्यों मनुष्य का ज्ञान बढ़ा, उसके भगवान के गुण भी बढ़ने और बदलने लगे।

मनुष्य के कई पीढ़ी पहले के ज्ञान अनुभव की उपज है। आज जब समाज कहीं अधिक ज्ञान और अनुभव प्राप्त कर चुका है, पीढ़ियों पूर्व के आदर्श और व्यवस्था उस पर लादना, मार्क्सवाद की दृष्टि में मनुष्य द्वारा की गयी उन्नति को अस्वीकार करना और उसे पीछे ले जाना है।

आध्यात्मिकता के सहारे किसी ऊँचे आदर्श को प्राप्त करने की चेष्टा भी मार्क्सवाद की दृष्टि में ठीक नहीं, क्योंकि अपने ऊपर सदा एक बड़ी शक्ति का विश्वास—जो मनुष्य की सफलता-असफलता की मालिक है, जिसके सामने मनुष्य को अपनी बुद्धि और शक्ति की तुच्छता स्वीकार करनी ही चाहिए—मनुष्य के आत्मविश्वास, महत्वाकांक्षा और उन्नति की सम्भावना पर रोक लगा देता है। और फिर वह शक्ति है क्या? स्वयं मनुष्य की कल्पना की उपज? यह मानसिक दासता का अभ्यास नहीं तो क्या! मार्क्सवाद मनुष्य की उन्नति की कोई सीमा स्वीकार नहीं करता और न किसी लक्ष्य को अन्तिम आदर्श स्वीकार करता है। वह विश्वास करता है, मनुष्य और उसका समाज उन्नति कर जिस अवस्था को पहुँच जाता है वहीं से आगे उन्नति का एक नया मार्ग आरम्भ हो जाता है।

अध्यात्मवादी मनुष्य की आत्मा[१] को शरीर से परे एक सूक्ष्म वस्तु समझते हैं जो प्रकृति से परे, कभी नष्ट न होने वाली शक्ति का अंग है। मार्क्सवाद गहरे परिवर्तन को ही नाश और उत्पत्ति के रूप मानता है और प्रकृति के किसी भी अंश को परिवर्तन और विकास के नियम से मुक्त नहीं मानता। वह नित्य और शाश्वत, आत्मा और परमात्मा (ब्रह्म) में विश्वास नहीं करता। मार्क्सवाद मनुष्य की बुद्धि, चेतना या मन को भौतिक पदार्थों से बना मानता है और इनकी प्रवृत्ति और गति समाज के अपने संस्कारों के अनुसार होती है। इससे पृथक आत्मा का अस्तित्व वे स्वीकार नहीं करते। दर्शनशास्त्र के अध्ययन और चिन्तन का प्रयोजन मार्क्सवादियों की दृष्टि में सिर्फ यह जानना ही नहीं कि मनुष्य और संसार की स्थिति क्या है, बल्कि यह भी है कि उसके लिये सबसे अधिक लाभदायक मार्ग कौन है?

इतिहास का आर्थिक आधार
(Economic interpretation of history)

मार्क्सवाद के अनुसार प्राणियों के जीवन में सबसे अधिक महत्व है जीवन रक्षा के प्रयत्नों का। मनुष्य भी इस नियम से बरी नहीं। मनुष्य और उसके समाज का सम्पूर्ण व्यवहार जीवन रक्षा के प्रयत्नों से ही निश्चित होता है। मनुष्य समाज के सभी विचारों, भावों और आदर्शों की जड़ में यही प्रयत्न रहते हैं। अर्थ से अभिप्राय केवल रुपया-पैसा नहीं बल्कि जीवरक्षा के साधन, परिस्थितियाँ और जीवन के लक्ष्य हैं। जीवन निर्वाह के काम को संगठित रूप से पूरा करने के लिये समाज में व्यक्तियों को भिन्न-भिन्न काम करने पड़ते हैं। एक तरह से जीविका पाने वाले व्यक्ति एक सी अवस्था में रहते हैं, उनकी स्थिति में एक प्रकार की समानता आ जाती है, उनके हित एक से हो जाते हैं और यह लोग एक श्रेणी (class) में बँध जाते हैं। पैदावार के संगठन में दूसरे ढंग से भाग लेने

---

१. अध्यात्मवादी आत्मा और मन तथा बुद्धि को भी पृथक-पृथक समझते हैं। मन उनके विचार में प्रलोभन और अनुचित मार्ग की ओर जाता है और आत्मा उसका नियन्त्रण करती है।

वाले दूसरी श्रेणी में आ जाते हैं। सम्पूर्ण समाज पैदावार के क्रम में अपने स्थान और सम्बन्ध के आधार पर श्रेणियों में बँट जाता है।

पैदावार के काम में पूरे समाज की सब श्रेणियाँ भाग लेती हैं परन्तु इन श्रेणियों के हित अपनी-अपनी स्थिति के कारण आपस में एक-दूसरे के विरुद्ध हो जाते हैं। सब श्रेणियाँ समान रूप से परिश्रम नहीं करतीं और समाज के परिश्रम से प्राप्त हुए पदार्थ भी सब श्रेणियों को समान रूप से नहीं मिलते। दूसरे शब्दों में कहा जा सकता है कि कुछ श्रेणियाँ दूसरी श्रेणियों के परिश्रम से लाभ उठाती हैं। ऐसी अवस्था में समाज की इन श्रेणियों में विरोध और संघर्ष पैदा हो जाता है। समाज के दायरे में मौजूद इन श्रेणियों का परस्पर संघर्ष ही मनुष्य समाज में परिवर्तनों का कारण और इतिहास है। यह संघर्ष ही मनुष्य समाज को नये विधानों की ओर ले जाता है और समय-समय पर समाज के रूप को बदलता रहता है। मनुष्यों के अपनी विशेष स्थिति में जीवन की रक्षा, पोषण और वृद्धि का मार्ग अपनाने से उनकी अनेक श्रेणियाँ बन जाती हैं और इसी दृष्टि से उसके परस्पर सम्बन्ध बनते हैं। इसलिए मार्क्सवाद मनुष्य के इतिहास को आर्थिक नींव पर कायम देखता है।

समाज के इतिहास का आधार आर्थिक है। इसका अर्थ यह नहीं कि मनुष्य जो कुछ करता है वह धन या द्रव्य की प्राप्ति के उद्देश्य से ही करता है या केवल धन-द्रव्य ही व्यक्तिगत और सामाजिक जीवन पर प्रभाव डालता है। धन और द्रव्य का महत्व मनुष्य की दृष्टि में इसलिए है कि सामाजिक परिस्थितियों के कारण धन जीवन निर्वाह के साधनों का प्रतीक और प्रतिनिधि है। मार्क्सवाद जब कहता है कि इतिहास का आधार 'आर्थिक' है तो तात्पर्य होता है कि इतिहास का आधार जीवन के उपायों के लिये संघर्ष है। जीवन के उपायों या साधनों को ही 'अर्थ' कहते हैं। जीवन में संघर्ष होता है। जीवन के उपायों में वे सब वस्तुएँ आ जाती हैं जिनसे मनुष्य समाज को सन्तोष और तृप्ति होती है। तृप्ति चाहे शारीरिक हो या मानसिक। इसलिए मनुष्य या समाज अपने जीवन में जो कुछ भी करता है वह सब 'अर्थ' के अन्तर्गत जीवन की रक्षा और विकास के लिये होता है।

'अर्थ' शब्द को जब हम संकुचित अर्थ में लेते हैं तो इसका मतलब धन-द्रव्य व जीवन चलाने के उपाय हो जाता है। 'अर्थ' का यह अर्थ मान लेने से अनेक शंकाएँ की जा सकती हैं। कहा जायेगा—मनुष्य वासना में अन्धा होकर या प्रेम की भावना से सब कुछ बलिदान कर देता है। हम मनुष्यों को शौक के लिये बहुत कष्ट उठाते और अर्थ को नष्ट करते भी देखते हैं। हम न्याय के लिये भी मनुष्यों को अपनी जान तक कुर्बान करते देखते हैं। क्या इन सब बातों का आधार आर्थिक है? मार्क्सवाद इन सब बातों का आधार आर्थिक ही समझता है क्योंकि अर्थ शब्द से उसका प्रयोजन जीवन का संतोष है। वासना या प्रेम के लिये कुछ देना या कुर्बान करना अपने संतोष और तृप्ति के लिये ही है। मनुष्य चाहे अपने परिश्रम से कमाया धन दे दे या अपनी जान दे दे, सब कुछ अपने संतोष के लिये ही करता है। संतोष और तृप्ति चाहे वह शरीर की, मन की या विश्वास की हो, आर्थिक दृष्टि से एक ही बात है। न्याय की भावना से त्याग भी जीवन को संतुष्ट बनाने का प्रयत्न ही है।

रोज़मर्रा और बोलचाल की भाषा में स्वार्थ शब्द खुदगर्ज़ी, दूसरे के हानि लाभ की परवाह न कर अपना ही भला करने के अर्थ में आता है। परन्तु अर्थशास्त्र और

मार्क्सवाद की चर्चा में स्वार्थ शब्द का अर्थ होता है जीवन की रक्षा और उन्नति के उपाय। मार्क्सवाद अपने कार्यक्रम में एक व्यक्ति को नहीं बल्कि समाज के सब व्यक्तियों के हित को महत्व देता है इसलिए मार्क्सवाद में स्वार्थ का अभिप्राय केवल व्यक्तिगत नहीं बल्कि श्रेणी या समाज के हित से होता है। जब हम कहते हैं कि व्यक्ति और श्रेणी का व्यवहार स्वार्थ की भावना से निश्चित होता है, तो स्वार्थ का अभिप्राय व्यक्ति से न होकर श्रेणी और समाज से ही रहता है। व्यक्ति निजी त्याग से भी अपने सामाजिक स्वार्थ को पूरा करता है। इस कारण मार्क्सवाद कहता है—न्याय और परोपकार में भी स्वार्थ की भावना रहती है। जब मनुष्य सामाजिक न्याय के लिये प्रयत्न करता है तो उसका अभिप्राय होता है कि (मेरे) मनुष्य समाज में व्यवस्था कायम रहे। मनुष्य की विवेकबुद्धि, दूरदर्शिता और आत्मरक्षा की भावना यह जानती है कि समाज में व्यवस्था और क्रम न रहने से समाज का नाश हो जायेगा और उस नाश में स्वयं व्यक्ति भी न बच सकेगा। समाज की रक्षा में ही व्यक्ति की रक्षा है, इस बात को सभी चतुर और बुद्धिमान व्यक्ति समझते हैं। वे अपने क्षणिक स्वार्थ की अपेक्षा समाज के स्वार्थ की ओर अधिक ध्यान देते हैं, क्योंकि उसी से उनका अपना परिवार और समाज का भला है, इसके बिना उनका जीवन नहीं चल सकता। अपने संकुचित हित की चिन्ता वे ही लोग करते हैं जिनका मस्तिष्क पूर्णरूप से विकसित नहीं होता। जंगल के जीवों में भी हम देखते हैं कि बुद्धि के विचार से उच्चकोटि के जीवों में सामाजिकता का भाव अधिक पाया जाता है और निचले दर्जे के जीवों में कम। मार्क्सवाद के अनुसार समाज के लिये निजी स्वार्थ का बलिदान बुद्धिमत्ता और दूरदर्शिता है और समाज को हानि पहुँचा कर संकीर्ण स्वार्थ साधने की चेष्टा सामाजिक दृष्टि से अदूरदर्शिता और मूर्खता है।

न्याय की भावना की नींव भी स्वार्थ पर कायम रहती है। इस बात को समझना हो तो हमें यह देखना होगा कि भिन्न-भिन्न समाजों और समयों में न्याय का रूप क्या रहा है? प्राचीन भारत में शूद्रों का विद्या पढ़ना अन्याय था। भारत में आज भी एक पुरुष का दो पत्नियाँ रखना कानूनन न्याय है[१] परन्तु योरुप में यह अन्याय है। प्राचीन काल में एक आदमी को ख़रीद कर उससे सारी आयु पशु की तरह काम लेना न्याय था उस समय त्यागी, ऋषि और परोपकारी राजा भी ऐसा व्यवहार करते थे। परन्तु आज ऐसा करना अन्याय है। प्राचीन भारत में विधवा का सती हो जाना न्याय ही नहीं महापुण्य था परन्तु आज वह अपराध है। न्याय क्या है? इस बात का निर्णय रहता है उन लोगों के फैसले पर जिनके हाथों में व्यवस्था कायम करने का अधिकार रहता है, जिनके हाथ में शक्ति रहती है। जिस श्रेणी के हाथ में पैदावार के साधन रहते हैं उसी श्रेणी के हाथ में शक्ति रहती है, उसी श्रेणी के निर्णय से दूसरी श्रेणियों को अपने जीवन का मार्ग निश्चय करना पड़ता है। पैदावार के साधनों की मालिक श्रेणी या शासक श्रेणी ही सदा इस बात का निश्चय करती है कि न्याय और अन्याय क्या है। जिस कायदे या कानून से इस श्रेणी के हितों की रक्षा हो, इनके हाथ में शक्ति बनी रहे, उसी तरीके और कायदे पर वे समाज को चलाना चाहते हैं और उसी कायदे और तरीके को वे अपने विचार में न्याय समझते हैं।

---

१. पुस्तक लिखते समय था।

पूँजीवादी समाज में न्याय-अन्याय का निश्चय पूँजीपति श्रेणी, उसके पोषित तथा सहायक करते हैं। ऐसे समाज में पूँजी और सम्पत्ति पर मालिक के अधिकार की रक्षा करना सबसे बड़ा न्याय माना जाता है। इस व्यवस्था में किसी व्यक्ति की पूँजी और सम्पत्ति को छीनना सबसे बड़ा अपराध है क्योंकि इस समाज में पूँजी पर अधिकार ही समाज और व्यवस्था का आधार माना जाता है। इसके साथ ही इस समाज में मुनाफ़ा कमाकर पूँजी को बढ़ाने का अधिकार होना भी जरूरी है। वर्ना पूँजी का विकास और बढ़ती कैसे होगी। इसलिए ऐसे समाज में व्यक्ति को अधिकार है कि अपने मुनाफ़े के लिये कम मूल्य में सौदा खरीद कर खूब अधिक मूल्य में बेच सके या किसी व्यक्ति को नौकर रख कर उससे सौ रुपये का काम कराकर उसे पचास रुपये या कम तनख्वाह दे सके और यह सब काम ऐसे समाज में न्याय ही माने जायँगे। ऐसे समाज में कानून बनाने के लिये प्रतिनिधि चुननें का अधिकार भी उन लोगों को भी दिया जाता है जिनके पास कुछ सम्पत्ति हो, जो काफी लगान या टैक्स देते हों[१]। चुनाव के तरीके भी यह समाज ऐसे बनाता है कि सम्पत्ति के अधिकार का विरोध करने वाले धनहीन लोग न तो अपना कार्यक्रम जनता के सामने रख सकते हैं और न उनका मत पा सकते हैं। इसके विरुद्ध रूस जैसे देश में, जहाँ पूँजीवादी प्रणाली नहीं है, कानून बनाने वाले प्रतिनिधि चुनने के लिये राय देने के अधिकार के लिये किसी व्यक्ति पर कोई रोक नहीं। हर एक आदमी जो बालिग हो, राय दे सकता है। रूस में किसी व्यक्ति द्वारा मुनाफ़ा कमाकर पूँजीपति बन जाना और पूँजी के बल से दूसरों से मेहनत कराकर उस मेहनत का भाग स्वयं रखकर मेहनत करने वाले को उसकी मेहनत का मूल्य पूरा न देना चोरी या अपराध समझा जाता है। ऐसा करने वाले आदमी को जेल की सज़ा मिल सकती है। पूँजीवादी देशों में पूँजीपति श्रेणी के हित की बात न्याय है, रूस में मेहनत करने वालों के हित की बात न्याय है। जब मनुष्य समाज मुख्यतः खेती की उपज पर निर्वाह करता था, उस समय भूमि के मालिकों, सरदारों और जागीरदारों के विचार के अनुसार न्याय की धारणा निश्चित होती थी, उस समय राजा और सरदार ही राज्य करते थे। उस समय राजा को ईश्वर का प्रतिनिधि मानना न्याय था और प्रजातंत्र की बात कहना घोर अन्याय और अपराध था। आज पूँजीवादी प्रजातंत्र में सम्पत्तिशाली भद्रसमाज शासन करता है। अपने हित के अनुसार न्याय करता है।

मार्क्सवाद के अनुसार आर्थिक उद्देश्य से किये जाने वाले प्रयत्न समाज के संगठन, विचारों और शासन का रूप निश्चित करते हैं। पूँजीवादी प्रणाली या प्राचीन विचारों में विश्वास रखने वाले अनेक लोग ऐतिहासिक आर्थिक दृष्टिकोण को समाज के विकास और इतिहास का आधार मानने में एतराज करते हैं। उनका कहना है, आर्थिक और भौतिक परिस्थितियों को ही मनुष्यों के सब कार्यों का आधार मान लेने से मनुष्य के स्वतंत्रता पूर्वक अपने भरोसे पर काम करने का अवसर कहीं नहीं रह जाता। मार्क्सवाद आर्थिक परिस्थितियों को भाग्य की बात नहीं समझता। आर्थिक परिस्थितियों के कारण पैदा हो जाने वाली अड़चनों को दूर करने के लिये मनुष्य जो विचार और कार्य करता है, मार्क्सवादी उन्हें भी आर्थिक परिस्थितियों का ही अंग समझते हैं।

---

१. भारत के शासन विधान में प्रान्तीय असेम्बलियों के प्रतिनिधि चुनने का अधिकार केवल १०% जनता को ही है। (१९४०)

सरकार

विद्वान अफ्लातूं (Plato) ने राजनीति के विषय में लिखा है—'मनुष्यों की प्रकृति जिन सिद्धान्तों के अनुसार काम करती है, उन्हीं सिद्धान्तों पर उसकी राजनीति भी कायम होती है।' राजनीति की यह परिभाषा बहुत व्यापक है। इससे किसी भी सिद्धान्त का समर्थन किया जा सकता है। मनुष्य जंगली अवस्था में हो या सभ्य अवस्था में, उसके समाज में किसी न किसी रूप में शासन अवश्य मौजूद रहता है। समाज में सदा शासन रहना चाहिए या नहीं, इस विषय में मतभेद है। अराजकतावादी[१] (anarchist) लोग कहते हैं—शासन का रूप चाहे जैसा हो, वह मनुष्य की स्वतंत्रता पर एक बन्धन है और उसे अच्छा नहीं समझा जा सकता।

जो विचारक शासन की उपयोगिता को स्वीकार करते हैं, वे भी इस विषय में मतभेद रखते हैं कि शासन का रूप क्या होना चाहिए। शासन का उद्देश्य सम्पूर्ण समाज का कल्याण और उसके विकास के लिये अवसर देना है, इस विषय में सभी लोग सहमत हैं परन्तु सम्पूर्ण समाज का कल्याण किस प्रकार हो सकता है, इस विषय में विचारों के अनुसार सिद्धान्तों और कार्य में मतभेद रहता है। समाज में शासन के अनेक रूप समय और परिस्थिति के अनुसार दिखाई पड़ते हैं। मार्क्सवाद के विचार में, शासन का रूप और प्रकार समाज के जीवन के ढंग, उसमें मौजूद उत्पत्ति के साधनों और श्रेणियों के आर्थिक सम्बन्धों के आधार पर निश्चित होता है। हमें मार्क्सवाद के सिद्धान्तों की चर्चा तुलनात्मक रूप में करनी है इसलिए कुछ चर्चा दूसरे सिद्धान्तों की भी करनी आवश्यक है।

शासन या सरकार के अनेक रूपों और उसके सम्बन्ध में प्रचलित अनेक सिद्धान्तों— राजसत्ता (monarchy), कुल राज्य (aristocracy) प्रजातंत्र (republic) के बारे में यह कहना कि कौन प्रकार पहले समाज में आया और कौन बाद में, कठिन है। इतिहास में कहीं राजसत्ता के बाद प्रजातंत्रवाद और कहीं प्रजातंत्र के बाद राजसत्ता आने और फिर प्रजातंत्र आने के उदाहरण मिलते हैं। मार्क्सवाद का विचार है कि आर्थिक परिस्थितियों और श्रेणियों के आर्थिक सम्बन्धों के आधार पर समाज में शासन के रूप बदलते रहते हैं।

राजसत्ता का सिद्धान्त कि राजा भगवान द्वारा दिये अधिकार से प्रजा पर शासन करता है (divine right of kings) बहुत पुराना सिद्धान्त है। भारतीय शास्त्रों में भी इसका वर्णन है और दूसरे देशों में भी इसका ऐसा ही प्रचार रहा है। परन्तु विकासवाद[२] के सिद्धान्त के सन्मुख यह सिद्धान्त टिक न सका। राजा या सरदार को प्रजा पर शासन का अधिकार भगवान देते हैं, इस सिद्धान्त का बोलबाला उसी समय तक रहा जब तक समाज मुख्यतः खेती पर ही निर्भर करता था और भूमि के मालिक राजा और सरदारों के हाथ में ही शक्ति थी। व्यापार और कला-कौशल के युग में, जब पुरानी व्यवस्था बदलने की आवश्यकता हुई, मनुष्य की समानता के अधिकारों की चर्चा हुई। उस समय

---

१. अराजकता से अभिप्राय गड़बड़ नहीं परन्तु सामाजिक व्यवस्था के सम्बन्ध में एक विचारधारा से है, जिसमें व्यक्ति की स्वतंत्रता को ही मुख्य स्थान दिया जाता है।

२. मनुष्य उत्तरोत्तर उन्नति करता है और यह उन्नति उसके सामाजिक संगठनों और सरकार के संगठन में भी होती है।

नागरिकों में समता और प्रजातंत्र के सिद्धान्त बने। इस युग से लेकर सरकार के बारे में हमारे सामने आज तक अनेक सिद्धान्त आ चुके हैं। जिस श्रेणी के हाथ में राजशक्ति (सरकार) आ जाती है, वह श्रेणी अपने अधिकार की रक्षा के लिये राजनैतिक शक्ति के सम्बन्ध में सिद्धान्त भी बना लेती है। जिस समय योरुप में राजनैतिक शक्ति राजाओं, सामन्तों और सरदारों के हाथ से निकल कर व्यापारियों और मध्यम श्रेणी के लोगों के हाथ में आई, इस परिवर्तन को न्यायपूर्ण सिद्ध करने के लिये प्रजातंत्रवादियों ने 'सामाजिक समझौतों के सिद्धान्त' (Theory of Social Contract) का आविष्कार किया। योरुप में इस सिद्धान्त का प्रतिपादन करने वाला पहला फ्रांसीसी विद्वान ज़ां ज़ाक रूसो (Jean Jeques Rousseau, 1712-78) था। रूसो अपने समय का महान क्रान्तिकारी था। उसे हम राजसत्ता और सामन्तशाही के विरुद्ध क्रांति का सूत्रधार कह सकते हैं।

'सामाजिक समझौते का सिद्धान्त' है कि समाज में प्रचलित अशान्ति, छीना-झपटी से तंग आकर मनुष्यों ने सभी लोगों के कल्याण के उद्देश्य से यह समझौता कर लिया कि वे एक व्यवस्था कायम कर लें जिसमें सबके लिये समान अवसर और अधिकार हो, कोई किसी पर ज्यादती न करे। रूसो और उसके अनुयायी प्रजातंत्रवादियों के मत में सरकार या शासन का जन्म इस प्रकार के समझौते से हुआ। यह विचार मध्यकालीन प्रजातंत्र भावना का आधार था। इस सिद्धान्त का प्रयोजन समाज को यह समझाना था कि शासन समाज के कल्याण के लिये एक आवश्यक संस्था है, जिसे समाज ने स्वयं पैदा किया है और स्वयं उसके हाथ में शक्ति दी है; इसलिये शासन को मान्यता देना भी उसका कर्तव्य है। इसके साथ इस सिद्धान्त में यह भावना भी छिपी थी कि समाज को अपने शासन या सरकार का रूप निश्चित करने का अधिकार है।

यों तो इतिहास में प्रजातन्त्र भावना का उदाहरण ईसा के जन्म से पहले यूनान के प्रजातन्त्र नागरिक शासन (republican city states) में भी मिलता है। मनुस्मृति में भी सामाजिक समझौते का ज़िक्र इस रूप में है—पहले मनुष्यों में मत्स्यन्याय अर्थात छोटी मछली को बड़ी मछली के निगल जाने का ही न्याय था। मनुष्य आपस में एक दूसरे को मारपीट, छीन-झपट कर निर्वाह चलाते थे। समाज में अशान्ति और भय था। मनुष्यों ने आपस में समझौता कर व्यवस्था कायम की और मनु को राजा बनाया। परन्तु उस समय के प्रजातन्त्र को हम यदि अमीरशाही कहें तो ठीक होगा क्योंकि शासन कार्य में केवल सम्पन्न नागरिक लोग भाग ले सकते थे, गुलाम नहीं और गुलामों की संख्या कभी-कभी नागरिकों से बहुत अधिक होती थी।

प्रजातंत्र और मनुष्य की समानता के विचारों ने फ्रांस की राज्यक्रांति और लगभग उसी समय इंगलैंड में होने वाले राजनैतिक सुधारों पर गहरा प्रभाव डाला। इसके पश्चात् राज्यशक्ति के सम्बन्ध में विचारों का विकास बहुत तेजी से हुआ। इन विचारों में जर्मन विचारक हेगेल (Friedrich Hegel, 1770-1831) का विशेष स्थान है। रूसो और जर्मन दार्शनिक काण्ट (Immanuel Kant, 1724-1804) के सिद्धान्तों के विरुद्ध हेगेल समाज में व्यक्तिगत स्वतंत्रता और समाज की स्वाभाविक गति (laissez-faire) का समर्थन न कर राष्ट्र को व्यक्ति से ऊपर स्थान देकर, राज्यशक्ति या सरकार को मनुष्य के चरम विकास और उन्नति का साधन मानता था। वह कहता है कि राष्ट्र और समाज राज्यशक्ति (सरकार) के संगठन के सहारे ही सशक्त हो कर व्यक्ति और उसके समाज के विकास और उन्नति के उद्देश्य को पूर्ण कर सकता है। इसलिए राज्यशक्ति (सरकार) व्यक्ति से

बहुत ऊपर है। हेगेल के इन विचारों की तह में हमें उन्नीसवीं सदी के अन्त में योरूपीय राष्ट्रों की साम्राज्य कामना और परस्पर स्पर्धा और विरोध का प्रभाव दिखाई देता है। इस अन्तर्राष्ट्रीय संघर्ष में वही राष्ट्र अधिक सफल हो सकते थे जो अपनी सरकार की सफलता को जीवन का लक्ष्य मान कर युद्ध के लिये अधिक तैयार होते।

हेगेल की यह विचारधारा जर्मनी को भावी अन्तर्राष्ट्रीय संघर्ष के लिये तैयार कर रही थी। जर्मनी औद्योगिक रूप से उन्नत हो चुका था परन्तु अन्य राष्ट्रों की भाँति उपनिवेश न पाकर तड़प रहा था। इसलिए जर्मनी के पूँजीवादियों के विचार अन्तर्राष्ट्रीय संघर्ष के लिये तैयारी के रूप में प्रकट हो रहे थे। इंगलैण्ड और योरुप के सभी देशों में उस समय यही अवस्था थी। एक ओर पूँजीपति श्रेणी अपने देशों में अपने माल की खपत का अधिक अवसर न देखकर विदेश के बाजारों और उपनिवेशों के लिये यत्न कर रही थी, दूसरी ओर इन देशों के मज़दूरों का शोषण बहुत अधिक बढ़ चुका था। श्रेणी संघर्ष के दृष्टिकोण से इस स्थिति का अर्थ था कि योरुप के औद्योगिक रूप से विकसित देशों में पूँजीपति श्रेणी ने पैदावार की व्यवस्था से समाज में अधिक उत्पन्न होते द्रव्यों का वह भाग, जो वहाँ की मज़दूर श्रेणी का हिस्सा था, हथिया लिया था। वहाँ की मज़दूर श्रेणी स्वयं पैदा किये पदार्थों को खरीदने में असमर्थ हो गई। इसलिए पूँजीपति श्रेणी अपने देशों में होती अधिक पैदावार को विदेश में बेच कर मुनाफ़ा समेटना चाहती थी। औपनिवेशिक व्यापार के लिये इन देशों ने अपनी पैदावार और भी बढ़ाई। पैदावार की व्यवस्था बढ़ने से इन देशों के मज़दूर बड़ी संख्या में औद्योगिक नगरों और केन्द्रों में एकत्र होकर संगठित होने लगे। उन्हें भी अपनी अवस्था और शक्ति का ज्ञान होने लगा।

मज़दूर शासन

मार्क्स ने सोचा कि पैदावार की शक्ति और साधन तो बढ़ रहे हैं परन्तु समाज के अधिकांश लोगों की अवस्था हीन ही बनी है या वे और भी अधिक परतंत्र होते जा रहे हैं। इस अन्तर्विरोध का कारण क्या है? वह इस परिणाम पर पहुँचा कि यद्यपि समाज में पैदावार के साधनों का स्वामित्व पूँजीपतियों के हाथ में है परन्तु पैदावार का काम मज़दूर श्रेणी करती है। दूसरा अन्तर्विरोध उसे यह दिखाई दिया कि साधनों का स्वामित्व पूँजीपति श्रेणी को होना चाहिए क्योंकि उनकी संख्या सबसे अधिक है और पैदावार भी वास्तव में इस श्रेणी पर ही निर्भर करती है। समाज में बलवान होकर भी इस श्रेणी की अवस्था असह्य है। समाज का अधिकांश भाग दुखी है। मार्क्स ने देखा, पूँजीवाद के विकास में ऐसी अवस्था आ गई है कि अब विकास के लिये आगे अधिक अवसर नहीं। पूँजीवादी व्यवस्था समाज को संतुष्ट नहीं रख सकती। समाज में साधन होते हुए भी अधिकांश लोगों की आवश्यकताएँ पूरी नहीं हो पातीं। पूँजीवादी व्यवस्था का मूल मुनाफ़े का अधिकार और उद्देश्य है। समय आ गया है कि पैदावार मुनाफ़े के उद्देश्य से न की जाकर समाज की आवश्यकताओं को पूर्ण करने के उद्देश्य से की जाय। इसके लिये आवश्यक है कि पैदावार को अपने मुनाफ़े के उद्देश्य से करने वाली पूँजीपति श्रेणी के हाथ से पैदावार के साधनों को लेकर पैदावार के लिये परिश्रम करने वाली मज़दूर श्रेणी के हाथ में दिया जाय और समाज की आर्थिक व्यवस्था को नये क्रम से चलाने के लिये शासन की बागडोर भी इसी श्रेणी के हाथ में हो। तभी पैदावार का उद्देश्य मुनाफ़े से बदल कर समाज की जरूरतें पूरा करना हो सकेगा।

इतिहास इस बात का साक्षी है कि पैदावार के साधनों की स्वामी श्रेणी सदा शासन शक्ति को अपने हाथ में लेने में सफल रही है। शासक श्रेणी शासन की शक्ति से पैदावार के साधनों पर अपना कब्जा दृढ़ रखती आई है। पैदावार के साधनों पर अपना अधिकार रखने के लिये ही भिन्न-भिन्न समयों में अनेक श्रेणियाँ अलग-अलग ढंग के न्याय, व्यवस्था और कायदे-कानून कायम करती आई हैं। इसलिए पैदावार के साधनों पर मज़दूर श्रेणी का अधिकार कायम करने के लिये उनके हाथ में शासन शक्ति होना ऐतिहासिक रूप से ज़रूरी है। सामाजिक व्यवस्था में क्रान्ति के बाद मज़दूरों का शासन ठीक ढंग से कायम करने के लिये परिवर्तन काल में कुछ समय तक मज़दूरों का निर्बाध शासन 'मज़दूर तानाशाही'[१] (dictatorship of proletariat) कायम करना ज़रूरी है। मज़दूरों का निर्बाध शासन मार्क्सवाद का चरम लक्ष्य नहीं है। यह ऐसी शासन व्यवस्था कायम करने का साधन है जिसमें शोषक तथा शोषित श्रेणियों का अस्तित्व समाप्त हो जाय। और किसी भी श्रेणी का शासन दूसरी श्रेणी पर न रहे। समाज में शोषण रहित अवस्था तभी सम्भव हो सकती है जब समाज में श्रेणियों का अन्त हो जाय। आर्थिक दृष्टिकोण से इतिहास का अध्ययन करने पर हम देख पाते हैं कि बिल्कुल आदि अवस्था के सिवा, जब कि मनुष्य समाज में साधनहीनों और साधन सम्पन्नों की श्रेणियाँ नहीं बनी थीं, सदा ही बलवान श्रेणी द्वारा निर्बल श्रेणियों का शोषण होता रहा है। सरकार और शासन सदा बलवान श्रेणी के हाथ का हथियार बनकर शोषण के साधन का काम करते रहे हैं।

राज्यसत्ता के दैवी अधिकार और प्रजातंत्रवादियों के राज्यशक्ति की स्थापना के सामाजिक समझौते के सिद्धान्त पर मार्क्सवाद विश्वास नहीं क़रता। सामाजिक समझौते का सिद्धांत न तो इतिहास के आधार पर प्रमाणित हो सकता है न तर्क की दृष्टि से। सामाजिक समझौता केवल उसी समाज में सम्भव है, जिस समाज में निर्बल और बलवान श्रेणियाँ न हों, सभी लोग एक सी अवस्था में हों। जब समाज में कुछ लोग किन्हीं कारणों से अधिक बलवान हो जाते हैं और शेष लोग निर्बल, तब बलवान लोगों की आज्ञा और इच्छा और निर्बलों की पराधीनता ही समझौता समझा जायेगा। इसे समझौता न कहकर बलवान श्रेणी का शासन कहना ही मार्क्सवाद की दृष्टि में अधिक उचित जँचता है। यदि समाज में श्रेणियाँ हैं और उनके बनने का कारण आर्थिक असमानता है, तब फिर समझौते से समानता के व्यवहार की बात केवल मिथ्या विश्वास है।

शासन कायम करने के लिये शासक के हाथ में शक्ति होना आवश्यक है और वह शक्ति भी ऐसी, जिसका कि समाज में कोई दूसरी संगठित ताकत मुकाबिला न कर सके। इस प्रकार की शक्ति समाज की सबसे सबल श्रेणी के अलावा और किसके पास हो सकती है? निर्बलों या शोषितों के पास यह शक्ति नहीं हो सकती। ऐसी शक्ति हाथ में होने पर कोई निर्बल और शोषित नहीं रह सकता। शासन का उद्देश्य रहता है, समाज में जैसी व्यवस्था बन गई, उसे कायम रखना। कायम व्यवस्था की रक्षा का प्रयत्न वे ही लोग या श्रेणी करेगी, जिसका हित इस कायम व्यवस्था और अवस्था में पूरा होता रहेगा। यदि किसी व्यवस्था या अवस्था में सभी लोगों का हित पूरा हो सके तो स्वयं ही शांति कायम रहेगी। शासन का अर्थ यही है कि शासक श्रेणी को इसका निरंतर भय रहे कि जिस

---

१. निर्बाध या निरंकुश शासन—ऐसा शासन है जिस पर कोई रोक-टोक न हो।

व्यवस्था को उन्होंने कायम किया है, उसे तोड़ देने का यत्न किया जा रहा है या किया जा सकता है। ज्यों-ज्यों शोषितों में असंतोष बढ़ता है, शासन शक्ति अपना दमन बढ़ाती है। शासकों का दमन उनके प्रजा से भयभीत होने का प्रमाण होता है। शासक या बलवान श्रेणी जिस श्रेणी का शोषण करती है उस श्रेणी की बग़ावत का भय शासक श्रेणी को सदा बना रहता है। इसलिए शोषक या शासक श्रेणी अपने सामर्थ्य, नियम और व्यवस्था को ऐसा रूप देती है कि शोषितों के निकल भागने की गुंजाइश न रहे। मार्क्सवाद की दृष्टि में शासन शोषण का मुख्य साधन है।

मार्क्सवाद समाज के लिये ऐसे शासन या व्यवस्था को आदर्श समझता है जिसमें किसी भी श्रेणी का शोषण न हो सके। शासन केवल परिश्रम करने वाली श्रेणी का ही हो तो वह श्रेणी किसी दूसरी श्रेणी का शोषण न करेगी क्योंकि यह श्रेणी अपनी आवश्यकता के सभी पदार्थ स्वयं पैदा करती है। जो कुछ उत्पन्न नहीं करता उससे कुछ छीना नहीं जा सकता, उसका शोषण नहीं किया जा सकता। इसी विचार से मार्क्सवाद शोषण का अन्त कर समानता स्थापित करने के लिये मजदूर श्रेणी का शासन समाज में होना आवश्यक समझता है।

मार्क्सवाद में मज़दूर से अभिप्राय केवल हल, फावड़ा चलाने वाले लोगों से ही नहीं बल्कि वे सब लोग मज़दूर श्रेणी में गिने जाते हैं जो अपने परिश्रम से समाज के लिये आवश्यक पदार्थ उत्पन्न करते हैं या समाज के लिये आवश्यक दूसरी सेवायें करते हैं; चाहे वे किसी प्रकार अपना जीवन व्यतीत करते हों। इस श्रेणी में किसान, मज़दूर, क्लर्क, अध्यापक, अभिनेता, गायक, चित्रकार, इंजीनियर, लेखक, डाक्टर—यहाँ तक कि मिलों के मैनेजर आदि सभी पेशे के लोग आ जाते हैं। मज़दूर श्रेणी में केवल वे ही लोग नहीं गिने जाते जो इस प्रकार के कार्य करते हैं जिनमें वे दूसरों से काम कराकर, दूसरों के श्रम का फल हथिया कर अपना मुनाफ़ा बचाते हों। इस प्रकार मुनाफ़ा बचाने के प्रबन्ध में चाहे जितना कठोर परिश्रम किया जाय, मार्क्सवाद की दृष्टि में यह दूसरों का शोषण ही कहलायेगा। इस प्रकार के परिश्रम की तुलना उस चोर या डाकू के परिश्रम से की जा सकती है जो अंधेरी रात में अत्यन्त कष्ट और खतरा सिर पर लेकर दूसरों का घर लूटने जाता है। मार्क्सवाद के अनुसार मज़दूर प्रजातंत्र में इस प्रकार के लोगों, जमींदार और पूँजीपतियों के हिस्सेदारों को नागरिक अधिकार नहीं दिये जा सकते।

मज़दूर तानाशाही

निरंकुश शासन के लिये आजकल बोलचाल की भाषा में तानाशाही शब्द का व्यवहार होता है। तथ्य की दृष्टि से प्रत्येक शासन किसी न किसी श्रेणी की तानाशाही, निर्बाध निरंकुश शासन ही होता है। तानाशाही शक्ति किस श्रेणी के हाथ में है, इस विचार से तानाशाही शक्ति शोषक श्रेणी के हाथ में है तो इसका अर्थ होगा शोषितों का भयंकर दमन और उन्हें अपनी आवाज़ उठाने का अवसर न होना। इसका प्रमाण हम सब पूँजीवादी प्रजातंत्रों में पाते हैं। यदि तानाशाही की शक्ति शोषित श्रेणी के हाथ आ जाती है तो इसका मतलब होगा, कि इस श्रेणी का शोषण समाप्त हो जाय और उनका कठोर नियंत्रण इस ढंग का हो कि शोषण करने वाली श्रेणियों को—जिनके हाथ से सरकार की शक्ति मज़दूर श्रेणी ने छीन ली है—अब किसी प्रकार भी शक्ति प्राप्त करने का अवसर न मिल सके।

हम ऊपर कह आये हैं, मार्क्सवाद किसी भी प्रकार की तानाशाही का समर्थन नहीं करता। क्योंकि तानाशाही या दमन की आवश्यकता शासक और शासित श्रेणियों की मौजूदगी में उनसे हितों में विरोध होने पर ही होती है। इसमें संदेह नहीं कि रूस में सन् १९१७ की किसान-मजदूर क्रांति के नेता लेनिन[१] ने समाजवाद का समर्थन किया और उस समय स्थापित रूस के समाजवादी शासन-विधान को अभिमानपूर्वक मज़दूरों के निरंकुश शासन का नाम दिया था। इसका प्रयोजन था मज़दूरों के हाथ में शासन व्यवस्था आने पर विरोधी शक्तियों द्वारा इस व्यवस्था को विफल कर देने के प्रयत्नों को सफल हो सकने का अवसर न रहे। लेनिन का कहना था, हम पूँजीपतियों के शासन को हटाकर समाजवाद स्थापित कर रहे हैं। यद्यपि हमने पूँजीपतियों के हाथ से शक्ति छीन कर मज़दूरों की सरकार स्थापित कर दी है परन्तु अभी मज़दूर सरकार की नींव मजबूत नहीं हो पाई है। पूँजीपति और ज़मींदार श्रेणियाँ और दूसरे ऐसे लोग जो पूँजीवादी शासनकाल में अधिकार और सम्पत्ति के प्रयोग का सुख भोगते रहे हैं, समाजवाद के विदेशी पूँजीपति शत्रुओं की सहायता से हमारी मज़दूर सरकार को असफल कर देने की कोशिश कर रहे हैं। इसलिए जब तक हमारी 'मज़दूरों की सरकार' की नींव दृढ़ नहीं हो जाती, हमें अपने पूँजीवादी, मज़दूर शासन विरोधी शत्रुओं पर विशेष कड़ी नज़र रखनी होगी। इस प्रयोजन से मज़दूरों का निरंकुश शासन स्थापित करना होगा। जब हम समाजवाद की स्थापना पूर्ण रूप से कर लेंगे, यह निरंकुशता (तानाशाही) स्वयं समाप्त हो जायेगी क्योंकि इसे अनुभव करने वाले लोग ही न रहेंगे, उनका दृष्टिकोण बदल चुका होगा।

लेनिन के इस कथन के अनुसार १९३७ में रूस में प्रतिनिधि-प्रजातंत्र की स्थापना कर दी गई। १९४१ में जब जर्मनी ने रूस पर आक्रमण किया तो इस देश में मज़दूर शासन को असफल कर देने का कोई प्रयत्न रूस की जनता ने नहीं किया। यह इस बात का प्रमाण है कि रूस की जनता किसी प्रकार के निरंकुश दमन से असंतुष्ट नहीं थी।

तानाशाही एक अप्रिय शब्द है परन्तु हमने ऊपर कहा है कि वास्तव में सभी शासन तानाशाही ही होते हैं। कोई भी शासन या व्यवस्था अपने हाथ से शक्ति छीने जाने के प्रयत्न के प्रति सहृदय नहीं हो सकती; अहिंसा के नाम का चाहे जितना भी प्रचार किया जाय। तानाशाही या किसी भी सरकार में दमन उन्हीं लोगों पर किया जाता है जो लोग कायम शासन से संतुष्ट नहीं होते और स्थापित व्यवस्था का विरोध करते हैं। प्रश्न उठता है, मज़दूरों की तानाशाही में दमन किसका हो सकता है? हम ऊपर कह चुके हैं, मज़दूरों (स्वयं मेहनत करने वालों) के शासन में मेहनत करने वालों का शोषण नहीं हो सकता और जो लोग मेहनत नहीं करते—कुछ पैदा नहीं करते—उनका शोषण किया ही नहीं जा सकता। आर्थिक शोषण न होने पर भी मज़दूर शासन में कुछ लोगों के समाजविरोधी कार्यों का दमन आवश्यक हो सकता है, उन्हें नागरिक अधिकारों से वंचित किया जा सकता है। ऐसे लोग कौन हो सकते हैं? इनकी संख्या कितनी हो सकती है? और इन लोगों के दमन का कारण क्या हो सकता है? इस ओर भी एक नज़र डालनी चाहिए।

किसी देश या समाज में मज़दूर शासन व्यवस्था कायम हो जाने पर सभी लोगों के लिये यह आवश्यक होगा कि वे किसी न किसी रूप में समाज में अपने परिश्रम द्वारा कुछ

---

१. लेनिन को मार्क्सवाद का सबसे बड़ा ज्ञाता समझा जाता है।

न कुछ पैदावार करें। ऐसी अवस्था में प्रजा का प्रत्येक व्यक्ति मजदूर होगा और शासक भी होगा। पूँजीवादी देशों में भी किसान-मजदूरों की संख्या ९०% या ९५% होती है। मज़दूर राज्य में उनकी संख्या १००% होगी। मज़दूरी न करने वालों की संख्या हज़ारों में एक-आध हो सकती है। ऐसे आदमी यदि समाज और देश की जनता की सम्मति और राय से कायम शासन को उखाड़ कर अपने स्वार्थ के अनुकूल शासन कायम करने का यत्न करना चाहें तो उन्हें ऐसा करने की स्वतंत्रता देना स्वतंत्रता के सिद्धान्तों और प्रजाहित के विरुद्ध होगा। मज़दूर शासन या समाजवादी शासन में कुछ व्यक्ति ऐसे हो सकते हैं जो सम्पूर्ण जनता के लाभ के उद्देश्य से समाज की व्यवस्था में संशोधन चाहते हों। समाज का एक उत्पादक अंग और मज़दूर होने के नाते उन्हें अपने विचार प्रकट करने की उतनी ही स्वतंत्रता है जितनी किसी दूसरे मज़दूर को, क्योंकि मज़दूर प्रजातंत्र व समाजवादी शासन में सभी नागरिकों के साधन और अधिकार एक समान हैं। परन्तु समाजहित विरोधी व्यक्ति के कार्य पर नियंत्रण समाज के लिये आवश्यक है।

पूँजीवादी प्रजातंत्र व्यवस्था में प्रजातंत्र और समानता के शब्द केवल दम्भ मात्र हैं। अधिकांश जनता पेट भरने के लिये भी परतंत्र है तो अपना विचार प्रकट करने की स्वतंत्रता उन्हें कैसे हो सकती है। यदि साधनहीन जनता स्वतंत्रता से अपने विचार प्रकट करना चाहे तो मालिक श्रेणी उससे पेट भरने का अवसर छीन लेती है। ऐसी अवस्था में वैधानिक शासन व्यवस्था में साधनों से परिवर्तन केवल कल्पना मात्र रह जाता है।

समाजवाद और कम्यूनिज्म

साम्यवाद और समाजवाद पर विचार करते समय हमने देखा था कि यद्यपि दोनों शब्दों से एक ही सी मिलती-जुलती भावना का परिचय मिलता है परन्तु दोनों में बहुत अन्तर है। इसी प्रकार समाजवाद और कम्यूनिज्म में भी अन्तर समझने की आवश्यकता है। जिस प्रकार सोशलिज्म के लिये समाजवाद शब्द उपयुक्त है, उसी प्रकार कम्यूनिज्म के लिये कोई उपयुक्त हिन्दी शब्द व्यवहार में नहीं आया। कम्यूनिज्म के लिये प्रायः वर्गवाद शब्द का व्यवहार होता है परन्तु वर्ग शब्द का अर्थ है श्रेणी। कम्यूनिज्म किसी एक श्रेणी शासन का समर्थन नहीं करता। कम्यूनिज्म के लिये कुटुम्बवाद या समष्टिवाद अनुवाद ठीक होगा।[१] वर्गवाद का अर्थ मज़दूर शासन होगा, जिसे कम्यूनिस्ट लोग समाजवाद स्थापित करने का केवल साधन समझते हैं, अपना चरम लक्ष्य नहीं मानते। कम्यूनिज्म के लिये समष्टिवाद शब्द भी प्रयोग में आता है। हम यहाँ प्रायः कम्यूनिज्म शब्द का ही व्यवहार कर रहे हैं ताकि अर्थ में भ्रम होने की गुंजाइश न रहे। समाजवादी और कम्यूनिस्ट दोनों ही अपने आपको मार्क्स के वैज्ञानिक सिद्धान्तों का अनुयायी समझते हैं परन्तु दोनों के कार्यक्रम और राजनीति में बहुत अधिक अन्तर है।

समाजवाद और कम्यूनिज्म में समता

समाजवाद या कम्यूनिज्म मनुष्य मात्र के लिये समता का दावा करते हैं। समता के इस उद्देश्य को अनके विचित्र तथा विकृत रूपों में पेश किया जाता है। समानता का अर्थ कुछ लोगों की दृष्टि में सभी प्रकार का परिश्रम करने पर जैसा भोजन तथा दूसरी वस्तुएँ

---

१. कम्यूनिज्म के लिये 'साम्यवाद' का प्रयोग भी होता है। (१९६८)

मिलना है। कुछ लोगों की राय में समता का अर्थ है, व्यक्ति की योग्यता या उसके श्रम की उपयोगिता की परवाह न कर सबसे एक सा शारीरिक परिश्रम करवाना। समाजवादी शासन पर एतराज़ करने वालों की शंका है कि इस प्रकार की व्यवस्था में जब व्यक्ति की साधारण आवश्यकताएँ योग्यता कम होने पर अथवा कम परिश्रम करने पर भी पूरी हो जाती हैं और विशेष परिश्रम के लिये विशेष फल मिलने की आशा नहीं है, व्यक्ति को अपनी शक्ति भर परिश्रम करने के लिये प्रोत्साहन कैसे मिलेगा? क्यों कर कोई व्यक्ति कठिन और जोखिम के काम करने के लिये तैयार होगा? मार्क्सवाद जिस समता को समाज के लिये आवश्यक समझता है, वह ऐसी नहीं; इसमें प्रोत्साहन के लिये अवसर की कमी है।

समाजवादी आर्थिक व्यवस्था में समता ठीक रूप में समझ लेने के लिये समाजवाद के इस सिद्धांत पर विशेष ध्यान देना आवश्यक है कि "प्रत्येक व्यक्ति को उसके परिश्रम का पूरा फल पाने का समान अवसर हो।" इसका स्पष्ट अर्थ है कि यदि एक व्यक्ति विशेष श्रम द्वारा या विशेष परिश्रम से प्राप्त की गई योग्यता द्वारा समाज के लिये अधिक महत्वपूर्ण काम करता है तो वह अपने श्रम के पूरे फल अर्थात् साधारण योग्यता और श्रम से समाज के लिये काम करने वाले व्यक्ति की अपेक्षा अधिक फल का अधिकारी है। रूसी समाजवादी समाज में इसका क्रियात्मक उदाहरण मौजूद है। रूस मे हथौड़ा चलाने वाले या कोयला झोंकने वाले मज़दूर की अपेक्षा मशीनों का आविष्कार करने वाला व्यक्ति अधिक फल या वेतन पाता है।

प्रश्न यह हो सकता है कि तो फिर आर्थिक समता कैसे हुई? यदि एक व्यक्ति अपने श्रम के फल से मोटर खरीद कर सवारी कर सकता है और दूसरे को पैदल चलना पड़ता है तो समता क्या हुई! समाजवादी समता यह है कि दोनों व्यक्ति अपने-अपने श्रम का पूरा फल पा रहे हैं। मोटर पर चढ़ने वाला व्यक्ति अपने अधिक उपयोगी श्रम का फल पा रहा है, किसी दूसरे के श्रम का भाग हथिया कर मुनाफ़ा नहीं कमा रहा। हथौड़ा चलाने वाले या कोयला झोंकने वाले व्यक्ति के साथ समता और न्याय का व्यवहार यह है कि उसे अपने श्रम का पूरा फल मिलेगा और उसे शिक्षा द्वारा अपनी योग्यता बढ़ाने का भी अवसर होगा। समाज यदि अधिक योग्यता से समाज के लिये काम करने वाले व्यक्तियों और अधूरी योग्यता से काम करने वाले व्यक्तियों को एक ही सा फल देता है तो यह भावुकतापूर्ण समता कहलायेगी। यह समता व्यावहारिक नहीं होगी और ऐसी समता में व्यक्तियों को आर्थिक प्रोत्साहन का अवसर वास्तव में न होगा। समाजवाद मनुष्यों को समता की अवस्था में लाने का प्रयत्न है। वह अधिकारों और अवसर को समता देता है। सब लोगों को अस्वाभाविक रूप से ठोक-पीट कर समान नहीं कर देता। समाजवाद की अपेक्षा अधिकपूर्ण समता होगी वर्गवाद या कम्यूनिज्म में। उसका वर्णन कम्यूनिज्म के प्रसंग में करना उचित होगा।

समाजवाद में सम्पत्ति पर व्यक्ति का अधिकार न होने का अर्थ यह नहीं कि कोई व्यक्ति तीन जोड़े मोज़े, बाइसिकल या खाना खाने के बर्तन आदि निजी व्यवहार की वस्तुएँ नहीं रख सकता। इसका यह भी मतलब नहीं कि वे लोग, जो समाज में उत्पत्ति के लिये कोई भी परिश्रम नहीं करते, जिसके पास जो वस्तु देखें उससे आधी बँटा लें। समाजवाद की अवस्था का आधार समाज के लिये कुछ बहुत आवश्यक नियम हैं। पहली बात समाजवाद के लिये आवश्यक है, कोई भी व्यक्ति पैदावार में भाग लिये बिना न रहे।

समाजवादी शासन प्रत्येक व्यक्ति के लिये उसकी योग्यता के अनुसार काम अवश्य देगा, बेकार कोई न रह सकेगा। सभी व्यक्तियों को समान अधिकार होगा कि वे अपने आप को चाहे जिस काम, पेशे या धन्धे के योग्य बनाने का अवसर पा सकें। इसके लिये सरकार शिक्षा का प्रबन्ध उचित सभी व्यक्तियों के लिये करेगी। सभी प्रकार की शिक्षा की सुविधा सभी के लिये एक सी होगी। एक पेहो या काम में लगे रहने पर भी फालतू समय में अधिक उन्नत काम या पेशे की शिक्षा प्राप्त करने की सुविधा सबको होगी।

व्यावहारिक रूप से समाजवाद में समता का अर्थ है, अवसर की और अपने श्रम का पूरा फल पाने के अधिकार की समानता—अवसर की समानता में जीवन निर्वाह के लिये प्रत्येक व्यक्ति को काम का अवसर मिलना और प्रत्येक व्यक्ति के लिये योग्यता प्राप्त करने और विकास के लिये समान अवसर होना दोनों ही बातें हैं। अपने परिश्रम का पूरा फल पा सकने का अधिकार समाजवाद सबको, समान रूप से देता है और किसी भी व्यक्ति के श्रम के फल से उसे वंचित करना अन्याय समझता है। जब हम स्वीकार करते हैं कि समाज की वर्तमान स्थिति में सभी व्यक्ति एक ही समान, एक ही प्रकार का परिश्रम नहीं करते हैं और न कर सकते हैं और हम यह भी चाहते हैं कि प्रत्येक व्यक्ति को उसकी मेहनत का फल पूरा मिले तो हम यह आशा नहीं कर सकते कि उनके श्रम का फल समान न होने पर भी सबको समान ही फल मिले। हम यह मांग ज़रूर कर सकते हैं, कि हर एक को वह काम करने का अवसर मिले जिसके कि वह योग्य है, और जो काम करे उसका फल भी उसे पूरा मिल जाय। प्रत्येक मनुष्य को अपने परिश्रम का पूरा परिणाम पा सकने का समान अक्सर होना ही ऐसी समता है जिसे न्याय कहा जा सकता है। इसलिये मार्क्सवाद के अनुसार समता का अर्थ—'प्रत्येक व्यक्ति के लिये विकास और उन्नति का और जीविका निर्वाह का समान अवसर होना और प्रत्येक व्यक्ति को अपने परिश्रम के फल पर समान रूप से अधिकार होना' है।[१] ऐसी व्यवस्था तभी सम्भव है जब पैदावार के साधन समाज के सभी लोगों की साँझी सम्पत्ति हों। अपनी जीविका कमाने का अवसर पाने के लिये किसी व्यक्ति को दूसरों पर निर्भर न रहना पड़े। किसी व्यक्ति को दूसरों से श्रम कराकर उनके श्रम का भाग अपने मुनाफ़े के लिये समेट लेने का अधिकार न हो। समाज में पैदावार मुनाफ़े के उद्देश्य से नहीं समाज की आवश्यकता पूर्ति के उद्देश्य से की जाय। पैदावार और जीविका निर्वाह के साधनों पर समान अधिकार न होने पर किसी भी प्रकार की समता सम्भव नहीं।

मार्क्सवाद के विरोधी आपत्ति करते हैं कि सब व्यक्तियों को उनके श्रम का पूरा फल मिलने पर भी असमानता रहेगी क्योंकि सब व्यक्ति समान रूप से श्रम करने में असमर्थ हैं। समाजवादी शासन में अपने-अपने श्रम का पूरा फल पाने पर भी कैसी असमानता होगी, इस बात को स्पष्ट करने के लिये मार्क्सवाद उनका ध्यान वर्तमान समाज में मौजूद असमता के कारणों की ओर दिलाता है। प्रथम तो समाजवाद में परिश्रम करने वाले स्वयं ही पैदावार के साधनों के मालिक होंगे। जितना भी पैदा करेंगे, सब उनके ही उपयोग में आयेगा। इससे न केवल उनके भूखे और नंगे रहने का भय नहीं रहता, बल्कि इन किसानों और मज़दूरों के परिश्रम का भाग छीन कर जो अपार वैभव पूँजीपति इकट्ठा

---

१. "Equal opportunity for all. From every man according to his ability to everyone according to his work."

कर लेते हैं, वह भी इन्हीं मेहनत करने वाले लोगों के उपयोग में आयेगा। जब मज़दूरों और किसानों को अपनी आवश्यकता पूर्ति के लिये इतना अधिक धन मिलेगा तो उनकी खरीदारी की ताकत बढ़ेगी और सभी व्यवसायों में काम करने वाले लोग और अधिक पदार्थों को उत्पन्न कर दूसरे पदार्थों को उत्पन्न करने वाले लोगों से विनिमय कर अपने उपयोग के लिये बहुत अधिक पदार्थ पा सकेंगे। मज़दूर-किसानों की मेहनत का पूँजीवादियों के पास जाने वाला बहुत बड़ा भाग नहीं जायेगा और किसान-मज़दूरों की अवस्था में उत्तरोत्तर उन्नति होती जायेगी। उदाहरणतः रूस के समाजवादी शासन में सर्वसाधारण जनता को जितनी आर्थिक उन्नति हुई है, उसे अभी पूर्ण समाजवादी उन्नति नहीं कहा जा सकता फिर भी समाजवादी शासन आरम्भ होने, यानि ज़ार के समय की तुलना में रूसी मज़दूर की अवस्था सैंतीस गुना अधिक अच्छी हो गयी है और किसानों की अवस्था में इससे भी अधिक उन्नति हो गयी है। इससे अधिक महत्वपूर्ण बात यह है कि अमेरिका, इंगलैण्ड आदि पूँजीवादी देशों में मज़दूरों के जीवन की अवस्था क्रमशः गिर रही है और समाजवादी देशों में मज़दूरों के अधिकारों की बढ़ती, उन्नति की ओर उनकी गति और पूँजीवादी देशों में मज़दूरों के अधिकारों में क्षति तथा उनकी आर्थिक स्थिति में ह्रास, यह बात स्पष्ट कर देता है कि सामाजिक कल्याण के लिये दोनों सिद्धान्तों में क्या-क्या सम्भावनाएँ हैं। आज जब शेष संसार अन्न संकट और आर्थिक संकट से परेशान है समाजवादी रूस अपनी जनता को रोटी जैसा पदार्थ बिना मूल्य, मनचाही मात्रा में, बाँट रहा है। यह उदाहरण समाजवादी व्यवस्था की उत्पादक शक्ति और उसमें समानता की सम्भावना की ओर संकेत कर सकता है। जमींदार-किसान और पूँजीपति-मज़दूर का अन्तर मिट जाने के बाद भी ऊँचे पेशे वाले लोगों, उदाहरणतः इंजीनियर, डाक्टर, मैनेजर आदि का काम करने वालों और दूसरे व्यक्तियों की अवस्था में अन्तर रह सकता है। जब हम समाजवादी समाज में सबके लिये विकास के समान अवसर की कल्पना करते हैं तो इस अवस्था के अन्तर को भी बहुत घटता हुआ देखते हैं। परन्तु इसका अर्थ यह नहीं कि समाजवाद लोगों के पाँव काट कर या उनके शरीर को छील कर सबको समान पतला-मोटा और छोटा या लम्बा कर देगा।

समाज में बहुत से काम कठोर और अच्छे न मालूम होने वाले हैं, कुछ आसान और अच्छे मालूम होने वाले हैं। पूँजीवादी व्यवस्था में विचित्र बात यह है कि कठोर और अप्रिय काम करने पर परिश्रम का फल (मज़दूरी) कम मिलता है और आसान और अच्छे मालूम होने वाले कामों में परिश्रम का फल (मज़दूरी) अधिक मिलता है। पूँजीवादी समाज में खास-खास मज़दूरियों की दर या मोल इस बात से निश्चित होता है कि किसी एक काम में आवश्यकता कितने मज़दूरों की है और उस काम में मज़दूरी कर सकने वाले मजदूरों की संख्या कितनी है। यदि काम कर सकने वाले आदमी ज़रूरत से कम हैं तो मज़दूरी या तनख्वाह अधिक मिलेगी और अगर मज़दूरी चाहने वालों की तादाद ज्यादा है तो उन्हें मज़दूरी कम मिलेगी। हमारे पूँजीवादी समाज का संगठन इस प्रकार का है कि ऊँचे दर्जे के कर्मों की योग्यता और शिक्षा पाने का अवसर बहुत कम आदमियों को रहता है। इसलिए ऐसे काम की शिक्षा पाये व्यक्ति कम होने से उनकी मज़दूरी की दर ज्यादा रहती है।

मज़दूर श्रेणी की बहुत बड़ी संख्या ज़रूरी शिक्षा और योग्यता प्राप्त करने का अवसर न होने के कारण इस बात के लिये मज़बूर रहती है कि वह कठोर और कम मज़दूरी के

काम करें, क्योंकि उनके लिये ऐसे कामों के सिवा दूसरा कोई काम है ही नहीं। समाजवादी शासन में जितने भी आदमी चाहेंगे, ऊँचे दर्जे की शिक्षा और योग्यता प्राप्त कर सकेंगे। मज़दूरों को ऊँचे दर्जे के काम सीखने और करने का अवसर रहेगा। अच्छे काम के योग्य होने पर भी निचले दर्जे का काम करने के लिये इन्हें मजबूर न होना पड़ेगा। इसके अतिरिक्त समाजवादी शासन में मशीन का प्रयोग उन सब कामों के लिये होगा, जो कठिन है और अरोचक होते हैं। इससे मेहनत का काम इतना अप्रिय न रहेगा।

आज पूँजीवादी समाज में पूँजीपति यह देखता है कि अमुक काम मशीन से सस्ता कराया जा सकता है या मज़दूर से? उदाहरणतः, सड़क कूटने के लिये जहाँ मज़दूरी कम है, वहाँ आदमी कूटते हैं और जहाँ मज़दूरी ज्यादा है, वहाँ इंजन सड़क कूटते हैं। परन्तु समाजवादी शासन में देखा वह जायेगा कि समाज के व्यक्तियों का लाभ किस प्रकार होता है। मज़दूरों की संख्या बढ़ने से मज़दूरों के बेकार होने का सवाल समाजवाद में पैदा नहीं होता। यदि मशीन की उन्नति के कारण जिस काम को आज सौ मज़दूर करते हैं, कल दस मज़दूर कर लेंगे तो बजाय नब्बे मज़दूरों के बेकार होने के समाज के लिये और उपयोगी पदार्थ तैयार करने के काम शुरू हो जायेंगे। मिसाल के तौर पर मज़दूरों के लिये अच्छा फर्नीचर, बढ़िया मकान आदि-आदि तैयार होंगे और प्रत्येक मज़दूर आज की तरह दस-दस घण्टे काम न कर, बारी-बारी से केवल चार या तीन घण्टे काम करेंगे या बारी-बारी से छुट्टी लेकर काम करेंगे।

मार्क्सवाद के अनुसार समाजवाद में समता का यही आदर्श है—'प्रत्येक को अपने विकास और उन्नति का तथा जीवन निर्वाह के उपायों की प्राप्ति के लिये समान अवसर हो और प्रत्येक व्यक्ति को अपने परिश्रम का फल पाने का भी समान अवसर हो और समाज के शासन और व्यवस्था में भाग लेकर आत्म-निर्भर का समान अधिकार हो।'

वैयक्तिक स्वतंत्रता

समाजवाद से प्राप्त होने वाली समता को ही मार्क्सवादी अपनी पूरी सफलता नहीं समझते। समाजवाद को वह मनुष्य समाज में वास्तविक समता लाने का साधन या तैयारी समझते हैं। मार्क्सवाद परिस्थितियों और भौतिक तथ्यों को महत्व देता है। वह इस बात से इनकार नहीं करता कि हमारे मौजूदा समाज में मनुष्यों की शारीरिक और मस्तिष्क की उन्नति में परस्पर बहुत भेद है। यदि सभी मनुष्यों को आपसी होड़ से अपना निजी स्वार्थ पूरा करने के अवसर की पूरी स्वतंत्रता दे दी जाय, तो बहुत से योग्य और बलवान मनुष्य अपने स्वार्थ को पूरा करने के लिये दूसरों का जीवन असम्भव कर देते हैं। मार्क्सवाद वैयक्तिक स्वतंत्रता और विकास को बहुत महत्व देता है, इसलिए वह वैयक्तिक स्वतंत्रता सभी व्यक्तियों को समान रूप से देना चाहता है, केवल कुछ-एक को ही नहीं। यदि किसी एक व्यक्ति की स्वतंत्रता का अर्थ सैकड़ों व्यक्तियों की स्वतंत्रता का नाश हो तो इस प्रकार की वैयक्तिक स्वतंत्रता के लिये मार्क्सवाद में स्थान नहीं है। मार्क्सवाद ऐसी वैयक्तिक स्वतंत्रता का समर्थक है जो समाज के सभी व्यक्तियों के लिये सम्भव हो।

जान स्टुअर्ट मिल (John Stuart Mill, 1806-73) ने वैयक्तिक स्वतंत्रता की व्याख्या करते हुए कहा है:—एक व्यक्ति के नाक की सीमा वहीं तक है जहाँ कि दूसरे व्यक्ति की नाक शुरू हो जाती है (Nose of one man ends where nose of the other man begins.)। इसे हम दूसरे शब्दों में यों कह सकते हैं कि व्यक्तियों की वैयक्तिक

स्वतंत्रता का एक-दूसरे से सम्बन्ध है। ऐसी अवस्था से यदि बलवान और अधिक चतुर व्यक्ति दूसरे व्यक्तियों से लाभ उठाने का अधिकार चाहें तो सम्पूर्ण पृथ्वी पर एक ही व्यक्ति पूर्ण, निर्बाध और निरंकुश स्वतंत्रता का आनन्द उठा सकता है। सिकन्दर जैसे व्यक्ति भी संसार में पैदा हो सकते हैं जो सम्पूर्ण पृथ्वी पर अपना राज्य कायम करने के स्वप्न देखते थे। यह केवल कल्पना ही नहीं, हिटलर के नेतृत्व में जर्मन राष्ट्र संसार भर पर जर्मनी का साम्राज्य कायम करने का स्वप्न देख रहा था।

इतिहास इस बात का गवाह है कि संसार की गोरी जातियों ने अपनी स्वतंत्रता का अर्थ काली जातियों पर हुकूमत करना, उनका शोषण करना समझा है। इस प्रकार वैयक्तिक और राष्ट्रीय स्वतंत्रता का अर्थ रहा है, मनुष्य समाज में व्यक्तियों और राष्ट्रों द्वारा अपने सामर्थ्य से निर्बलों को दबाना और उनका परस्पर संघर्ष। जो वैयक्तिक स्वतंत्रता मनुष्य समाज के सभी व्यक्ति पा सकते हैं, उसमे दूसरे व्यक्तियों की स्वतंत्रता का ध्यान रखना आवश्यक है। सभी व्यक्ति स्वतंत्रतापूर्वक रह सकें, इसके लिये आवश्यक है कि प्रत्येक व्यक्ति दूसरे के अधिकारों और स्वतंत्रता का आदर करे और अपनी स्वतंत्रता को एक सीमा के भीतर रखे। एक व्यक्ति की स्वतंत्रता उसी सीमा तक जाये जहाँ तक कि वह दूसरे व्यक्तियों की स्वतंत्रता पर आघात नहीं करती। स्वतंत्रता का प्रयोजन और प्रमाण है उचित रूप से जीवन के साधन और अवसर पा सकना और विकास का अवसर रहना। सबसे बड़ी परतंत्रता है दूसरे के निर्णय से जीविका पाना और व्यक्ति का शोषण होना। मार्क्सवाद समाज से शोषण की व्याधि को दूर कर व्यक्ति के परतंत्र बनने के कारणों हटा दूर कर व्यक्तिगत स्वतंत्रता को पूर्ण अवसर देता है और उसकी रक्षा करता है। यही वास्तविक समानता और स्वतंत्रता है। मार्क्सवाद के अनुसार समाजवाद की वैयक्तिक स्वतंत्रता ऐसी है, जिसमें किसी व्यक्ति की स्वतंत्रता दूसरों की स्वतंत्रता पर हमला न कर सके। किसी भी व्यक्ति को शोषण का अधिकार न देना समाज की व्यक्तिगत स्वतंत्रता के लिये आवश्यक शर्त है।

कम्यूनिज्म

व्यक्तियों के जीवन में दिखाई पड़ने वाली असमता की जड़ में परिस्थितियों और अवसर के कारण पैदा हुए बल, सामर्थ्य तथा योग्यता की विषमता मौजूद है। अध्यात्मवादी और पूँजीवादियों के विचार में यह असमता दूर नहीं हो सकती। इसे वे भगवान का न्याय मानते हैं। परन्तु मार्क्सवाद इस असमता को पैदा करने वाली परिस्थितियों को दूर कर इस विषमता को उत्तरोत्तर दूर कर देने का दावा करता है। जिस अवस्था में यह असमता दूर हो जायेगी, उस अवस्था को मार्क्सवाद कम्यूनिज्म या समष्टिवाद कहता है। कम्यूनिज्म में परिस्थितियों से उत्पन्न व्यक्तिगत असमता को जहाँ तक सम्भव है दूर करने के बाद समाज के संगठन का सिद्धान्त होगा—'प्रत्येक मनुष्य अपने सामर्थ्य भर परिश्रम करे और प्रत्येक मनुष्य को आवश्यकताओं के अनुसार पदार्थ मिलें।' परन्तु इसके लिये आवश्यक है कि पहले यथासम्भव औद्योगिक विकास द्वारा समाज की उत्पादक शक्ति को समाज के सभी व्यक्तियों की आवश्यकता पूर्ति के योग्य बना लिया जाय। ऐसी अवस्था में विकास के साधन और अवसर समान रूप से मिलने पर व्यक्तियों में व्यक्तिगत योग्यता और बल की परम्परागत विषमता दूर हो जायेगी और शोषण के भय से उनके मन में क्रम और श्रम के लिये पैदा हो गई अरुचि भी मिट जायेगी।

मनुष्यों में शारीरिक बल, बुद्धि और शिक्षा की असमता दूर करने के उपायों पर विचार करने के पहले ऐसी असमता के कारणों पर विचार करना चाहिए। जो लोग यह समझते हैं कि_इस प्रकार की असमता पिछले जन्म के कर्मों के कारण हैं, उन्हें मार्क्सवाद यह उत्तर देता है कि कर्म करने के लिये अवसर भी तो परिस्थितियों के अनुसार ही मिलता है। इसलिए परिस्थितियाँ ही मुख्य हैं। समाजवाद सब मनुष्यों को शिक्षा, मस्तिष्क और स्वास्थ्य की उन्नति का समान अवसर देकर मनुष्यों में दिखाई देने वाली असमता को दूर करने का यत्न करता है। कहा जाता है कि मनुष्य जन्म से ही कम या अधिक तन्दुरुस्त, कम या अधिक अक्लमन्द होते हैं। कम तन्दुरुस्त और कम अक्लमन्द लोग होते हैं प्रायः गरीबों की सन्तान और अधिकतर तन्दुरुस्त और अधिक अक्लमन्द होते हैं प्रायः अमीरों की सन्तान। कोई भी व्यक्ति साधनों के प्रभाव और परिणाम की उपेक्षा नहीं कर सकता। मार्क्सवाद में सबको समान अवसर होने से नई पैदा होने वाली पीढ़ियों में जन्म से पाई जाने वाली असमता बहुत कम हो जायेगी और कुछ पीढ़ियों तक समान परिस्थितियों में मनुष्यों का जन्म होने पर हम प्रायः एक सा बुद्धिमान और बलवान देख पायेंगे। यदि मनुष्य पशुओं की नस्ल में उन्नति कर सकता है तो मनुष्य की नस्ल में भी उन्नति सम्भव है। मार्क्सवाद यह नहीं कहता कि सबके लिये समान अवसर हो जाने पर अन्धे, लूले या रोगी बच्चे बिलकुल पैदा नहीं होंगे। हो सकता है लाखों में कुछ ऐसे बच्चे पैदा हो जायँ परन्तु समाज के नियम इस प्रकार के अपाहिजों के आधार पर नहीं, बल्कि साधारण जनता की अवस्था के विचार से बनते हैं।

पूँजीवाद में उन्नति के वैज्ञानिक साधन केवल कुछ चुने हुए व्यक्तियों के लिये उपयोग में आते हैं परन्तु समाजवाद और समष्टिवाद में यह साधन सभी लोगों के उपयोग के लिये होंगे। पूँजीवादी कहते हैं—मार्क्सवाद का यह दावा कि प्रत्येक व्यक्ति के शक्ति भर परिश्रम करने से समष्टिवाद में आवश्यकतानुसार पदार्थ मिल जायेंगे, निरा हवाई महल है। पदार्थों के पैदा किये जाने की एक सीमा है; पैदावार को आखिर कितना बढ़ाया जा सकता है। इसके उत्तर में मार्क्सवाद का कहना है कि विज्ञान और मशीन की शक्ति की सीमा बहुत दूर तक है। समष्टिवाद कायम होने से पहले कला-कौशल और मशीन की उन्नति बहुत अधिक करनी होगी, इतनी अधिक कि बहुत थोड़े से परिश्रम से बहुत अधिक पैदावार हो सके।

पूँजीवाद में पैदावार के लिये विज्ञान और मशीन को केवल उस हद तक व्यवहार में लाया जाता है, जहाँ तक कि पदार्थों की बिक्री द्वारा मुनाफ़ा कमाने की गुंजाइश है। परन्तु कुटुम्बवाद में बिक्री और मुनाफ़े का प्रश्न नहीं, उपयोग के लिये पैदा करना उद्देश्य होगा। कला-कौशल की उन्नति से किस प्रकार सब लोगों की आवश्यकता पूर्ण करना सम्भव है, इसका उदाहरण साधारण जीवन में देखा जा सकता है। बिजली के आविष्कार के पूर्व प्रत्येक व्यक्ति के लिये अपने मकान में रात के समय रोशनी करना सम्भव न था। परन्तु आज हम सड़कों और गलियों तक में रोशनी देखते हैं और इस रोशनी को और भी अधिक बढ़ाया जा सकता है। वस्त्रों के प्रश्न को भी विज्ञान ने हल कर दिया है। प्रथम तो कपास और उनकी पैदावार बेहद बढ़ाई जा सकती और फिर विज्ञान बीसियों ऐसे पदार्थ तैयार कर सकता है जिनसे कपास तथा ऊन की ही तरह कपड़ा बन सकता है।

पूँजीवाद के युग में यह सब साधन काम में नहीं लाये जाते क्योंकि तैयार किये गये सामान को खरीदने वाले लोग नहीं मिलते। मुग़लों के राज में बरफ केवल बादशाहों के

लिये हिमालय पहाड़ से लाई जाती थी। आज वह गली-गली मिलती है। रोटी का सवाल मनुष्य के लिये सबसे पहला सवाल है। पूँजीवादी देशों में भूखों की संख्या देखकर यही शंका होती है कि सब लोगों के लिये आवश्यक भोजन पैदा करना समाज के लिये सम्भव नहीं परन्तु रूस के समाजवादी शासन में गेहूँ तथा दूसरे पदार्थों की उपज इतनी बढ़ गई है कि तीसरी पंचवर्षीय योजना[१] के अन्त में वहाँ रोटी का कुछ भी मूल्य जनता से न लेने का निश्चय कर लिया गया था। गत महायुद्ध के बाद से औद्योगिक दृष्टि से सबसे उन्नत देश भी आवश्यक पदार्थों के लिये छटपटा रहे हैं परन्तु रूस में यह संकट युद्ध के बाद तुरन्त दूर हो गया है और जून ४९ से वहाँ रोटी सभी व्यक्तियों को मनचाही मात्रा में बिना मूल्य देने की व्यवस्था हो गई है। रोटी वहाँ इस तरह मुफ्त मिल सकेगी, जिस तरह शहरों की सड़कों पर बिजली मुफ्त मिलती है या रेस्तोरां में पानी मुफ्त मिलता है। यह एक उदाहरण है जिससे समाजवाद में बढ़ सकने वाली पैदावार का कुछ अनुमान किया जा सकता है। पूँजीवादी समाज में पैदावार की कितनी शक्ति व्यर्थ नष्ट होती है, इसके उदाहरण में जानकार लोग ऐसे अनेक वैज्ञानिक आविष्कारों का वर्णन करते हैं जिन्हें उपयोग में इसलिए नहीं लाया जाता कि पूँजीवादियों को अपनी पुरानी मशीनें बदलने से आर्थिक हानि होगी। पूँजीवादी आविष्कार करने वाले वैज्ञानिकों से आविष्कार खरीद कर अपने पास रख लेते हैं ताकि दूसरे पूँजीवादी उन आविष्कारों से लाभ उठाकर बाज़ार में आगे न बढ़ जायँ। पैदावार की शक्ति पूँजीवादी समाज में किस प्रकार नष्ट होती है, इसका एक बड़ा उदाहरण साम्राज्यवादी युद्ध भी है। एटम की शक्ति का उदाहरण पूँजीवादी समाज में आविष्कारों के दुरप्रयोग का अच्छा खासा प्रमाण है। पूँजीवादी राष्ट्र एटम की शक्ति को नाश का साधन बनाये रखने के लिये उसे गुप्त रख रहे हैं। समाजवादी राष्ट्रों की मांग है कि एटम की शक्ति के आविष्कार को प्रकट करके उसे औद्योगिक विकास के लिये खर्च किया जाय। औद्योगिक रूप से पिछड़े राष्ट्र इस शक्ति से विशेष लाभ उठा सकेंगे। पूँजीवादी राष्ट्र इस प्रस्ताव को इसलिए स्वीकार नहीं करते कि पिछड़े हुए देश इस शक्ति के सहारे उनसे आगे निकल जा सकते हैं और पूँजीवादी देशों के वर्तमान औद्योगिक साधन, नयी शक्ति के आ जाने से, निष्फल हो जायेंगे।

मार्क्सवाद और युद्ध

हम ऊपर कह आये हैं कि युद्ध पूँजीवादी प्रणाली की बहुत बड़ी समस्या है। पूँजीवादी प्रणाली का आर्थिक आधार जीवन निर्वाह के साधनों के लिये खुले मुकाबिले की स्वतंत्रता है। इस खुले मुकाबिले पर कुछ ऐसे प्रतिबंध लगाये गये हैं जिनसे पूँजी पर जमाये अधिकारों को भय रहता है। उदाहरणतः बल प्रयोग या चोरी द्वारा दूसरों की पूँजी न छीनना। परन्तु मुनाफ़े के रूप में खुले मुकाबिले का सिद्धान्त कायम रखा गया है क्योंकि उसके बिना पूँजी एकत्र नहीं हो सकती थी। मुनाफ़े के लिये खुले मुकाबिले का प्रश्न ज़ब तक व्यश्रियों में रहता है, अपनी सरकार के नियंत्रण में रहने के कारण वे

---

१. रूस के समाजवादी शासन में सभी व्यवसायों का प्रवन्ध समाज की ओर से होता है। लेखा लगाकर देख लिया जाता है कि कितना खर्च होगा और कितनी पैदावार की ज़रूरत है। इसी प्रकार कला-कौशल की उन्नति के लिये भी वहाँ आयोजना तैयार की जाती है। रूस ने १९२८ में पहली पंचवर्षीय आयोजना तैयार की थी। इसके अनुसार पाँच वर्ष के समय में एक निश्चित मात्रा तक काम कर लेने का निश्चय किया गया था।

मारकाट से बचे रहते हैं। जब यह मुकाबिला दो देशों के पूँजीपतियों में होने लगता है, अवस्था बदल जाती है। अपने देश में मुनाफ़े की गुंजाइश न देख दूसरे देशों पर कब्ज़ा करने के लिये या अपने अधीन देशों को अपने कब्जे में रखने के लिये या बलवान देशों से अपनी रक्षा करने के लिये पूँजीवादी देशों को युद्ध के लिये सदा तैयार रहना पड़ता है और युद्ध करने पड़ते हैं। संसार में पूँजीवादी शासन प्रणाली के रहते यदि कोई देश निशस्त्र हो जाता है, युद्ध के लिये तैयार नहीं रहता तो दूसरे खूँखार पूँजीवादी देश उसे झपट लेने के लिये आगे बढ़ते हैं। हमारे देखते-देखते कई छोटे-छोटे देशों को नाज़ी और फैसिस्ट और साम्राज्यवादी देशों ने हड़प लिया था। ऐसी अवस्था में पूँजीवादी और साम्राज्यवादी प्रणाली के रहते युद्ध के लिये तैयार रहना पूँजीवादी देशों के लिये आवश्यक हो जाता है।

युद्ध और युद्ध की तैयारी का अर्थ पैदावार के दृष्टिकोण से क्या है, समाज-हित की दृष्टि से इस बात की उपेक्षा नहीं की जा सकती। सभी देशों में आमदनी का बहुत बड़ा भाग, बल्कि संसार भर में मेहनत से पैदा किये गए धन का मुख्य भाग, युद्ध की तैयारियों में और युद्ध लड़ने पर खर्च हो जाता है। धन का यह भाग मनुष्य समाज को क्या देता है; कष्ट, भय और अकाल मृत्यु। यदि यह सब पूँजी और परिश्रम मनुष्य समाज के लिये उपयोगी पदार्थ तैयार करने में खर्च हो तो मनुष्य समाज की अवस्था कितनी बेहतर हो सकती है। युद्ध की तैयारियों में तो पूँजी नष्ट होती ही है इसके अलावा प्रत्येक देश में लाखों समर्थ जवान समाज के कल्याण के लिये कुछ भी पैदा न कर अपना सम्पूर्ण समय और शक्ति स्वयं मरना और दूसरों को मारना सीखने में ही नष्ट कर देते हैं। यदि इन करोड़ों सिपाहियों की शक्ति और युद्ध लड़ने के लिये तैयार किये जाने वाले सामानों पर खर्च होने वाली शक्ति समाज के कल्याण के लिये खर्च हो तो सभी देशों में मनुष्यों की अवस्था कितनी बेहतर हो सकती है।

पूँजीवादी प्रणाली के रहते युद्ध समाप्त नहीं हो सकते। जब तक मुनाफ़े द्वारा अधिक पूँजी समेटने का कायदा रहेगा, उसके लिये लड़ाई होगी ही। मार्क्सवाद के विचार में पूँजीवाद उन्नति करता हुआ साम्राज्यवाद की अवस्था में पहुँचा। पूँजीवादी देशों की पूँजी अपनी देशों में मुनाफ़े के लिये पर्याप्त क्षेत्र न पा दूसरे देशों में मुनाफ़ा कमाने की जगह ढूँढ़ने लगी। इंगलैण्ड और फ्रांस की पूँजी और साम्राज्य पृथ्वी के अधिकांश भाग पर फैल गये थे। अपने राजनैतिक प्रभुत्व के कारण इंगलैण्ड और फ्रांस के पूँजीपतियों को अधीन देशों से आर्थिक लाभ उठाने का अवसर मिलता था। जर्मनी, जापान और इटली की उठती हुई साम्राज्यवादी भावना को यह अवसर न था; इसलिए जर्मनी, जापान और इटली दूसरे देशों पर प्रभुत्व जमाने के लिये बेचैन थे। इस होड़ के परिणाम में युद्ध से जो विनाश हुआ उसकी आग में संसार भर जला। युद्ध में जर्मनी, जापान और इटली हार गये और इंगलैण्ड भी अत्यन्त निर्बल हो गया। अब सबसे प्रबल पूँजीवादी शक्ति अमेरिका है जो संसार के असमर्थ राष्ट्रों को अपनी पूँजी के जाल में लपेट रहा है। पूँजीवादी प्राणली में अन्तर्राष्ट्रीय शान्ति का मार्ग यह है कि सभी देश अपनी सैनिक शक्ति को इतना बढ़ा लें कि कोई किसी पर आक्रमण करने का साहस न कर सके। इसके लिए मनुष्यों का कितना परिश्रम अनउपजाऊ कार्यों में नष्ट होगा, इसका अनुमान सहज ही लगाया जा सकता है। फिर शस्त्र-शक्ति में सब देशों का समान हो जाना सम्भव नहीं।

बरसों तक लाखों मनुष्यों के परिश्रम क़ो केवल भस्म कर देने के लिये युद्ध की सामग्री के रूप में इकट्ठा किया जाता है और उसका परिणाम होता है लाखों मनुष्यों की अकाल मृत्यु। मार्क्सवाद का कहना है, यदि पैदावार के साधनों का उपयोग बजाय मुनाफ़ा कमाने के समाज के उपयोग के पदार्थ पैदा करने में किया जाय तो पूँजीवादी होड़ केवल एक देश में ही न रहेगी बल्कि अन्तर्राष्ट्रीय पूँजीवादी होड़ भी समाप्त हो जायेगी। पूँजी को दूसरे देशों के बाजारों में लगाने की जरूरत न होगी। इससे साम्राज्य विस्तार की ज़रूरत न रहेगी और अन्तर्राष्ट्रीय युद्धों की समाप्ति हो जायेगी। युद्धों की जरूरत और उनका भय न रहने से संसार भर के मनुष्यों के परिश्रम का जो बड़ा भाग युद्ध की तैयारियों और युद्ध लड़ने में स्वाहा होता है, वह मनुष्य समाज के उपयोग में लगेगा और समाज में इतनी पैदावार हो सकेगी जो सभी व्यक्तियों की आवश्यकताओं को अच्छी तरह पूरा कर सकेगी।

मार्क्सवाद युद्ध को समाज की शक्ति का नाश समझता है जो कि होड़ के सिद्धांत पर चलने वाली पूँजीवादी प्रणाली का आवश्यक फल है। पूँजीपति लोग राष्ट्रीयता और देशभक्ति की भावना का रंग देकर अपने-अपने देश की जनता को अपने स्वार्थों पर बलिदान हो जाने के लिये तैयार करते हैं। जब तक पूँजीपति अपने देश में बने माल और सौदे से विदेशी बाजारों को भर कर मुनाफ़ा कमाने का अवसर पाते रहे, उस देश के मज़दूरों को भी उससे थोड़ा बहुत लाभ हो सकता था अर्थात् वे बेकारी वगैरा की मुसीबत से बचे रहते थे। परन्तु वर्तमान समय में पूँजीपतियों की पूँजी मुनाफ़े द्वारा इतनी बढ़ चुकी है कि उसके लिये उनके अपने देश में पर्याप्त स्थान ही नहीं। वे इसे विदेशों और कम विकसित देशों में ले जाकर लगाना पसन्द करते हैं जहाँ मजदूरी सस्ती होती है और कच्चे माल भी सस्ते मिलते हैं। इस प्रकार पूँजीवादी देशों के मज़दूरों का देशभक्ति के नाम पर पूँजीवाद के लिये जान देना उनकी आर्थिक समस्या को और शोषण को दूर नहीं कर सका परन्तु बढ़ा रहा है।

समाजवादी विचार से साधनहीन की मातृभूमि वही देश है जहाँ की भूमि पर उनका अधिकार हो और वे व्यवस्था के स्वामी हों। जिस व्यक्ति की कहीं कोई सम्पत्ति नहीं, उसके लिये कोई देश खास अपना नहीं। उसका कुछ भी अपना नहीं, उसका पालन केवल उसके दो हाथ करते हैं। उसे जहाँ कहीं मज़दूरी मिल जाय, वही उसका देश है। इसी प्रकार पूँजीवादी के लिये भी मातृभूमि का कोई अर्थ नहीं। उसे जहाँ लाभ होगा, उसी जगह वह अपना अधिकार कायम रखने के लिये अपने देश की जनता को तोपों की आग में झुलसा देगा। उदाहरणतः इटली ने अबीसीनिया में और जापान ने चीन में अपने लाखों सैनिक मरवा डाले। इंगलैण्ड के पूँजीपति ईरान और बरमा के तेल के कुओं के लिये अपने देश के लाखों सिपाही कुर्बान कर सकते हैं परन्तु इन युद्धों से और साम्राज्यशाही शक्तियों के नये-नये देशों पर कब्जा करने से उन देशों के मज़दूरों की अवस्था में कोई सुधार नहीं हो सका। साम्राज्यवादियों की दृष्टि में अपनी जनता के खून से अधिक मूल्य मुनाफ़ा दे सकने वाले व्यापारिक क्षेत्रों का है।

मार्क्सवाद के अनुसार युद्ध मनुष्य के जंगलीपन और असभ्य अवस्था का चिह्न है, जब वह बजाय स्वयं उत्पन्न करने के दूसरों से छीन कर ही अपना पेट भरना चाहता था। जब मनुष्य में सामाजिक भावना और सहयोग की बुद्धि उत्पन्न हुई तो एक कबीले के लोगों ने आपस में लड़ना बन्द कर दिया। एक कबीले के आदमी अपना हित एक

समझने लगे, परन्तु दूसरे परिवार के लोगों से युद्ध करते रहे। इसके बाद जब एक कबीला दूसरे कबीले की सहायता से जीवन बिताने लगा तो उसमें गाँव भर का हित एक समझने की बुद्धि पैदा हुई। इस अवस्था में गाँवों में युद्ध होने लगे। मनुष्य की आवश्यकताओं और उसके पैदावार के साधनों के बढ़ने से उसके अपनेपन का क्षेत्र और बढ़ा और छोटे-छोटे इलाके, जिनका आपस में सम्बन्ध था, मिलकर देशों के रूप में संगठित हो गये।

सभ्यता, पैदावार और यातायात के साधनों के बढ़ जाने से अब मनुष्य का क्षेत्र इतना बढ़ गया है कि संसार का कोई भी देश दूसरे देशों के सहयोग के बिना अकेला नहीं रह सकता। सभी देशों के परस्पर सम्बन्ध हैं, इसलिए उनमें परस्पर विरोध न होकर सहयोग और सहायता का सम्बन्ध होना चाहिए। इतिहास के विकास को दृष्टि में रखकर मार्क्सवाद का कहना है, अब समय आ गया है कि देशों और राष्ट्रों का भेद मिटाकर सम्पूर्ण संसार एक राष्ट्र-परिवार का रूप धारण कर ले। पूँजीवाद मनुष्य की इस उन्नति को साम्राज्यवाद का रूप देकर कई देशों को एक संगठन में बाँधना चाहता है। परन्तु साम्राज्यवादी संगठन (कामनवेल्थ) में मालिक देश दूसरे देशों और उपनिवेशों का शोषण कर अपना स्वार्थ पूरा करने की चेष्टा करता है। इसलिए शोषित देशों में असंतोष और बगावत का भाव बना ही रहेगा। मार्क्सवाद की दृष्टि से संसारव्यापी राष्ट्रीय एकता समाजवादी प्रणाली के आधार पर ही कायम हो सकती है जिसमें एक देश के द्वारा दूसरे देशों से लाभ उठाने की नीति न हो। मार्क्सवाद के अनुसार संसारव्यापी अन्तर्राष्ट्रीय होड़ समाप्त कर शांति कायम होने के लिये पूँजीवादी प्रणाली का अन्त होना जरूरी है। संसार का प्रत्येक देश संसारव्यापी समाज और राष्ट्र का अंग बन जाना चाहिए और उनका सम्बन्ध परस्पर सहयोग का होना चाहिए। बजाय इसके कि भिन्न-भिन्न राष्ट्र एक दूसरे को लूट कर सम्पन्न होने की कोशिश करें, उन्हें अपनी-अपनी शक्ति भर पैदावार कर एक दूसरे के सहयोग से अपनी आवश्यकताएँ पूर्ण करनी चाहिए। यदि दूसरे देशों से मुनाफ़ा कमाने का प्रलोभन न रहे तो अन्तर्राष्ट्रीय युद्धों का कोई कारण न रहेगा। यह प्रलोभन मिट सकता है, केवल मुनाफ़ा कमाने का अधिकार देने वाली पूँजीवादी प्रणाली का अन्त हो जाने से। किसी देश के किसानों, मज़दूरों और मेहनत करने वालों का दूसरे देश के किसानों, मज़दूरों और मेहनत करने वालों से कोई बैर नहीं हो सकता। मेहनत करने वालों का लाभ तो इसी बात में है कि दूसरे लोग भी मेहनत करें, तभी उन्हें अपनी मेहनत की पैदावार के बदले में दूसरों की मेहनत की पैदावार मिल सकेगी। इस प्रकार मार्क्सवाद मनुष्य के परिश्रम को युद्ध द्वारा नाश करने के बजाय पैदावार में ही लगाने के पक्ष में है ताकि उपयोगी पदार्थ इतने परिमाण में पैदा हो सकें कि वे सबके लिये पर्याप्त हों।[१]

---

१. मार्क्सवाद युद्ध और युद्ध की तैयारी के पक्ष में नहीं परन्तु रूस समाजवादी और मार्क्सवादी देश होकर भी इस समय संसार की सबसे बड़ी सैनिक शक्तियों में है। इस विरोधी स्थिति का कारण है कि पूँजीवादी साम्राज्यशाही शक्तियाँ रूस में समाजवाद की सफलता से अपने देशों में भी समाजवादी क्रान्ति होने का भय देखती हैं। इसलिए वे रूस को कुचलने के लिये उत्सुक हैं। समाजवादी क्रान्ति के बाद चार वर्ष तक पूँजीवादी राष्ट्रों ने रूस को घेर कर वहाँ समाजवाद को असफल करने की चेष्टा की थी और अब भी प्रयत्नों में लगे हैं। रूस कई दफे सभी राष्ट्रों के सामने निशस्त्रीकरण के प्रस्ताव रख चुका है जिन्हें पूँजीवादी राष्ट्रों ने स्वीकार नहीं किया। गत युद्ध के बाद से अमेरिका रूस को पंगु बना देने के दांव-पेंच में लगा हुआ है परन्तु चीन के भी समाजवादी प्रभाव में आ जाने से भविष्य में अमेरिका के लिये रूस के विरुद्ध युद्ध का साहस करने की सम्भावना कम हो गई है।

मार्क्सवाद के अनुसार विकास के लिये प्रोत्साहन का अर्थ है—समाजवादी व्यवस्था में प्रत्येक व्यक्ति को, उन्नति और विकास के लिये समान अवसर होगा और प्रत्येक व्यक्ति को अपने श्रम का पूरा फल मिलेगा। समष्टिवाद या कम्यूनिज्म में प्रत्येक मनुष्य अपनी सामर्थ्य भर मेहनत करके अपनी आवश्यकता अनुसार पदार्थ प्राप्त कर सकेगा। यह अवस्था आकर्षक होने पर भी पूँजीवादियों की दृष्टि में क्रियात्मक नहीं, केवल स्वप्न और कल्पना की वस्तु है। पूँजीवादियों का कहना है—समाजवाद में जब व्यक्ति के साम़ने अधिक फल का प्रलोभन नहीं और उचित रूप से काम न करने पर दुखी और गरीब रहने का भय भी नहीं तो वह काम क्यों करेगा! और करेगा भी तो अपनी शक्ति और दिमाग़ खर्च कर कोई नये-नये आविष्कार क्यों करेगा!

पूँजीवादियों का कहना है कि हजारों वर्षों से पीढ़ी दर पीढ़ी मनुष्य की प्रकृति और स्वभाव लाभ की आशा से ही काम करने का रहा है। लाभ धन-धान्य के रूप में होना चाहिए या दूसरों पर शक्ति बढ़ाने के रूप में। समाजवाद और समष्टिवाद में इन दोनों ही बातों के लिये स्थान नहीं तो मनुष्य अपनी पूरी शारीरिक शक्ति और बुद्धि से विशेष परिश्रम क्यों करेगा! यदि सुस्ती और काहिली से काम करने वाले भी उतने ही पदार्थ पाते हैं जितने कि विशेष परिश्रम करने वाले तो स्वाभाविक ही अधिक परिश्रम करना किसे अच्छा लगेगा। अपनी अवस्था को सुधारने की आशा व्यक्ति को काम का उत्साह देती है और इससे समाज की उन्नति होती है। इसके विपरीत समाजवाद और कम्युनिज्म में व्यक्ति को अपनी अवस्था सुधारने का प्रोत्साहन न होने से न केवल समाज के लिये उन्नति का मार्ग बन्द हो जायेगा बल्कि वह अवनति की ओर गिर जायेगा।

मनुष्य की प्रकृति के सम्बन्ध में पूँजीवादियों का यह विश्वास उनके पूँजीवादी समाज की परिस्थितियों और अनुभवों पर निर्भर लाभ और स्वार्थ के लिये परिश्रम करना, शक्ति संचय करने की इच्छा करता है। दूसरों से लाभ उठाने की इच्छा पूँजीवादियों की नज़र में मनुष्य प्रकृति का अंग है, जो उसमें प्रकृति के दूसरे जीवों के समान है।

जिन बातों को पूँजीवादी मनुष्य प्रकृति बताते हैं, मार्क्सवाद उन्हें केवल मनुष्यों का अभ्यास समझता है। अभ्यास परिस्थितियों के कारण बनता और बदलता रहता है। मनुष्य समाज के रीति-रिवाजों और अभ्यासों का इतिहास इस बात का प्रमाण है कि मनुष्य के स्वभाव और अभ्यास—जिन्हें पूँजीवादी प्रणाली के समर्थक मनुष्य की प्रकृति कहते हैं—मनुष्य की परिस्थितियों के अनुसार बदलते रहे हैं। यह अभ्यास जैसे आज दिखाई देते हैं, सदा ही ऐसे नहीं रहे। प्राचीन काल में मनुष्य युद्ध में हार जाने वाले शत्रु को मार कर खा जाते थे, बलवान मनुष्य कमज़ोर के पास धन देख उससे छीन लेते थे, हार जाने वाले लोगों की स्त्रियों को छीनकर अपनी स्त्री बना लेते थे। राजा लोग दूसरे देशों का धन छीनने के लिये या सुन्दर स्त्रियों के लिये बड़ी-बड़ी सेनाएँ लेकर दूसरे देशों पर चढ़ाई किया करते थे। उस समय मनुष्य समाज का यही अभ्यास था। उस समय का समाज इन बातों को अपनी प्रकृति कह सकता था। परन्तु आज मनुष्य समाज इन्हें सहन नहीं कर सकता। असभ्य कहलाने वाले लोगों में आज तक मनुष्यों का मांस खा लेने की रीति है। वे दूसरे कबीले के लोगों को देखते ही लूट भी लेते हैं। यह सब बातें सभ्य मनुष्यों में नहीं पायी जातीं। हमारे ही देश के कई कबीलों में आज भी इस प्रकार के रिवाज़ हैं कि नौजवान जब तक सफलता पूर्वक चोरी न कर ले, उसे बालिग का अधिकार नहीं मिल

सकता, उसका विवाह नहीं हो सकता। सभ्य लोग इसे मनुष्य की प्रकृति न मान कर केवल असभ्यता या अज्ञान ही कहेंगे।

मनुष्य की प्रकृति परिस्थितियों से कैसे बदलती है, इसका एक उदाहरण हम भिन्न-भिन्न देशों की स्त्रियों की अवस्था में देख सकते हैं। मुस्लिम देशों की स्त्रियों की प्रकृति है कि वे पुरुष को देखकर छिप जायँ, कभी पुरुष के सामने न निकलें। स्त्रियों के लिये वहाँ स्वतंत्र रूप से अपना घर बसाना या जीविका निर्वाह का उपाय करना सम्भव नहीं। योरूपीय देशों में स्त्रियों की प्रकृति इससे बिलकुल भिन्न है। वे आर्थिक क्षेत्र में पुरुषों के समान काम करती हैं, रूस में तो वे सेना और हवाई सेना तक में काम करती हैं।

मनुष्य के सौ वर्ष पूर्व के अभ्यासों का मुकाबिला आज दिन के अभ्यासों से करने पर हम देखते हैं कि मनुष्य का स्वभाव और अभ्यास बदल गये हैं। अभ्यासों और स्वभावों के बदलने का कारण मनुष्य की परिस्थितियाँ और रहन-सहन के ढंग का बदल जाना था। यदि मौजूदा परिस्थितियों और रहन सहन के ढंग बदल दिये जायें तो मौजूदा स्वभाव और अभ्यास (पूँजीवादियों के शब्दों में प्रकृति) भी बदल जायँगे। वर्तमान समय में मनुष्य जितना प्रतिदिन खर्च करता है, उससे बहुत अधिक बटोर कर रख लेना चाहता है क्योंकि उसे भय है कि आये दिन शायद उसे निर्वाह के लिये आवश्यक पदार्थ न मिल सकें। आज मनुष्य दूसरों की अपेक्षा अधिक धन जमा कर लेना चाहता है क्योंकि वह जानता है कि समाज में प्रतिष्ठा और शक्ति उसे तभी मिल सकती है जब उसके पास काफी धन या उत्पत्ति के साधन हों। मनुष्य पूँजीवादी समाज में दूसरों पर अपना आधिपत्य जमाने की चेष्टा करता है क्योंकि उसे इस बात का भय रहता है कि यदि वह दूसरों से बढ़ कर न रहेगा तो दूसरे उसे दबा लेंगे।

ये सब बातें मनुष्य की प्रकृति नहीं हैं। समाज की मौजूदा व्यवस्था हमें अपने जीवन की रक्षा के लिये होड़ और स्पर्धा का रास्ता अपनाने के लिये मजबूर करती है। यदि समाज का संगठन समाजवादी ढंग पर हो, मनुष्य को अपने पास सम्पत्ति इकट्ठी किये बिना भूखे-नंगे रहने की बात का भय न रहे तो सम्पत्ति संचय के लिये लोभ न रहेगा। यदि मनुष्य को विश्वास हो जाय कि उसका हित सम्पूर्ण समाज के हित के साथ है तो वह शेष समाज को अपना प्रतिद्वन्द्वी और शत्रु समझ कर अविश्वास की नज़र से नहीं बल्कि अपने कुटुम्ब के व्यक्तियों की भाँति विश्वास और भरोसे की नज़र से देखने लगेगा।

मार्क्सवादी यह बात स्वीकार नहीं करते कि समाजवादी और समष्टिवादी समाज में व्यक्ति को विशेष परिश्रम करने या विचार करने के लिये प्रोत्साहन न होगा। उनका कहना है कि मनुष्य शनैः शनैः सामाजिक प्राणी बना है। पहले वह केवल वैयक्तिक स्वार्थ की ही चिन्ता करता था और अपने चारों ओर के मनुष्यों को अपना शत्रु समझता था। प्रत्येक मनुष्य या परिवार तीर-कमान और बर्छा-भाला लेकर शेष मनुष्यों का मुकाबला करने के लिये तैयार रहता था। अब वह बात नहीं है। अब मनुष्य निशस्त्र होकर देश-विदेश सब जगह घूमता है क्योंकि समाज के संगठन ने उसके व्यक्तित्व पर आक्रमण न होने का विश्वास दिला दिया है। मनुष्य इस बात को भी खूब समझने लगा है कि वह समाज के आर्थिक संगठन के बिना नहीं रह सकता। यह समझ लेने पर वह यह भी देखता है कि आर्थिक क्षेत्र में उसकी रक्षा की जिम्मेदारी किसी दूसरे पर नहीं। दूसरे लोग

उसे धकेल कर जगह बनाने की फिक्र में रहते हैं, होड़ और स्पर्धा ही उसके समाज के नियम हैं। जिस प्रकार मनुष्य को बाहरी शत्रुओं से रक्षा का विश्वास समाज के राजनैतिक संगठन ने दिला दिया है, यदि उसी प्रकार आर्थिक रक्षा का भी विश्वास व्यक्ति को समाज़ से मिले तो मनुष्य आर्थिक क्षेत्र में भी अपनी ढाई चावल की खिचड़ी अलग नहीं बनायेगा। वह सम्पूर्ण समाज को सम्पन्न बनाने में अपना हित समझेगा और उसके लिये जितने प्रयत्नों की आवश्यकता, अधिक परिश्रम या आविष्कार के रूप में होगी, सभी कुछ शौक और उत्साह से करेगा।

इसके अतिरिक्त मार्क्सवादियों का विश्वास है कि समाजवादी और समष्टिवादी संगठन में मनुष्यों को अधिक उत्साह से कार्य करने के लिये विशेष और स्वाभाविक प्रोत्साहन रहेगा। व्यक्ति समझ लेगा की संतोष और तृप्ति पाने का मार्ग व्यक्तिगत होड़ नहीं बल्कि सामूहिक समृद्धि में है। सफलता, सम्मान और आदर प्राप्त करने की भावना मनुष्य के लिये कम स्वाभाविक नहीं। शरीर रक्षा और संतान पैदा करने के बाद यह भावना सबसे प्रबल है। पूँजीवादी समाज में मनुष्य का धन उसके सम्मान और आदर का मुख्य आधार समझा जाता है। धनियों के सम्मान का आधार साधनहीनों के मुकाबिले में उनकी शक्ति ही है। यदि पैदावार के साधन सामाजिक सम्पत्ति हों तो कोई व्यक्ति साधनहीन होकर अपमानित न होगा और न कोई साधनवान होने के नाते सम्मान पा सकेगा। हम विद्वानों और समाज हित का कार्य करने वालों का भी सम्मान देखते हैं और इस सम्मान का मूल्य भी कम नहीं समझा जाता। यदि धन के कारण सम्मान न हो सके तो वे मनुष्य जो व्यक्तिगत सम्पत्ति बटोर कर सम्मान और आदर पाने की चेष्टा करते हैं, अपनी योग्यता को समाज हित के कामों या शारीरिक और बुद्धि की उन्नति के कामों में लगायेंगे। एक जमाने में तलवार चलाने वाले का सम्मान था। धन तलवार के बल से पाया जा सकता था। अब रुपये की थैली वाले का सम्मान है; कल परिस्थिति बदल जाने पर उन्हीं का सम्मान होगा जो समाज के हित के लिये कुछ कर सकते हैं।

समाजवादी व्यवस्था में जो मनुष्य पैदावार बढ़ाने के लिये कोई नवीन आविष्कार कर सकता है या व्यवस्था के प्रबन्ध में कोई खास खूबी पैदा कर सकता है, वह उतने ही सम्मान का अधिकारी होगा जितने सम्मान के अधिकारी पूँजीवादी समाज में उद्योगपति, सेनापति या सरदार होते हैं। मार्क्सवादी इस बात को स्वीकार करते हैं कि मनुष्य की परिस्थितियाँ और स्वभाव बदलने के लिये परिस्थितियाँ और समय चाहिए। इसलिए समाजवादी व्यवस्था में जो कि पूँजीवादी प्रणाली से समष्टिवादी व्यवस्था में जाने का साधन और मार्ग है, समाजहित के कार्यों के लिये प्रोत्साहन पाने के और भी कारण व्यक्तियों के सामने रखे गये हैं—उदाहरणतः समाजवादी समाज में (जैसा कि रूस में है) अधिक पैदावार के लिये अच्छा काम करने के लिये व्यक्ति को अधिक मज़दूरी और पुरस्कार भी मिलता है। ऐसा आदमी इस अधिक धन को अपने आराम और शौक के लिये खर्च कर सकता है परन्तु इस धन द्वारा दूसरों के परिश्रम का फल नहीं हथिया सकता। ऐसे व्यक्ति का सम्मान बड़े सेनापतियों के समान होता है।

समाजवादी रूस में सम्मान के विचार से किस प्रकार लोग अधिक परिश्रम और लगन से कार्य करते हैं, इसका एक उदाहरण है, 'परिश्रम का सितारा' (Order of Labour) का तग़मा या 'लेनिन का तग़मा' (Order of Lenin)। जिस प्रकार ब्रिटिश सेना में असाधारण वीरता के लिये 'विक्टोरिया क्रास' (Victoria Cross) तग़मे का महत्व

है—कई सिपाही और अफ़सर इसे पाने के लिये जान पर खेल जाते हैं—उसी प्रकार रूस में इन तग़मों का महत्व है। वहाँ उन लोगों को यह तग़मे दिये जाते हैं जो परिश्रम करने के ऐसे नये ढंगों का आविष्कार करते हैं, जिनसे कम समय और कम परिश्रम में अधिक पैदावार हो या जो लोग कोई वैज्ञानिक आविष्कार करते हैं। रूस में जो लोग खेती के लिये कोई नया बीज निकालते हैं या पशुओं की नस्ल को सुधारने का उपाय मालूम करते हैं, उनके जुलूस निकाले जाते हैं।

समाजवाद में न केवल आर्थिक और औद्योगिक उन्नति का मार्ग खुला रहता है बल्कि साहित्य, संगीत, चित्रकला और इस प्रकार की दूसरी ललित कलाओं के लिये भी वहाँ उन्नति का अधिक अवसर रहता है। शारीरिक आवश्यकताओं के आसानी से पूर्ण हो जाने के कारण और शिक्षा का अधिक प्रचार होने से सर्वसाधारण भी इन विषयों की ओर ध्यान दे सकते हैं। पूँजीवादी समाज में ये विषय केवल धनिकों के शौक के लिये हैं। समाजवादी व्यवस्था में प्रतिभाशाली व्यक्ति जीवन निर्वाह की होड़ से सभ्यता और संस्कृति के विकास के कार्यों को अधिक अच्छे ढंग और सुविधा से कर सकेंगे। उपरोक्त अनुमानों और तर्कों से अधिक महत्व है वास्तविकता और अनुभव का। रूस के समाजवादी शासन के गत इकतीस वर्षों का अनुभव यह है कि समाजवादी व्यवस्था ने ललित कलाओं और विज्ञान के आविष्कारों के लिये अनुत्साह नहीं प्रोत्साहन ही दिया है। जारशाही रूस की अपेक्षा ही नहीं, आधुनिक पूँजीवादी देशों की अपेक्षा भी रूसी ललित कला और विज्ञान की उन्नति पूँजीवादी संसार को चकित कर रही है।

कुछ लोग इस प्रश्न को और भी दूर तक ले जाते हैं और कहते हैं कि जब भोजन मिलना ही है तो काम किया ही क्यों जाये! इसका अर्थ होता है कि मनुष्य स्वभाव से कोई भी काम करना नहीं चाहता परन्तु बात ऐसी नहीं। क्या मनुष्य और क्या दूसरे जीव प्रकृति से ही निष्क्रिय नहीं रह सकते, वे कुछ न कुछ करेंगे ही। पूँजीवादी समाज से प्रायः गरीब आदमी श्रम से बचने की चेष्टा करते हैं। इसका प्रथम कारण तो यह है कि उन्हें अपने सामर्थ्य से अधिक काम करना पड़ता है, दूसरे जितना काम वे करते हैं उसका फल उन्हें पूरा नहीं मिलता, तीसरे उन्हें रुचि और उत्साह नहीं रहता। समाजवाद का जो चित्र मार्क्सवादी हमारे सामने रखते हैं, उसमें अरुचिकर कामों का बहुत सा भाग तो मशीनें करेंगी और शेष कठिन परिश्रम भी कम मात्रा में करना पड़ेगा और उसके लिये मजदूरी या फल पूरी मात्रा में मिलेगा। इस विषय में भी रूस का उदाहरण उपयोगी है। वहाँ इतने ही काल की उन्नति के आधार पर का काम सप्ताह आठ दिन के बजाय सात दिन का कर दिया गया है। श्रमिक प्रति छठे दिन वेतन सहित अवकाश पाता है। वर्ष में दस मास काम कर बारह मास का वेतन पाता है और उसे प्रतिदिन आठ घण्टे के बजाय छः घण्टे ही काम करना पड़ता है। इसलिए समाजवाद में मनुष्यों के काम से जी चुराने की कोई वजह नहीं दिखाई देती। धन का प्रलोभन दिये बिना भी उन्नति, विकास और आविष्कार का मार्ग खुला रहता है।

स्त्री-पुरुष और सदाचार

समाज व्यक्तियों और परिवारों का समूह है। समाज की व्यवस्था में आने वाला कोई भी परिवर्तन व्यक्तियों और परिवारों के गठन पर प्रभाव डाले बिना नहीं रह सकता। परिवार—स्त्री-पुरुष का सम्बन्ध—समाज का केन्द्र है। समाज की आर्थिक अवस्था मनुष्यों

को जिस अवस्था में रहने के लिये मजबूर करती है, उसी ढंग पर मनुष्य का परिवार बनता है। कुछ समाजों में परिवार बहुत बड़े-बड़े और सम्मिलित होते हैं, कुछ समाजों में छोटे-छोटे। कहीं परिवार पिता के वंश से होते हैं और कहीं माता के वंश से[१]। स्त्री, समाज की उत्पत्ति का स्रोत है परन्तु इसके साथ ही वह कई तरह से शारीरिक रूप में पुरुष से कमजोर भी है। इन सब बातों का प्रभाव समाज में स्त्री की स्थिति पर पड़ता है।

समाज जब अपनी आदि अवस्था में था, मनुष्य जंगलों में घूम-फिर कर जंगली फलों और शिकार से पेट भर लिया करते थे। उस समय समाज में मातृसत्ता थी; सम्पत्ति पर स्त्री का अधिकार होता था। पुरुष तो शिकार लाने के कार्य में ही संलग्न रहता था। आसाम के खासी कबीलों में आज भी मातृसत्तात्मक पारिवारिक व्यवस्था चल रही है। जब मनुष्य खेती और पशुपालन द्वारा अपना निर्वाह करते थे, उस समय कबीलों में भूमि के भाग या उत्पत्ति के दूसरे साधनों के लिये लड़ाइयाँ होने लगीं। इन लड़ाइयों में शारीरिक रूप से स्त्री के कमजोर होने के कारण उसका नेतृत्त्व नहीं रहा। इसके अलावा स्त्री को लड़ाई लड़ने के लिये आगे भेजना खतरे से खाली न था। स्त्रियों के लड़ाई में मारे जाने या उनके कैदी होकर शत्रु के हाथ पड़ जाने से कबीले में पैदा होने वाले पुरुषों की संख्या में घाटा पड़ जाता था और कबीला कमजोर हो जाता था। इसलिए स्त्रियों को लड़ाई में पीछे रखा जाने लगा, बल्कि सम्पत्ति की दूसरी वस्तुओं की तरह उनकी भी रक्षा की जाने लगी। इन परिस्थितियों में सम्पत्ति की तरह स्त्रियों का उपयोग भी किया जाने लगा। उस समय साधनों का विकास न हो सकने के कारण पैदावार के कामों में विशेष शारीरिक परिश्रम करना पड़ता था। स्त्री की अपेक्षा पुरुष पैदावार के काम को अधिक अच्छी तरह कर सकता था, इसलिए भी स्त्री को पुरुष की प्रधानता मान कर उसकी सम्पत्ति बन जाना पड़ा। उस समय वैयक्तिक सम्पत्ति का चलन न था, इसलिए स्त्री सम्पूर्ण कबीले या कुटुम्ब की साझी सम्पत्ति मानी जाती थीं।

विकास से जब वैयक्तिक सम्पत्ति का काल आया, स्त्री भी पुरुष की वैयक्तिक सम्पत्ति बन गई। उसका काम पुरुष के घरेलू कामों को करना और अपने स्वामी के लिये सन्तान के रूप में उत्तराधिकारी पैदा करना हो गया परन्तु स्त्री दूसरे घरेलू पशुओं के ही समान उपयोग की वस्तु न बन सकी। पुरुष के समान ही उसका भी विकास होने के कारण, उसके भी पुरुष के समान ही मनुष्य होने के कारण, पुरुष की सम्पत्ति में ठीक पुरुष के बाद उसका दर्जा बना। आलंकारिक भाषा में इसे यों कहा गया—वैयक्तिक सम्पत्ति या परिवार के राज में पुरुष राजा है तो स्त्री मंत्री। जीव के विकास के नाते स्त्री और पुरुष में कुछ भी अन्तर नहीं। समाज की रक्षा के लिये वे दोनों एक समान अवश्य हैं। पुरुष यदि सामाजिक परिस्थितियों के कारण शारीरिक बल में या मस्तिष्क के कामों में अधिक सफलता प्राप्त कर सका है तो स्त्री का महत्व पुरुष को उत्पन्न करने परिवार और समाज को संगठित और व्यवस्थित करने में कम नहीं है। पुरुष समाज का अस्तित्व स्त्री के बिना सम्भव नहीं। अपने व्यक्तिगत और सामाजिक विकास के लिये पुरुष के लिये स्त्री को

---

१. इतिहास बताता है पहले परिवार माता के वंश से होते थे परन्तु व्यवस्थाओं के परिवर्तन से परिवार अब प्रायः पिता के वंश से होते हैं। दक्षिण भारत में तथा उत्तर भारत के पहाड़ों में अब भी कई जगह परिवार माता के वंश से चलता है।

अपनें समान अवस्था में रखना आवश्यक रहा है, इसलिए पुरुष के अधीन होकर भी स्त्री उसके बराबर ही आसन पर बैठती रही है।

स्त्री और पुरुष में इतनी समानता होने पर भी जीवन के उपायों को प्राप्त करने के लिये स्त्री आर्थिक क्षेत्र में पुरुष के अधीन रही। परिवार के हित के ख्याल से पुरुष ने स्त्री को अपने वश में रखना आवश्यक समझा। जब तक समाज भूमि की उपज से या घरेलू धन्धों से अपने जीवन निर्वाह के पदार्थ प्राप्त करता रहा, स्त्री की अवस्था परिवार और समाज में ऐसी ही रही। स्त्री की खोपड़ी में भी पुरुष की तरह सोचने-विचारने और उपाय ढूँढ़ निकालने की सामर्थ्य है इसलिए पुरुष उसे गले में रस्सी बाँध कर नहीं रख सका। समाज के कल्याण और हित के विचार से स्त्री को भी पुरुष की तरह ही सामाजिक व्यवस्था की रक्षा के लिये जिम्मेदार ठहराया गया लेकिन स्त्री के व्यवहार पर ऐसे प्रतिबंध भी लगाये गये जो कि सम्पत्ति के आधार पर बने परिवार की रक्षा के लिये आवश्यक थे। उदाहरणतः स्त्री का एक समय एक ही पुरुष से सम्बन्ध रखना ताकि उसके दो व्यक्तियों की सम्पत्ति बनने से झगड़ा न उठे; समाज में सन्तान के बारे में झगड़ा न उठे कि सन्तान किसकी है; कौन पुरुष उस सन्तान का पोषण करेगा; सन्तान किसकी उत्तराधिकारी होगी। यह सब ऐसे झगड़े थे जिनके कारण परिवारों का नाश हो जाता, इसलिये स्त्रियों के आचरण के बारे में ऐसे नियम बनाये गये कि झगड़े उत्पन्न न हो।

पतिव्रत धर्म—अर्थात् स्त्री का एक ही पुरुष से सम्बन्ध रखना—स्त्री का सबसे बड़ा धर्म बताया गया ताकि व्यक्तिगत सम्पत्ति के आधार पर बना हुआ परिवार और समाज तहस-नहस न हो जाय। जैसा कि ऊपर बताया गया है, स्त्री बुद्धि की दृष्टि से पुरुष के समान ही सामर्थ्यवान है, इसलिए पशुओं की तरह उसके गले में रस्सी बाँध देने से काम नहीं चल सकता था। उसे समझा कर और विश्वास दिला कर समाज में मुख्य पुरुष के हित के अनुसार चलाने की जरूरत थी। इस कारण पुरुष और समाज के हाथ में जितने भी साधन धर्म, रीति, रिवाज आदि के रूप में थे, उनसे स्त्री को पुरुष के अधीन होकर चलने की शिक्षा दी गई। पराधीनता और शासन को स्वयं स्वीकार करना ही उसके लिये सम्मान और आदर की कसौटी निश्चित की गई। उसे समझाया गया, यहाँ चाहे वह पुरुष का मुकाबिला भले ही कर ले परन्तु परलोक में उसे पछताना पड़ेगा, क्योंकि उसकी स्वतंत्रता भगवान को आशा और धर्म के विरुद्ध है।

औद्योगिक युग आने पर जब सम्मिलित कुटुम्ब आर्थिक कारणों से बिखर गये, जब पुरुषों को जीवन निर्वाह के लिये शहर-शहर भटकना पड़ा, उस समय सम्पूर्ण कुटुम्ब को साथ लिये फिरना सम्भव न रहा। मशीनों का विकास हो जाने से पैदावार के साधन ऐसे हो गये कि कठोर शारीरिक परिश्रम की जरूरत कम पड़ने लगी और स्त्रियाँ भी उन कामों को करने लगीं। बहुधा ऐसा भी हुआ कि जीवन के लिये आवश्यक पदार्थों की संख्या बढ़ जाने से, जिसे दूसरे शब्दों में यों कहा जा सकता है कि जीवन के मान का दर्जा (standard of living) ऊँचा हो जाने से अकेले पुरुष की कमाई उसके परिवार के लिये काफी न रही। तब स्त्री और पुरुष दोनों मिलकर उपार्जन करने लगे और घर का खर्च चलाने लगे। इन अवस्थाओं में पुरुष का स्त्री पर वह अधिकार न रहा जो कृषि और घरेलू उद्योग-धन्धों की प्रधानता के युग में था। जिस ऐतिहासिक क्रम का जिक्र हम कर रहे हैं, उसकी वर्तमान अवस्था औद्योगिक विकास से आई है। योरुप में अधिक यह विकास तेज़ी से हुआ इसलिए वहाँ लोगों ने इसे अधिक उग्र रूप में अनुभव भी किया।

इस विकास का प्रभाव समाज के रहन-सहन के ढंग पर पड़ने से स्त्रियों की अवस्था पर भी पड़ा। उन्हें भी पुरुषों के समान ही सामाजिक और राजनैतिक अधिकार मिलने लगे परन्तु वैयक्तिक सम्पत्ति की प्रथा जारी रही क्योंकि वह पूँजीवाद के लिये आवश्यक थी। परिणामस्वरूप स्त्री की पराश्रयता भी जारी रही। अब स्त्री को पुरुष का दास न कहकर उसका साथी कहा गया। उसे उपदेश दिया गया कि परिवार की रक्षा के लिये उसे पुरुष के आश्रय में रहना चाहिए। मौजूदा पूँजीवादी प्रणाली में स्त्री की स्थिति इसी नियम पर है। योरुपीय पूँजीवादी सदाचार स्त्री को निर्बल और दयनीय बताकर उसके प्रति दया दिखाने का व्यवहार है परन्तु समाज में पुरुष के समान उसकी स्थिति अब भी नहीं है। उसके लिये घरेलू जगत की सीमाओं का व्यवधान ही सम्मानजनक समझा जाता है।

भारत में औद्योगिक विकास से होने वाला परिवर्तन देर में आरम्भ हुआ, बल्कि शनैः शनैः हो रहा है। यहाँ स्त्रियों की अवस्था में उतना परिवर्तन नहीं हो पाया। इस देश में जमींदार श्रेणी और पूँजीपति श्रेणी की स्त्रियाँ अभी पुरानी अवस्था में है परन्तु मध्यम श्रेणी की अवस्था पर आर्थिक परिवर्तन का प्रभाव गहरा पड़ा है और इस श्रेणी की स्त्रियों की स्थिति में परिवर्तन आ रहा है।

योरुप में पूँजीवाद पूर्ण विकास कर चुकने के बाद अब ठोकर खाने लगा है। पुरुषों की अपेक्षा जीवन निर्वाह के संघर्ष में कम योग्य होने के कारण स्त्रियों की अवस्था पुरुषों से भी गई बीती है। बेकारी और जीवन निर्वाह की तंगी के कारण लोग ब्याह और परिवार पालने के झगड़े में फँसना नहीं चाहते। स्त्रियों के लिये घर बैठकर बच्चे पालने और निर्वाह के लिये रोटी-कपड़ा पाते रहने का मौका भी नहीं रहा। उन्हें भी मिलों, कारखानों, खानों, खेतों और दफ्तरों में मज़दूरी का पेट पालना पड़ता है। यदि विवाह हो जाता है तो माता बनने का उनका काम ज्यों-त्यों निभ जाता है परन्तु इस अवस्था में उन्हें पुरुष का स्वामित्व स्वीकार करना ही पड़ता है। आज भी उनके श्रम का मूल्य पुरुष के श्रम के समान नहीं समझा जाता और अनेक क्षेत्र उनके लिये वर्जित हैं। यदि विवाह नहीं हुआ और शरीर की स्वाभाविक प्रवृत्ति के कारण वे माता बन गईं तो उनकी मुसीबत है। प्रसव की अवस्था में उनके निर्वाह का सवाल बहुत कठिन हो जाता है और प्रसवकाल में ही स्त्री को अधिक सहायता की आवश्यकता रहती है। प्रसवकाल में यदि वे काम पर नहीं जा सकतीं तो उनकी जीविका छूट जाती है और प्रसवकाल के बाद जब उन्हें एक के बजाय दो जीवों की जरूरतें पूरी करनी पड़ती हैं। वे असहाय हो जाती हैं। इससे समाज में उत्पन्न होने वाली संतान के पोषण और अवस्था पर क्या प्रभाव पड़ता है, यह समझ लेना कठिन नहीं।

स्त्रियों की इस अवस्था के कारण देश की जनता के स्वास्थ्य पर जो बुरा प्रभाव पड़ता है, उसके कारण विवश होकर अनेक पूँजीवादी सरकारों ने स्त्रियों की रक्षा के लिये मजदूरी सम्बन्धी कुछ नियम बनाये हैं। इनके अनुसार प्रसव के समय स्त्रियों की तनखाह समेत छुट्टी मिलती है और बच्चा होने पर काम करते समय माँ को दूध आदि पिलाने की सुविधा भी देनी पड़ती है। इन कानूनी अड़चनों से बचने के लिये मिलें प्रायः विवाहित स्त्रियों को और खास कर बच्चे वाली स्त्रियों को मिल में नौकरी देना पसन्द नहीं करतीं। योरुप में ८० या ९० प्रतिशत लड़कियाँ विवाह से पहले किसी न किसी प्रकार की मज़दूरी या नौकरी द्वारा अपना निर्वाह करती हैं या अपने परिवार को सहायता देती हैं

परन्तु विवाह हो जाने पर उन्हें जीविका कमाने की सुविधा नहीं रहती। इन कारणों से स्त्रियाँ विवाह न होने पर गर्भ गिरा देने के लिये मजबूर हो जाती हैं। जीविका का कोई उपाय न मिलने से उन्हें पुरुषों के मन बहलाव के लिये अपने शरीर को बेचकर पेट भरने के लिये मजबूर होना पड़ता है।

पैदावार के साधनों पर वैयक्तिक अधिकार के आधार पर कायम पूँजीवादी समाज में जीवन निर्वाह का ढंग ऐसा है कि स्त्री व्यक्ति की सम्पत्ति और मिल्कियत ही रहेगी। वह या तो पुरुष के आधिपत्य में रहकर उसका वंश चलाने, उसके उपयोग-भोग में आने की वस्तु रहेगी या फिर आर्थिक संकट और बेकारी के शिकंजों में निचोड़े जाते समाज के तंग होते हुए दायरे से, अपनी शारीरिक निर्बलता के कारण—जिस गुण के कारण वह समाज को उत्पन्न कर सकती है—समाज में स्वतंत्र जीविका का स्थान न पाकर केवल पुरुष के शिकार की वस्तु बनती जायेगी। यदि वह इस स्थिति को स्वीकार न करेगी तो माता बनने के प्राकृतिक अधिकार से वंचित रहेगी। साधनहीन ग़रीब और मध्यम श्रेणी की, स्त्रियों की यही अवस्था है। साधनसम्पन्न और अमीर श्रेणी की स्त्रियाँ यद्यपि भूख और ग़रीबी से नहीं तड़पतीं परन्तु उनके जीवन में भी आत्मनिर्णय और विकास का द्वार बन्द है। समाज के लिये ये एक प्रकार से बोझ हैं क्योंकि वे केवल खर्च ही करती हैं, समाज के लिये उत्पन्न कुछ नहीं करतीं। संतान पैदा करने और पुरुष को रिझाने के सिवा वे प्रायः कुछ भी नहीं करतीं इसलिए उन्हें पुरुष का मोहताज रहना होगा। प्रसिद्ध अर्थशास्त्री एडम स्मिथ ने इन स्त्रियों के विषय में लिखा है कि सम्पन्न श्रेणी की स्त्रियाँ उपयोगी न होकर केवल शोभा मात्र हैं।[१]

मार्क्सवाद के विचार से स्त्रियों की यह अवस्था न स्त्रियों के विकास के लिये और न समाज की बेहतरी के लिये कल्याणकारी है। स्त्रियाँ भी पुरुषों की तरह मनुष्य हैं और उनके कन्धों पर भी समाज का उत्तरदायित्व उतना ही है जितना कि पुरुषों के कंधे पर। जब तक स्त्री का शारीरिक और मानसिक विकास निर्बाध रूप से न होगा, उसके द्वारा उत्पन्न संतान भी उचित रूप से उन्नत न होगी। स्त्री को केवल उपयोग और भोग की वस्तु बना कर रखना मनुष्य के जन्म के स्रोत को बिगाड़ना है। समाज की उन्नति और वृद्धि के लिये स्त्रियों के मानसिक और शारीरिक विकास तथा समाज में स्त्रियों के समान अधिकार के लिये उन्हें भी पैदावार के कार्य में भाग लेकर उसका फल पाने का समान अवसर होना चाहिए। मार्क्सवाद स्वीकार करता है, सन्तान उत्पन्न करना केवल स्त्री का ही उत्तरदायित्व नहीं बल्कि यह काम सम्पूर्ण समाज के कामों में एक महत्वपूर्ण काम है; मनुष्य समाज का अस्तित्व इसी पर निर्भर करता है। यह महत्वपूर्ण कार्य ठीक रूप से होने के लिये परिस्थितियाँ अनुकूल होनी चाहिए। स्त्री को संतानोत्पत्ति मजबूर होकर या दूसरे के भोग का साधन बन कर न करनी पड़े, वह अपने आपको समाज का एक उत्तरदायी, स्वतंत्र अंग समझ कर अपनी इच्छा से संतान पैदा करें। संतान पैदा करने के लिये समाज की सभी स्त्रियों के लिये ऐसी परिस्थितियाँ होनी चाहिए जो माता और सन्तान के स्वास्थ्य और सुविधा के अनुकूल हों। गर्भवती होने की अवस्था में स्त्री के लिये इस प्रकार की परिस्थितियाँ होनी चाहिए कि वह अपना स्वास्थ्य ठीक रख सके और स्वस्थ संतान को जन्म दे सके। पूँजीवादी समाज में साधनहीन तथा पूँजीपति दोनों ही श्रेणियों के लिये ऐसी

---

१. They are more ornamental than useful.

परिस्थितियाँ नहीं हैं। साधनहीन श्रेणी की स्त्रियों को गर्भ होने की अवस्था में उचित से अधिक परिश्रम करना पड़ता है और पूँजीपति श्रेणी की स्त्रियाँ बिलकुल निष्क्रिय रहने के कारण स्वस्थ संतान पैदा नहीं कर सकतीं।

समाजवादी और समष्टिवादी समाज में स्त्री भी समाज का उत्पादक या पैदावार करने वाला अंग होगी। उसे केवल पुरुष के भोग और रिझाव का साधन न समझा जायेगा। मार्क्सवाद मनुष्य प्रकृति में आनन्द, विनोद और रिझाव की जगह भी स्वीकार करता है परन्तु वह पुरुष को प्रधान और स्त्री को केवल साधन मात्र नहीं मानता। पूँजीवादी समाज में स्त्री माता बनने के कार्य के कारण पुरुष (क्योंकि पुरुष जीविका कमा कर लाता है) के सामने आत्मसमर्पण करने के लिये मजबूर हो जाती है। समाजवाद में स्त्री के गर्भवती होने से प्रसवकाल और फिर परिश्रम करने योग्य हो जाने तक उसकी आवश्यकताओं की पूर्ति और स्वास्थ्य की देखभाल की जिम्मेवारी समाज पर होगी। प्रसव से दो-ढाई मास पूर्व से लेकर प्रसव के एक मास पश्चात् तक, चिकित्सकों के मत के अनुसार, वह समाज के खर्च पर उचित सुविधा से रहेगी। संतान पैदा होने के बाद समाज जो काम उसे करने के लिये देगा, उसमें बच्चे की देख भाल का समय और सुविधा भी उसे देगा। बच्चे के पालने—पोसने और शिक्षा की जिम्मेदारी भी गरीब स्त्री ही नहीं पूरे समाज की होगी। इस प्रकार संतान पैदा करना स्त्री के लिये भय और मुसीबत का कारण न होकर उत्साह और प्रसन्नता का विषय और सामाजिक कार्य होगा।

अनेक पूँजीवादी शंका करते हैं कि मार्क्सवाद में स्त्री को स्वतंत्र कर निराश्रय बना दिया जायेगा, स्त्री पर से एक पुरुष का बन्धन हटाकर उसे समाज की साझी भोग्य वस्तु बना दिया जायेगा। इससे अनाचार और व्यभिचार फैलेगा और मनुष्य पशुओं जैसा व्यवहार करने लगेंगे। मार्क्सवाद स्त्री-पुरुष के सम्बन्ध को पुरुष की सम्पत्ति और धर्म के भय से जकड़ देने के पक्ष में नहीं। वह स्त्री पुरुष के सम्बन्ध को स्त्री-पुरुषों की प्राकृतिक आवश्यकता और क़र्त्तव्य का सम्बन्ध मानता है। इसके लिये वह दोनों में से किसी का एक-दूसरे का दास बन जाना आवश्यक नहीं समझता। इसके साथ ही वह स्त्री-पुरुष के सम्बन्ध में उच्छृंखलता भी उचित नहीं समझता। किसी स्त्री या पुरुष का दूसरों के शारीरिक भोग के लिये अ५ने शरीर को किराये पर देना वह अपराध समझता है। समाजवादी समाज में जीविका के साधन अपनी योग्यता और अवस्था के अनुसार सभी को समान रूप से प्राप्त होंगे, इसलिए जीविका के लिये उस समाज में स्त्री को व्यभिचार से जीविका कमाने की आवश्यकता न होगी। जो लोग पूँजीवादी समाज के संस्कारों के कारण ऐसा करेंगे वे अपराधी समझे जायेंगे। संक्षेप में स्त्री-पुरुष और विवाह के सम्बन्ध में मार्क्सवाद समाज के शारीरिक और मानसिक स्वास्थ्य के विचार से पूर्ण स्वतंत्रता देता है परन्तु उच्छृङ्खलता और गड़बड़ या भोग को पेशा वना लेने और इसके साथ अपनी वासना के लिये दूसरे व्यक्तियों और समाज की जीवन व्यवस्था में अड़चन डालने को वह भयंकर अपराध समझता है।

मार्क्सवाद तथा दूसरे राजनैतिकवाद

औद्योगिक उन्नति से पूँजीवाद का विकास वर्तमान अवस्था तक हो जाने पर समाज की पूँजीवादी व्यवस्था में ऐसी परिस्थितियाँ पैदा हो गई हैं कि इस व्यवस्था में परिवर्तन किये बिना समाज का निर्वाह होना कठिन हो गया है। उदाहरणतः पूँजीवादी व्यवस्था द्वारा पैदावार को आगे बढ़ाने और अधिक जनसंख्या को जीवन निर्वाह के पदार्थ अधिक परिमाण में पहुँचाने की जगह पूँजीवाद ने अपनी रक्षा के लिये अपना दायरा समेटना शुरू कर दिया है। पूँजीपतियों या पूँजी के मुनाफ़े के अनुपात की रक्षा के लिये जनता की बड़ी संख्या को पैदावार के क्षेत्र से जुदा करना शुरू कर दिया गया है। बेकारी फैलने लगी है और एक बड़ी जनसंख्या के लिये पैदावार और खपत के दायरे में स्थान नहीं रह गया। पूँजीवाद ने अपने विकास से साधनहीन मज़दूरों और भूमिहीन किसानों की संख्या बढ़ाकर उन्हें ऐसी संगठित शक्ति बना दिया है जो पूँजीवादी व्यवस्था को हटाकर दूसरी व्यवस्था (समाजवादी व्यवस्था) कायम करने के प्रयत्न कर रही है।

मज़दूरों और किसानों की संसारव्यापी निरंतर बढ़ती हुई श्रेणी, जो पूँजीवादी व्यवस्था की विरोधी है, पूँजीवादी व्यवस्था के विकास से ही उत्पन्न हुई है। यह श्रेणी और इस श्रेणी का पूँजीवाद विरोधी आन्दोलन पूँजीवाद के विकास, पूँजी और मुनाफ़े के केन्द्रीयकरण के तर्कसंगत और अनिवार्य परिणाम हैं। पूँजीवादी व्यवस्था की जड़ गहरी फैली हुई है। समाज के अनेक स्तर इसके पक्ष में हैं। समाज के मौजूदा संस्कार और नैतिकता इसी व्यवस्था की उपज है इसलिए इसे सरलता से नहीं बदल दिया जा सकता। पूँजीवाद की शक्ति जो पहले अपने फैलाव में दूसरे वर्ग का भी निर्वाह का अवसर दे रही थी और अपने विस्तार में लग रही थी, अब वह आगे विस्तार का अवसर न पाकर आत्मरक्षा में लग रही है और दूसरे वर्गों से भयभीत है। श्रेणियों का संघर्ष, जो मार्क्सवाद के अनुसार समाज के ऐतिहासिक क्रम का आधार है, समाज के इस परिवर्तनकाल में उग्र रूप से प्रकट हो रहा है। जिस प्रकार समाज के सर्वहारा या साधनहीन लोगों, मज़दूर-किसानों (proletariat) का आन्दोलन अपने जीवन की रक्षा के लिये उत्पत्ति के साधनों पर अधिकार कर समाज को समाजवादी विधान में बदल लेने के लिये चल रहा है, उसी प्रकार पूँजीवादी श्रेणी और पूँजीवाद के सहायक स्तरों के आन्दोलन भी अपनी श्रेणी के अधिकारों की रक्षा के लिये पूँजीवाद को टिकाये रखने के लिये चल रहे हैं। ये आन्दोलन कई रूपों में चल रहे हैं। मार्क्सवाद की दृष्टि में इन सभी आन्दोलनों का एक ही प्रयोजन है अर्थात् यह आंदोलन पूँजीवादी श्रेणी और उसकी सहायक व्यवस्था में ऐतिहासिक रूप से आवश्यक हो जाने वाले परिवर्तन का विरोध कर रहे हैं।

मौजूदा परिस्थितियों में पूँजीवाद की आर्थिक व्यवस्था और सम्पूर्ण समाज के हित में इतने अधिक विरोध पैदा हो गये हैं कि पूँजीवादी व्यवस्था (अर्थात् मुनाफ़ा कमाने का

अधिकार) का सर्वांग समर्थन करना किसी के लिये भी कठिन हो गया है। इसलिए पूँजीवाद शासन व्यवस्था से लाभ उठाने वाली श्रेणियाँ पूँजीवादी शासन को प्रायः समाजवादी सिद्धान्तों का रंग देकर बनाये रखने की चेष्टा करती हैं।[१] इस प्रयत्न ने अनेक विचारधाराओं और आन्दोलनों को जन्म दिया है। मार्क्सवादी इन विचारधाराओं और आन्दोलनों को किस रूप में देखते हैं, इसका संक्षिप्त वर्णन हम क्रमशः करेंगे। पूँजीवादी प्रणाली के कारण उत्पन्न आर्थिक विपत्ति को दूर करने के लिये पैदा हुई इन विचारधाराओं में कौन पूँजीवाद के कितनी निकट है, इसी हिसाब से हम इन्हें क्रमशः लेंगे।

डग्लसवाद (राष्ट्रीय साख)
(C. H. Douglas : Social Credit Theory)

पूँजीवादी आर्थिक संकट का उपाय करने के लिये जितनी विचारधाराएँ निकली हैं, उनमें मेजर सी० एच० डग्लस का सिद्धांत सबसे नवीन है। डग्लस और उसके अनुयायी पूँजीवाद में मौजूद आर्थिक संकट, जैसे पूँजीवाद में पर्याप्त पैदावार की सामर्थ्य होने पर भी आवश्यक पैदावार न करना और मूल्य बढ़ाये रखने के प्रयोजन से पैदावार कम करने के लिये लोगों को बेकार बना कर खपत को और भी घटा देना आदि संकटों को तो स्वीकार करते हैं, परन्तु इन सब संकटों को दूर करने के लिये वे पूँजीवादी पद्धति, पैदावार के साधनों पर वैयक्तिक अधिकार और मुनाफ़ा कमाने की व्यवस्था को हटाना ज़रूरी नहीं समझते। डग्लस और उसके अनुयायियों का दावा है कि पूँजीवादी व्यवस्था में परिवर्तन किये बिना ही 'राष्ट्रीय साख' पर केवल पैदावार के काम को जारी रखा और बढ़ाया जा सकता है जिससे खरीदने वाली मज़दूर-किसान जनता की बेकारी दूर कर उनकी खरीदने की शक्ति को निरंतर बाजारों में बेचा जा सकता है और नयी पैदावार की माँग पैदा की जा सकती है।

डग्लस का 'राष्ट्रीय साख का सिद्धान्त' (Social Credit Theory) यह है—व्यवसायी लोग बैंकों से पूँजी लेकर कारोबार में लगाते हैं। बैंक से ली गई पूँजी का प्रधान भाग लगता है, मशीनों और इमारतों की कीमत पर और एक छोटा-सा भाग खर्च होता है तैयार होने वाले सामान पर जो बाजारों में जाता है। व्यवसायी को बैंक से उधार ली हुई सम्पूर्ण पूँजी बैंक को लौटा देनी पड़ती है। वह बैंक से पूँजी लेकर तैयार किये सामान की कीमत बाजार से इतनी लेता है कि उसमें मशीनरी और इमारतों पर लगाये गये मूल्य के रूप में बैंक का कर्जा और सूद पूरा हो जाय। व्यवसायी के इस काम का परिणाम यह होता है कि बैंक से उधार लेकर जितना धन बाजार में लाया गया था, उससे कहीं अधिक धन वह बाजार से खींच लेता है। वह बैंक का कर्जा चुका देने के बाद भी बहुत सा धन मशीनरी और इमारत के रूप में बचा लेता है। यह सब धन खरीददारों की जेब से निकलता है। इस प्रकार बाज़ार में जितना धन बन पाता है उससे अधिक धन खींचते रहने का परिणाम होता है कि बाज़ार में खरीद-फरोख्त के लिये धन की कमी

---

१. इंगलैण्ड में युद्ध के समय पैदावार बढ़ाने के लिये उद्योग धन्धों को व्यक्तिगत अधिकार से निकल उन्हें सरकार द्वारा राष्ट्रीय हित के लिये चलाना, भारत में अन्न और कपड़े के मूल्य और बँटवारे पर सरकारी नियंत्रण इस बात के उदाहरण हैं।

होती जाती है और बिक्री कम हो जाने से पदार्थों की मांग कम हो जाती है। परिणाम में पैदावार को कम करने की आवश्यकता अनुभव होने लगती है। पैदावार कम करने के प्रयत्न से बेकारी बढ़ती है और बढ़ी हुई बेकारी पैदावार को और भी घटाने के लिये मज़बूर करती है।

डग्लस का विचार है कि सब विपत्ति का कारण बाज़ार से धन का खिंच-खिंच कर बैंकों में जमा होते जाना और जनता की जेब खाली हो जाना है। पूँजीवादी इसे मुनाफ़ा कमाने की स्वतंत्रता ही कहेंगे। इसका उपाय डग्लस के विचार में यह है कि बैंक अपने कर्जे वापस न लें और व्यवसायी लोग बाज़ार से अधिक मुनाफ़ा न लें। मज़दूरों को मज़दूरी अधिक मिले ताकि इन लोगों की खरीद फरोख्त की ताकत बढ़े। बैंक जो रुपया व्यवसायियों को कर्ज दे, वह सरकार या राष्ट्र की जिम्मेदारी पर हो। बैंकों में पूँजी की कमी नहीं है बल्कि उन्हें पूँजी को लगाने के लिये मुनाफ़े के पर्याप्त व्यवसाय नहीं मिलते। राष्ट्र पैदावार की वृद्धि के लिये व्यवसायियों को जितना धन आवश्यक हो दे सकता है। इसमें किसी आपत्ति की आशंका नहीं क्योंकि सरकार कागज के सिक्के (नोटों) के रूप में जितना धन चाहे तैयार कर सकती है। इस प्रकार सरकार की साख और जिम्मेदारी पर बैंकों का धन या पूँजी व्यवसाय और पैदावार में लगकर मज़दूरी के रूप में लगातार बाज़ार में जाती रहेगी और समाज में पैदावार और खरीद-फरोख्त (बँटवारे) की मशीन चलती रहेगी। डग्लस इस उपाय को पूँजीवादी प्रणाली और पैदावार के साधनों के वैयक्तिक सम्पति रहने की प्रथा को दूर किये बिना समाज में आने वाले आर्थिक संकट से बचने का उपाय समझता है।

राष्ट्रीय साख की इस योजना से पूँजीवादी व्यवस्था में कई अड़चनें आयेंगी। प्रथम तो व्यवसायियों को आसानी से पूँजी प्राप्त होने पर पैदावार करने वाले व्यवसायों की संख्या एकदम बढ़ जायगी। मज़दूरों की जेब में भी एकदम से रुपया आने लगेगा परन्तु पैदावार (पदार्थ) उतनी जल्दी न बढ़ पायेगी। बहुत शीघ्र ही जनता की जेब में मौजूद रुपये की तादाद बाज़ार में मौजूद वस्तुओं से बहुत अधिक बढ़ जायेगी और अन्त में चीज़ों का दाम रुपये के रूप में बहुत बढ़कर मुद्राविस्तार (inflation) हो जाने से रुपये का मोल घट जायेगा। जिस पदार्थ के लिये पहले एक रुपया देना पड़ता था उसके लिये चार देने पड़ेंगे। ऐसी अवस्था में चार रुपये की उपयोगिता पहले समय के एक रुपये के ही बराबर होगी। हम गत युद्ध के समय ऐसा होता देख चुके हैं। ऐसी अवस्था में आम जनता को तो लाभ कोई न होगा, अलबत्ता सरकारी सिक्के की साख गिर जायेगी।[१]

डग्लस आयोजना यह तो स्वीकार करती है कि पैदावार घटाने और बेकारी फैलाने का कारण पूँजीपतियों की मुनाफ़ा कमाने की कोशिश है। परन्तु मुनाफ़ा कमाने पर वह कोई प्रतिबन्ध नहीं लगाना चाहती। सरकार द्वारा व्यवसायियों को व्यवसाय के लिये पूँजी देने का अर्थ यह होगा कि उद्योग-धन्धों और व्यापार में अस्थायी तौर पर फैलाव हो जायेगा। इस व्यापार और व्यवसायियों का बुनियादी उद्देश्य मुनाफ़ा कमाना रहेगा और स्पर्धा से पूँजीपति लोग राष्ट्र की साख और पूँजी से अपने स्वार्थ का खेल खेलेंगे। पूँजीपति

---

१. भारत सरकार के अधिक नोट छाप देने से सन् १९४२ और १९४३ में यही परिणाम हुआ। १९४४ के अंत में देश में रुपये का परिमाण चौगुने से अधिक हो गया और पैदावार केवल २०% ही बढ़ सकी।

जब एक-दूसरे को असफल कर निजी वृद्धि करेंगे तो स्वाभाविक ही अनेक व्यवसायियों और उद्योगों का दिवाला निकल जायेगा और उन व्यवसायियों और उद्योग-धन्धों में लगा समाज का धन और परिश्रम व्यर्थ जायेगा क्योंकि जो व्यवसाय जितने बड़े होंगे, वे उतने ही प्रतिशत कम मुनाफ़े पर भी अधिक लाभ उठाकर छोटे व्यवसायों को समाप्त कर देंगे।

डग्लस आयोजना के समर्थकों का दावा है कि वे गरीब, साधनहीन और पूँजीपति दोनों श्रेणियों की भलाई चाहते हैं और समाज की मौजूदा व्यवस्था में पैदावार कम करने के कारणों और बेकारी को दूर कर समृद्धि लाना चाहते हैं। मार्क्सवादियों का कहना है कि इस आयोजना के अनुसार समाज की साख और शक्ति पूँजीपति के हाथ का खिलौना बन जायेगी। समाज या सरकार का धन और साख जो परिश्रम करने वाली श्रेणियों के परिश्रम से पैदा होती है, मुनाफ़ा खाने वाली श्रेणियों के हाथ में रहेगी क्योंकि मुनाफ़ा कमाने की व्यवस्था तो कायम रहेगी। इस अवस्था में जितना अधिक धन बाज़ार में आयेगा, पूँजीपति को उतना ही अधिक मुनाफ़ा होगा और वह रुपया फिर बाज़ार से हटकर पूँजीपति की तिजोरी में बन्द हो जायगा।

यदि कहा जाय कि डग्लस आयोजना के अनुसार मुनाफ़े का अनुपात या भाग बिलकुल घटा दिया जायेगा तो इस बात का भी ध्यान रखना होगा कि सभी उद्योग एक सी अवस्था में नहीं हैं। कुछ व्यवसायियों के हाथ में पैदावार के ऐसे साधन हैं कि वे अपना माल दूसरे व्यवसायियों के दाम पर बेचकर भी काफी मुनाफ़ा उठा सकता है। यह काम आये दिन सशक्त पूँजीपतियों का कारोबार बढ़ाकर छोटे पूँजीपतियों के व्यवसायों और उनमें काम करने वाले मज़दूरों को मटियामेट कर देगा।

आज के आर्थिक संकट में यदि व्यवसायी और कल-कारख़ाने वाले बैंकों के नियंत्रण से परेशान हैं और अपना काम चलाने के लिये सरकारी साख से लाभ उठाना चाहते हैं तो कल इन्हीं लोगों के हाथ पूँजी जमा हो जाने पर यह अपनी पूँजी से जैसा चाहेंगे, करेंगे! इन्हें सरकार की साख की जरूरत न रहेगी। आज भी ऐसे पूँजीपति हैं जिन्हें सरकारी साख और सहायता की जरूरत नहीं। स्वयं पूँजीवादी न्याय की धारणा से ही यह बात उचित नहीं जान पड़ती कि बैंकों के मालिक अपनी पूँजी को जैसे चाहें वैसे इस्तेमाल न कर सकें परन्तु कल-कारखानों के मालिक उसे जिस प्रकार चाहें व्यवहार में ला सकें।

डग्लस आयोजना से पूँजीवादी व्यवस्था की अन्तर्राष्ट्रीय कलह दूर करने का भी उपाय नहीं हो सकता बल्कि इस आयोजना से यह झगड़ा अधिक उग्र रूप धारण कर सकता है, क्योंकि किसी भी राष्ट्र के व्यापारी जब अपने राष्ट्र की साख और सम्पत्ति के सहारे अपने देश की जनता को मज़दूरी देने के लिये अपने सौदे से दूसरे देशों के बाज़ारों पर आक्रमण करेंगे, उस समय उनके राष्ट्र की शक्ति को उनकी रक्षा के लिये दूसरे राष्ट्रों से झगड़ा मोल लेना ही पड़ेगा।

डग्लस आयोजना का अधिक से अधिक परिणाम यह हो सकता है कि वह कुछ समय के लिये बाजार को तेज कर कुछ नये पूँजीपति खड़े करने के बाद बेजान हो जाय। परिश्रम करने वाली श्रेणी को अपनी व्यवस्था सुधारने और अपने भाग्य का स्वयं मालिक बनाने का अधिकार इस आयोजना से नहीं मिल सकता। डग्लसवादियों का कहना है कि

इनकी आयोजना द्वारा समाज में पैदा होने वाली सम्पत्ति का बँटवारा साधनहीन श्रेणियों में अधिक अच्छी तरह होगा, क्योंकि वे मज़दूरी अधिक देने और मुनाफ़ा कम लेने का समर्थन करते हैं। मार्क्सवादियों की दृष्टि में यह बात निरर्थक है। उनका कहना है कि बँटवारा होता है स्वामित्व के आधार पर। पैदावार का बँटवारा सामाजिक हित के अनुकूल हो परन्तु सम्पत्ति रहे पूँजीपतियों के हाथ में, यह बात सम्भव नहीं। समाज में सामाजिक हित के लिये समान रूप से बँटवारा होने के लिये यह आवश्यक है कि पैदावार के साधन भी समाज के हाथ में रहें।

राष्ट्रीय पुनः संगठन विधान
(National Recovery Act)

अमेरिका में पूँजीवाद का विकास सभी देशों की अपेक्षा बहुत अधिक और बहुत तेजी से हुआ है। अमेरिका की पैदावार की शक्ति और पूँजी दूसरे देशों की अपेक्षा कहीं अधिक है। अपनी पैदावार की शक्ति के भरोसे पहले महायुद्ध में अमेरिका ने योरुप के राष्ट्रों को अपनी पूँजी के जाल में बाँध लिया था। पहले महायुद्ध के बाद जब योरुप के देश परस्पर महानाश का खेल खेलकर अपने पैदावार के साधनों को कुछ समय के लिये बेकाम कर चुके थे, अमेरिका को अपनी पूँजीवादी पैदावार की रफ्तार को बढ़ाने का मौका मिला। वास्तव में उस समय अमेरिका अकेले संसार भर के बाज़ारों की माँग पूरी कर रहा था। युद्ध के बाद योरुप के देशों के सँभलने पर अमेरिका के बाज़ारों का क्षेत्र कम होने लगा। अमेरिका के पूँजीपतियों ने पैदावार कम करनी शुरू की और वहाँ भयंकर बेकारी से त्राहि-त्राहि मच गयी। एक ओर पैदावार के साधन खूब उन्नति कर चुके तो, दूसरी ओर बेकारी भी खूब बढ़ गयी। पदार्थों के दाम बहुत घट जाने पर भी जेब में पैसा न होने के कारण जनता उन्हें खरीद न सकती थी। पूँजीपति अपनी विशाल पूँजी का अपने देश में कोई उपयोग न देख उसे विदेशों में लगाने लगे। उस समय अमेरिका की अवस्था का अन्दाजा इस बात से लगाया जा सकता है कि बेकारों की संख्या वहाँ की जनसंख्या के १२ प्रतिशत तक पहुँच गयी।

उस समय भी अमेरिका के कुछ पूँजीवादी व्यक्तिगत स्वतंत्रता की दुहाई दे इसी बात की पुकार उठा रहे थे कि व्यापार और पैदावार को स्वयं अपना रास्ता तय करने दिया जाय। व्यक्तियों की आर्थिक स्वतंत्रता में दखल देना ठीक नहीं। यही समय था जब अमेरिका के नये प्रेसीडेन्ट का चुनाव का समय आ गया। अमेरिका में प्रेसीडेन्ट का चुनाव इस बात को प्रकट कर देता है कि राष्ट्र के किस दल की नीति का प्रभुत्व है। जब सन् १९३२ में नये प्रेसीडेन्ट के चुनाव का प्रश्न आया, इस पद के लिये दो उम्मीदवार थे और राष्ट्र के सामने उस भयंकर आर्थिक संकट का हल करने के लिये भी दो नीतियाँ थीं। एक उम्मीदवार हर्बर्ट हूवर थे जो व्यापार और पूँजीपतियों की व्यक्तिगत स्वतंत्रता पर कोई बन्धन नहीं लगाना चाहते थे। उनका विश्वास था, अवस्था स्वयं ही सुधरेगी, इसे छेड़ना न चाहिए। दूसरे उम्मीदवार फ्रैंकलिन रूज़वेल्ट थे जो राष्ट्र की आर्थिक नीति में परिवर्तन किये बिना राष्ट्र की रक्षा का कोई उपाय नहीं देखते थे। रूज़वेल्ट ने कहा, हमोरी आर्थिक व्यवस्था के ताश का खेल बिलकुल बिगड़ गया है, अब गड्डी को नये सिरे से पीसना (a new deal) जरूरी है। रूज़वेल्ट ने जो नया आर्थिक कार्यक्रम राष्ट्र के सामने रखा, उसके विषय में लोगों की राय थी कि इसे समाजवाद की ओर पहला कदम या पूँजीवाद की रक्षा

का अन्तिम प्रयत्न कहा जा सकता है।[1] वास्तव में क्या बात ठीक थी? यदि रूज़वेल्ट की नीति उस समय अमल में न लायी जाती तो अमेरिका में क्रान्ति का प्रयत्न हुए बिना न रहता। यह कहना ठीक ही है कि रूज़वेल्ट की नीति ने अमेरिका को पूँजीवाद द्वारा उत्पन्न हो गयी कठिन परिस्थिति से बचा दिया।

हम ऊपर कह आये हैं, उस समय अमेरिका में बेकारों की संख्या एक करोड़ पचास लाख तक पहुँच गयी थी। इतने आदमियों के बेकार हो जाने से बाज़ारों में मांग भी बेहद घट गयी। बेकारी और अधिक तेजी से बढ़ रही थी। इसका एक उपाय था काम पर लगे मज़दूरों की मज़दूरी कम किये बिना उनसे कम घण्टे काम कराया जाय और शेष घण्टों में काम करने के लिये बेकार मज़दूरों को पूरी मज़दूरी पर लगाया जाय। रूज़वेल्ट की इस नीति का विरोध अमेरिका के पूँजीपतियों ने पूरी शक्ति से किया परन्तु आर्थिक संकट से व्याकुल जनता को रूज़वेल्ट से आशा थी और उसकी योजना कांग्रेस ने पास कर दी। इस योजना का नाम राष्ट्रीय पुनःसंगठन विधान (National Recovery Act—N.R.A.) था। इस आयोजना में मुख्य बातें यह थीं—

'सब मज़दूरों के लिये, सिवा उनके जो अभी काम सीख रहे हैं या छुट्टा काम करते हैं, कम से कम मज़दूरी निश्चित कर दी जाय और यह मज़दूरी अमेरिका के दक्षिणी भागों में १० और उत्तरी भाग में ११ डालर[२] प्रति सप्ताह होनी चाहिए।

'किसी मज़दूर या मिल के नौकर को एक सप्ताह में ४० घण्टे से अधिक काम न करने दिया जाय।[३]

'कोई मिल या कारखाना सप्ताह में ८० घण्टे से अधिक काम न करे।

'मज़दूरों को इस बात का अधिकार दिया गया कि वे अपना श्रेणी संगठन कर सकें और अपनी मज़दूरी आदि के लिये मालिकों से अपने संगठन के प्रतिनिधियों द्वारा भाव-तोल कर सकें।'

अमेरिका के मज़दूरों ने भी अपनी तजवीजें इस आर्थिक संकट को दूर करने के लिये पेश कीं। उनकी तजवीज भी यही थी; भेद था केवल मज़दूरी के दर में। योजना में कम से कम मजदूरी निश्चित की गयी थी, १० और ११ डालर प्रति सप्ताह। मज़दूर चाहते थे ३१ और २७ डालर तक। मज़दूरों का कहना था—एक मामूली मज़दूर परिवार का निर्वाह, स्वास्थ्य के लिये आवश्यक वस्तुओं और मनुष्यों की तरह रह सकने के लिये उनके द्वारा माँगी गयी मज़दूरी से कम में नहीं हो सकती। कुछ सुधारों के बाद मज़दूरों की साप्ताहिक मज़दूरी कम से कम १२ डालर और काम के घण्टे प्रति साप्ताह ३० निश्चित करके इस योजना को आरम्भ किया गया।

इसके साथ ही खेती के पुनःसंगठन की योजना (A. A. A.)[४] भी बनायी गयी जिसमें खेती की उपज के पदार्थों का मूल्य बढ़ाने और उपज घटाने के लिये सरकार ने

---

१. पूँजीवादी कूटनीति प्रायः ही समाजवाद की ओर चलने की घोषणा करके अपनी रक्षा के लिये साधनहीन जनता को अपना अनुयायी बनाती आयी है।

२. एक डालर लगभग तीन रुपये का होता है। यह अनुपात बदलता रहता है। (१९५१)

३. कुछ खास कामों जैसे मैनेजर, चौकीदार या इस तरह के दूसरे कामों को छोड़कर।

४. Agricultural Adjustment Act

हजारों बीघा जमीन स्वयं लगान पर ले खाली छोड़ दी और खास परिमाण में फसलें पैदा करने के लिये प्रतिबन्ध लगा दिये।

अमेरिका के राष्ट्रीय औद्योगिक पुनःसंगठन और खेती के पुनःसंगठन को मार्क्सवादी दृष्टिकोण से देखने पर पहला प्रश्न खेती की उपज के दाम बढ़ाने पर उठता है। निस्संदेह इससे पैदावार करने वाले किसान को तो कुछ लाभ हुआ परन्तु यह बढ़ा हुआ दाम दिया किसने? स्पष्ट है—गरीब और बेकार मज़दूरों ने, जिनके पास निर्वाह के लिये पर्याप्त दाम पहले ही न थे। अमीरों को भोजन का दाम बढ़ने से कोई संकट अनुभव न हो सकता था। दूसरा सवाल उठता है—सरकार ने जो लाखों बीघा जमीन लगान पर लेकर खाली छोड़ दी, इसके लिये रकम कहाँ से आयी? स्पष्ट है—पैदावार पर टैक्स लगाकर यह रकम वसूल की गयी और वह टैक्स भी गरीब जनता को ही भरना पड़ा जिन्हें भोजन भी महँगा खरीदना पड़ा।

यही बात औद्योगिक पैदावार के क्षेत्र में भी हुई। पूँजीपति अपनी पूँजी नकद रुपये के रूप में नहीं रखते, दह रहती है पैदावार के साधनों, मिलों, मशीनों, भूमि, मकानों या कच्चे माल के रूप में। जब कीमतें बढ़ा दी जायेंगी तो उसका सबसे अधिक असर पड़ेगा केवल उन लोगों पर जो अपनी निर्वाह की वस्तुए प्रतिदिन बाज़ार से खरीद कर गुज़ारा करते हैं। जब चीजें महँगी मिलेंगी और मज़दूर की मज़दूरी में उतनी बढ़ती नहीं होगी तो मज़दूर निर्वाह के लिये कम पदार्थ खरीद सकेगा—उसका कष्ट बढ़ जायेगा परन्तु पूँजीपति को इससे फायदा होगा क्योंकि उसकी पैदावार या माल का मूल्य उसे पहले से अधिक मिलेगा और मज़दूरी उसे उतनी अधिक न देनी पड़ेगी जितना कि दाम बढ़ेगा। परिणाम में उसे अपने माल पर पहले से अधिक मुनाफ़ा होगा। इस बात को हम यों भी कह सकते हैं कि उसे अपना माल तैयार करने के लिये मज़दूरी के रूप में जितना खर्च पहले करना पड़ा था अब उससे कम करना पड़ेगा, और मुनाफ़े की गुंजाइश अधिक रहेगी। इस प्रकार अपना माल उसे दूसरे देशों में बेचने में आसानी होगी। पूँजीवादी अपने माल को अपने देश में बढ़ी हुई कीमत पर बेच कर मज़दूर की किसी कदर बढ़ी हुई मज़दूरी में दिया गया धन वापिस ले ही लेगा। इसके अलावा विदेश में भी वह अपना माल सस्ता बेच सकेगा। जापान और इंगलैंड इसी नीति पर चलकर दूसरे देशों के बाज़ारों पर कब्जा करते रहे हैं।

अमेरिका में बेकारी को घटाने और गरीबों की खरीदने की शक्ति को बढ़ाकर आर्थिक अवस्था में सुधार लाने के इस प्रयत्न का जो परिणाम हुआ वह आगे दिये अंकों से प्रकट होगा। अमेरिका के इस पुनःसंगठन का कार्यक्रम था खेती की तथा दूसरी पैदावार को कम करना। मार्क्सवादी प्रश्न करते हैं, क्या अमेरिका में पैदावार वास्तव में इतनी अधिक थी कि अमेरिका की जनता की सभी आवश्यकताएँ पूरी हो जाने के बाद भी वह बची रहती? क्या संसार के दूसरे देशों में भी उस पैदावार की जरूरत नहीं थी? यह कहना सम्भव नहीं कि पैदावार वास्तव में आवश्यकता से अधिक थी। फिर भी पैदावार को घटाने या नष्ट करने[1] का मतलब जनता का लाभ नहीं बल्कि पैदावार के मालिक पूँजीपतियों और अमेरिका के बड़े-बड़े जमींदारों का ही लाभ था।

---

१. अमेरिका की इस योजना में लाखों मन अनाज समुद्र में फेंक दिया गया या ईंधन की जगह भट्ठियों में जला डाला गया।

इस योजना का दूसरा उद्देश्य मज़दूरों की मज़दूरी बढ़ाकर उनकी खरीद सकने की ताकत बढ़ाना था। इस उद्देश्य में कितनी सफलता मिली, इसका अन्दाज़ा अमेरिका के व्यवसाय की रिपोर्ट के आँकड़ों से लग सकता है। इस संगठन के बाद अमेरिका की पैदावार में ३१ प्रतिशत की वृद्धि प्रति सप्ताह हुई लेकिन मज़दूरों को दिये जाने वाले धन में केवल ६ प्रतिशत से ९.७५% या १० प्रतिशत की वृद्धि हुई। इसका स्पष्ट अर्थ है कि पैदावार में वृद्धि होने से धन मज़दूरों के पास नहीं बल्कि पूँजीपतियों की जेब में गया। यह बढ़ी हुई पैदावार कहाँ गयी? अमेरिका से बाहर जाने वाले माल की रिपोर्ट देखने से यह पता लग जाता है। इस समय में अमेरिका से विदेश जाने वाले माल में २४ प्रतिशत से ३२ प्रतिशत तक बढ़ती हुई। बेकारों की संख्या की रिपोर्ट देखने से पता चलता है कि जिस समय यह योजना आरम्भ हुई उस समय अमेरिका में बेकारों की संख्या डेढ़ करोड़ थी। काम के घण्टे वगैरह घटा कर या नये व्यवसाय शुरू होने पर अट्ठारह लाख बीस हजार आदमियों को स्थायी काम मिला और प्रायः लगभग छियालीस लाख को अस्थायी।

मज़दूरों की मज़दूरी बढ़ने से उन्हें जो लाभ हुआ वह भी रिपोर्ट के अंकों से मालूम हो जाता है। मज़दूरों की मज़दूरी बढ़ायी गयी लगभग तीन प्रतिशत और पदार्थों के मूल्य में बढ़ती हो गयी पांच प्रतिशत की। इससे मज़दूर को दो प्रतिशत का घाटा ही रहा। इससे मज़दूरों की अवस्था में सुधार होकर पदार्थों के खरीदने की उनकी शक्ति न बढ़ सकती थी। यदि मज़दूरों की अवस्था सुधारना ही उद्देश्य था तो मज़दूरों की मज़दूरी बढ़ाना और उनसे कम समय काम कराना चाहिए था परन्तु ऐसा करने से पूँजीपतियों का मुनाफ़ा घट जाता। पूँजीपति सरकार की नीति से बिगड़ उठते और रूज़वेल्ट साहब दुबारा प्रेसीडेंट न चुने जा सकते।

अमेरिका की राष्ट्रीय पुनःसंगठन योजना देखकर हम इस परिणाम पर पहुँचते हैं कि यह समाजवाद की ओर पहला कदम नहीं बल्कि संकट में आये पूँजीवाद को बचाने का प्रयत्न था। यह सम्भव है कि पूँजीवादी प्रणाली में उठ खड़ी होने वाली अड़चनों को देख कर—जो कि मुनाफ़े के कुछ आदमियों के हाथ में इकट्ठे हो जाने और शेष बड़ी संख्या की जेब खाली हो जाने के कारण पैदा हो जाती है—रूजवेल्ट ने धन का कुछ भाग मज़दूरों को जैसे-तैसे जीवित रखने और उन्हें भड़कने से रोकने के लिये उनकी जेब में पहुँचाने का प्रयत्न किया परन्तु सम्पूर्ण शक्ति पूँजीवादियों के हाथ में ही रहने के कारण यह सफल न हो सका।

परिणाम इसका यह हुआ कि पूँजीवादियों ने अपना नियंत्रण और भी कठोर कर लिया और अमेरिका का आर्थिक संकट, जिसकी ओर से आँख बन्द करने की चेष्टा की गयी थी, फिर से उग्र रूप में उठने लगा। दूसरे महायुद्ध से पहले अमेरिका में फिर लगभग एक करोड़ आदमी बेकार हो गये थे और फिर पैदावार को घटाने की फिक्र पूँजीवादियों के सिर पर सवार थी। दूसरे योरुपीय युद्ध के कारण अमेरिका को माल बेचने का मौका मिला और यह आर्थिक संकट कुछ दिन और टल गया परन्तु इस प्रकार संकट सदा के लिये नहीं टाला जा सकता; उसका सामना तो एक दिन करना ही पड़ेगा। अमेरिका की राष्ट्रीय संगठन की आयोजना की असफलता इस बात का प्रमाण है कि पूँजीवाद का विकास अपने मार्ग में स्वयं रुकावटें पैदा कर रहा है।

अमेरिका की राष्ट्रीय पुनःसंगठन योजना ने यह बात स्पष्ट कर दी है कि पूँजीवादी प्रणाली का यह सिद्धांत कि व्यापार और व्यवसाय में व्यक्ति को पूर्ण स्वतंत्रता होनी चाहिए, मुनाफ़ा कमाने की होड़ में किसी प्रकार का प्रतिबन्ध न होना चाहिए, पूँजीवाद द्वारा पैदा कर दी गई कठिनाई में लागू नहीं हो सकता। सरकार को, जिसके कि हाथ में समाज के शासन की शक्ति है, आर्थिक व्यवस्था में दखल देना ही पड़ेगा और समाज की आर्थिक व्यवस्था बिगड़ जाने से बचाने के लिये विधान तैयार करना ही होगा। प्रश्न उठता है, यह विधान तैयार कौन करेगा? पूँजीवादी प्रणाली में शासन करने वाली पूँजीपति श्रेणी या समाज का वह अंग जिसकी संख्या हज़ार में नौ सौ निन्यानबे है। आर्थिक विधान समाज की जिस श्रेणी के हाथ में रहेगा, उसी के हित के अनुकूल चलेगा। अमेरिका में यह विधान पूँजीपति श्रेणी के हाथ में रहने का परिणाम सामने आ गया। पूँजीवादी प्रणाली ने समाज की आर्थिक अवस्था को इस हालत में पहुँचा दिया है कि व्यक्तिगत लाभ कमाने की स्वतंत्रता से उसका काम चल नहीं सकता, उस पर नियंत्रण आवश्यक हो गया है। दूसरे महायुद्ध ने आर्थिक संकट को जिस गहराई तक पहुँचाया, उस अवस्था में व्यक्तिगत मुनाफ़े की व्यवस्था से समाज का कल्याण हो सकने का भ्रम प्रायः मनुष्य समाज से दूर हो चुका है। सभी देशों में खास-खास उद्योग-धन्धों का नियंत्रण सामाजिक रूप से करने का, विशेषरूप से पदार्थों के बँटवारे—राशनिंग और मकानों पर नियंत्रण लगा कर बँटवारे की सामाजिक व्यवस्था करना सभी जगह आवश्यक हो गया था। इस आर्थिक संकट को सामाजिक नियंत्रण द्वारा ही किसी सीमा तक सम्भाला जा सका। परन्तु यह विधान पूँजीवादी व्यवस्था ने अपने शासन की रक्षा के लिये ही किये थे। युद्ध की स्थिति समाप्त होते ही पूँजीवाद फिर से अपने शोषण के अधिकार पर से बन्धनों को हटाने का यत्न कर रहा है। आर्थिक संकट के गत अनुभवों से भी देश पैदावार और उसके बँटवारे को नियंत्रण में रखने की आवश्यकता अनुभव कर रहे हैं। वह नियंत्रण पूँजीपति श्रेणी के ही हित की रक्षा के लिये होना चाहिएं या समाज के शेष भाग अर्थात् पैदावार के लिये मेहनत करने वालों के हित की रक्षा के लिए, यह विचार का विषय है। पूँजीपति श्रेणी का नियंत्रण फासिज्म के रूप में और मज़दूर-किसानों का नियंत्रण समाजवाद या कम्यूनिज्म के रूप में परिणित हो जाता है।

नाजीवाद और फ़ासिस्टवाद

पिछले बीस वर्ष से पूँजीवादी आर्थिक व्यवस्था के परिणामस्वरूप इस प्रकार की कठिनाइयाँ आ रही हैं कि समाज की आर्थिक व्यवस्था पर समाज की शक्ति या सरकार का नियंत्रण आवश्यक अनुभव हो रहा है। इसलिए इस समय संसार के सामने प्रश्न है कि मनुष्य समाज इस नियंत्रण को किस रूप में स्वीकार करे? फ़ासिज्म और नाज़ीवाद के रूप में या कम्यूनिज्म के रूप में। समाज अब इस समस्या की उपेक्षा नहीं कर सकता। पूँजीवादी व्यवस्था द्वारा उत्पन्न आन्तरिक विरोध, समाजवादी आक्रमण के रूप में राष्ट्रीय और अन्तर्राष्ट्रीय रूप से पूँजीवाद को पलटने की चेष्टा कर रहा है। पूँजीवादी व्यवस्था आत्मरक्षा में फ़ासिज्म का रूप ले रही है। पूँजीवाद इस समय पैंतरे से चल रहा है। एक ओर वह कुछ सुधार देकर, साधनहीन श्रेणी की अवस्था को सह्य बनाकर अपने अस्तित्व की रक्षा का यत्न कर रहा है तथा दूसरी ओर दमन से आत्मरक्षा का यत्न कर रहा है।

फ़ासिज्म और नाज़ीवाद के रूप तथा उद्देश्य को हम फ़ासिज्म और नाज़ीवाद के जन्मदाता बेनीतो मुसोलिनी और एडोल्फ हिटलर के शब्दों में ही अधिक अच्छी तरह प्रकट कर सकते हैं। मुसोलिनी फ़ैसिस्म के बारे में कहता है :—

'.....यदि इतिहास में प्रत्येक युग का अपना एक सिद्धान्त रहा है तो आधुनिक युग का सिद्धान्त फ़ासिज्म है। किसी भी सिद्धान्त के लिये यह आवश्यक है कि वह सजीव हो। फ़ासिज्म के प्रति लोगों के विश्वास, श्रद्धा और उसकी सफलता ने प्रकट कर दिया है कि वह एक जीवित सिद्धान्त है। फ़ासिज्म केवल एक राजनैतिक दल ही नहीं, वह जीवन का 'दर्शन शास्त्र' है, जो मनुष्य समाज को निरन्तर संकटों और युद्ध से बचाकर विकास और पूर्णता की ओर ले जा सकता है!..... पिछले वर्षों की आर्थिक अव्यवस्था और युद्धों ने कम्यूनिज्म के अजगर को जन्म दिया है जो राष्ट्रीय अभिमान, देशभक्ति, धर्म, पारिवारिक जीवन और समाज की उच्च श्रेणी को निगले जा रहा है। कम्यूनिज्म से बचने के लिये ही मैं फ़ासिज्म की शरण आया हूँ। ..... फ़ासिज्म के अनुसार राष्ट्र की सरकार एक आध्यात्मिक और नैतिक शक्ति है जो आचार और कर्तव्य की रक्षक है, राष्ट्र या सरकार न केवल देश और प्रजा की रक्षा बाहरी शत्रु और देश में होने वाली अव्यवस्था से करती है, वह प्रजा की आत्मा की रक्षा और उन्नति भी करती है। वह व्यक्ति से ऊपर देश की आत्मा है।'

इटालियन विश्वकोष (Italian Encyclopedia) में फ़ासिज्म का वर्णन करते हुए मुसोलिनी कहता है—'फ़ैसिज्म का उद्देश्य और कार्य संसार के भविष्य में निरन्तर शान्ति कायम रखना नहीं है। इस प्रकार की शान्ति को न तो हम सम्भव समझते हैं और न उपयोगी ही। शान्ति की इच्छा को हम कायरता के कारण पैदा होने वाली त्याग की भावना समझते हैं। मनुष्य समाज को उसके ऊँचे आदर्श और विकास की ओर युद्ध ही ले जा सकता है। युद्ध ही मनुष्य में शक्ति और आचार बल को उत्पन्न करता है। ..... जो सिद्धान्त युद्ध का विरोध कर शान्ति का प्रचार करते हैं, वे सब फ़ैसिज्म के विरोधी हैं।'

नाज़ीवाद के कार्यक्रम और उद्देश्य की व्याख्या करते हुए हिटलर कहता है— '..... आज जिस भूमि पर हम बसे हैं, वह भूमि हमें देवताओं ने वरदान के रूप में नहीं दी है, न दूसरी जातियों ने हमें इस भूमि का दान दिया है। हमारे पूर्वजों ने भूमि के इस टुकड़े के लिये जान जोखिम में डालकर युद्ध किया और इसे तलवार के बल पर जीता है ..... जीवन का यही मार्ग है।'

मुसोलिनी और हिटलर के शब्दों में फैसिज्म और नाज़ीवाद के आधारभूत विचारों को देखकर उनके कार्यक्रम और परिणाम पर भी एक दृष्टि डाल लेनी चाहिए। फ़ासिज्म और नाज़ीवाद अपने आपको अपने राष्ट्रों की प्रजा की एक जीवित संस्था समझते हैं जो चारों ओर शत्रुओं से घिरी हुई है। अपने राष्ट्र के विकास के लिये दूसरे राष्ट्रों से लड़कर उन्हें अपने अधीन करना फ़ासिज्म और नाज़ीवाद का उद्देश्य है। संसार के दूसरे देशों को जीतकर इटली के अधीन कर एक बड़ा साम्राज्य कायम करना फ़ैसिज्म का उद्देश्य है।

नाज़ीवाद का दावा है—जर्मन जाति ही केवल शुद्ध आर्य जाति है और यही जाति संसार पर आधिपत्य करने का अधिकार रखती है। जर्मनी की सीमा पर स्थित छोटे-छोटे देशों को अपने कब्ज़े में कर लेने के बाद जर्मनी दूसरे देशों पर भी कब्जा करेगा और

सबसे पहले रूस की उपजाऊ भूमि और खानें जीतकर अपनी शक्ति को बढ़ाने के बाद संसार पर अपना आधिपत्य कायम करने लायक शक्ति संचय करेगा![1]

अन्तर्राष्ट्रीय युद्धों द्वारा साम्राज्य विस्तार की चेष्टा इन दोनों सिद्धान्तों का मूल आधार है। संसार के सब राष्ट्रों या देशों का एक समान अधिकार स्वीकार करने का विचार इन सिद्धान्तों में पैदा ही नहीं होता।

इंगलैंड का फ़ासिस्ट और नाज़ीवादी नेता सर ओसवाल्ड मोस्ले प्रजातंत्र को एक धोखा मात्र कहता है। मोस्ले का कहना है, प्रजा ने न कभी अपना शासन किया है और न वह कर ही सकती है। शक्ति सदा कुछ लोगों के हाथ में रहती है जो पर्दे के पीछे से तार खींच कर चाहे जो नीति चला सकते हैं। पार्लियामेण्ट सिर्फ एक अखाड़ा है, जहाँ जबानी कुश्ती हुआ करती है। देश का शासन राष्ट्र के उन लोगों के हाथ में रहना चाहिए जो इसके योग्य हैं और जिनके हाथ में शक्ति है। प्रजातंत्र का ढोंग बाँधने से केवल समय और शक्ति का नाश होता है। शासन का काम चलाने के वे ही लोग योग्य हैं, जो सदा से इस काम को करते आये हैं।

समाज की आर्थिक और राजनैतिक व्यवस्था के सम्बन्ध में फ़ैसिज्म और नाज़ीज्म, सम्पूर्ण शक्ति शासक वर्ग के ही हाथ में रखना चाहते हैं। उनका कहना है कि व्यक्ति न तो अकेला रह सकता है और न उसे केवल अपने हित के लिये मनमाना करने की स्वतंत्रता होनी चाहिए। राष्ट्रीय संगठन या सरकार सम्पूर्ण राष्ट्र की प्रतिनिधि है। सरकार के बिना समाज की रक्षा नहीं हो सकती इसलिए सरकार ही सबसे ऊपर है। राष्ट्र या सरकार के सामने व्यक्ति की कोई हस्ती नहीं। राष्ट्र के हित के सामने सब श्रेणियों और व्यक्तियों को दब जाना चाहिए। राष्ट्र या सरकार ही इस बात का निश्चय करेगी कि देश को किन-किन पदार्थों की कितनी-कितनी आवश्यकता है और व्यक्तियों को वे किस परिमाण में दिये जा सकेंगे। पैदावार और उसका बँटवारा इस प्रकार होना चाहिए कि राष्ट्र की शक्ति बढ़े। राष्ट्र की शक्ति का अर्थ है—राष्ट्र की सैनिक शक्ति, युद्ध द्वारा दूसरे राष्ट्रों को दबा सकने की शक्ति। इस शक्ति को बढ़ाने के लिये सभी श्रेणियों का हित कुर्बान कर दिया जाना चाहिए। जिस प्रकार समाजवादी और कम्युनिस्ट लोग व्यक्ति के हित और स्वतंत्रता से समाज को (व्यक्तियों के सामूहिक हित को) अधिक महत्वपूर्ण समझते हैं, उसी प्रकार नाज़ी और फ़ासिस्ट भी राष्ट्र और समाज को व्यक्ति से ऊँचा स्थान देते हैं परन्तु समाज के रूप और उद्देश्य के बारे में दोनों की धारणा अलग-अलग है।

नाज़ी लोग भी अपने आपको समाजवादी कहते हैं परन्तु उनका समाजवाद दूसरे ढंग का है। मार्क्सवादियों के समाजवादियों का आधार है, समाज के सभी मेहनत करने वाले लोग—चाहे वे किसी भी जाति, नस्ल या धर्म के हों! मार्क्सवाद समाजवाद में नस्ल और देश का भेद नहीं मानता। वह संसार को एक विश्वव्यापी समाजवादी, समअधिकारयुक्त

---

१. शंका होगी कि कोई उत्तरदायी और समझदार व्यक्ति इस प्रकार की बेहूदा बातें लिखने या कहने का साहस नहीं कर सकता। परन्तु जूलियस हैकर (Julius F. Hecker.) अपनी पुस्तक *'The Communist Answer to the World's Need'* में लिखता है कि यह बातें हिटलर की पुस्तक *'Mein Kampf'* के जर्मन भाषा के मूल संस्करण में, पृष्ठ ७४१-४२ पर हैं। हिटलर की पुस्तक के जो अनुवाद नाज़ी और फ़ासिस्ट विचार के लोगों ने दूसरे देशों में प्रचार के लिये किये हैं, उनमें यह पृष्ठ और दूसरी कई बातें नाज़ीवाद के प्रति विरोध की भावना दूर रखने के लिये छोड़ दी गयी हैं।

राष्ट्र में संगठित करना चाहता है, जिसमें होड़ की गुंजाइश और युद्ध की जरूरत न रहेगी। परन्तु नाज़ीज्म (नेशनल सोशलिज्म—राष्ट्रीय समाजवाद) के समाजवाद का आधार है—जाति। अपने देश या जाति के अन्दर समाजवाद हो और इस समाजवाद द्वारा अपने राष्ट्र को सबल बनाकर संसार के दूसरे राष्ट्रों पर अपना सिक्का जमाया जाय।

उपरोक्त उत्तर के अतिरिक्त नाज़ीवादी समाजवाद में और मार्क्सवादी समाजवाद में और भी भेद है। नाज़ीवाद समानता को महत्व नहीं देता। नाज़ीवाद में कोई भी व्यक्ति मुनाफ़ा कमा कर पूँजीपति बन सकता है। शर्त सिर्फ यह है कि उसका व्यवसाय राष्ट्र या सरकार के हित के विरुद्ध न होकर राष्ट्र को मजबूत बनाये। नाज़ीवादी राष्ट्र में सभी काम राष्ट्र या सरकार के हित में होने चाहिए। राष्ट्रहित का दृष्टिकोण शासक वर्ग के विचार से ही निश्चित होगा।

नाज़ीवाद में राष्ट्र या सरकार का अर्थ क्या है! मार्क्सवाद इसे इस रूप में देखता है—जब समाज में एक श्रेणी साधनों की मालिक है और दूसरी साधनों से हीन है तो समाज में व्यवस्था साधनों के मालिक पूँजीपति श्रेणी के हित और निश्चय के अनुसार ही होगी। राष्ट्र का हित किस बात में है? इस बात का फैसला शासक पूँजीपति श्रेणी करेगी। यदि पूँजीपति श्रेणी यह फैसला करती है कि साधनहीन शोषित श्रेणी की अपनी अवस्था में सुधार करने की माँग से राष्ट्र में गड़बड़ी मचती है तो शोषित श्रेणी को ऐसी माँग न उठानी चाहिए। यदि पूँजीपति श्रेणी यह आवश्यक समझती है कि राष्ट्र की पैदावार की शक्ति साधनहीन श्रेणी के लिये भोजन-वस्त्र पैदा करने की अपेक्षा सैनिक तैयारी में खर्च की जानी चाहिए, तो वैसा ही होगा। यदि पूँजीपति श्रेणी यह फैसला करती है कि देश की जनता के भूखे मरते रहने पर भी राष्ट्र की शक्ति दूसरे राष्ट्रों से युद्ध कर साम्राज्य विस्तार में लगनी चाहिए तो राष्ट्र ऐसा ही करेगा। जर्मन जाति का लाभ किस बात में है, इस बात का फैसला नाज़ीवाद में सब तरह से जर्मनी के पूँजीपतियों के हाथ में था। इसी फैसले द्वारा जर्मनी और इटली की पैदावार का मुख्य भाग जर्मन और इटालियन जनता के जीवन निर्वाह की अवश्यकताओं पर खर्च न कर युद्ध की तैयारी और युद्ध लड़ने पर किया गया।

दूसरे देशों को जर्मन और इटालियन साम्राज्य के अधीन कर लेने पर लाभ इन देशों के पूँजीपतियों का होता या मज़दूरों का? उस समय इनकी सरकार यह फैसला करती कि दूसरे देशों के बाज़ारों पर कब्जा करने के लिये यह जरूरी है कि जर्मन और इटालियन माल सस्ता तैयार हो, इसके लिये फिर जर्मनी और इटली के मज़दूरों को कम मज़दूरी पर काम करके राष्ट्रीय हित के लिये स्वार्थ त्याग करने के लिये तैयार होना पड़ता। जापान का अन्तर्राष्ट्रीय व्यापार इसी राह पर चल रहा था और आज कांग्रेसी शासन में भारतीय व्यवसायी भी इसी मार्ग को अपना रहे हैं।

नाज़ीवाद में हिटलर और मुसोलिनी अपने-अपने राष्ट्रों के एकछत्र तानाशाह समझे जाते थे परन्तु समाज के आधुनिक विकास में किसी एक व्यक्ति की एकछत्र तानाशाही समाज में कायम हो सकना प्रायः असम्भव सी बात है। आज दिन समाज की नीति—जैसा कि हम पहले कह आये हैं—बलवान श्रेणियों के स्वार्थ के उद्देश्य से निश्चित होती है। हिटलर और मुसोलिनी का राज उनका व्यक्तिगत राज नहीं, बल्कि उस श्रेणी का राज था जिसके वे प्रतिनिधि थे। हिटलर और मुसोलिनी किस श्रेणी के प्रतिनिधि थे—इस बात

को तर्क की अपेक्षा हम उनके जीवन की घटनाओं से ही अधिक अच्छी तरह देख सकते हैं।

जर्मनी और इटली में नाज़ीवाद और फ़ासिस्टवाद का जन्म आर्थिक अव्यवस्था के समय हुआ। इस कार्य में नाज़ीवाद और फ़ासिस्टवाद को कितनी सफलता मिली और कैसे मिली? इस पर भी एक नज़र डालना आवश्यक होगा। इसके लिये जर्मनी का उदाहरण अधिक उपयोगी होगा।

१९१४—१९१८ के महायुद्ध के बाद जर्मनी में आर्थिक परिस्थिति बहुत भयानक और असह्य हो गयी थी। न केवल किसान-मजदूरों की स्थिति संकटमय थी, बल्कि पूँजीपति श्रेणी और उसकी सहायक मध्यम श्रेणी की अवस्था भी बहुत गिर चुकी थी। इस परिस्थिति की जड़ में कारण था, मुनाफ़ा कमाने की प्रवृत्ति के कारण उद्योग-धन्धों का बहुत थोड़े से व्यक्तियों के हाथों में हो जाना और युद्ध में जर्मनी के हार जाने के कारण जर्मनी की पूँजीपति श्रेणी की सब सुविधाओं का इंगलैंड, फ्रांस और अमेरिका की पूँजीपति श्रेणी द्वारा छीन लिया जाना। असह्य स्थिति से बचने के लिये जर्मनी के मज़दूर-किसानों में क्रान्ति की प्रबल लहर दौड़ने लगी और साधनहीन श्रेणी पैदावार के साधनों पर अपना अधिकार करने के लिये सचेत हो रही थी। समाजवादी भावना का प्रवाह जोरों पर था। मध्यम श्रेणी भी व्याकुल थी। उन्हें एक ओर तो पूँजीपतियों का नियंत्रण निचोड़ रहा था, दूसरी ओर साधनहीन निम्न श्रेणियों के अधीन हो जाने का भय था। समाजवाद इन्हें भी पसन्द था परन्तु निम्न श्रेणियों की अधीनता में नहीं। यह लो़ग ऐसा समाजवाद चाहते थे जिसमें स्वयं इस श्रेणी की प्रधानता हो।

इस आर्थिक संकट या जीवन निर्वाह के संकट के समय मध्यम श्रेणी ने अपनी स्थिति की रक्षा के लिये इस प्रकार की व्यवस्था के लिये प्रयत्न शुरू किया, जिसमें न तो किसान-मज़दूरों का ही शासन हो और न पूँजीपति राष्ट्र का। सब धन समेट कर मध्यम श्रेणी को साधनहीन श्रेणी में मिला दें। यह श्रेणी पूँजी और पैदावार के साधनों पर राष्ट्र द्वारा इस प्रकार का नियंत्रण चाहती थी कि पूँजीवादी व्यवस्था में मध्यम श्रेणी का स्थान और महत्व बना रहे। मध्यम श्रेणी का यह आन्दोलन, साधनहीन, श्रेणियों के मज़दूर किसानों के नेतृत्व में समाजवाद स्थापित करने के आन्दोलन का विरोध कर रहा था। मध्यम श्रेणी, साधनहीन श्रेणी के समाजवादी आन्दोलन को जो संसार भर के देशों की श्रमिक श्रेणी से समानता और सहयोग का भाव रखना चाहता था, राष्ट्रविरोधी भावना कह कर जनता में उसके विरुद्ध प्रचार करने लगी। हिटलर इसी श्रेणी का प्रतिनिधि था और उसने जर्मनी की गत युद्ध में अपमानित राष्ट्रीय भावना के प्रति सहानुभूति पाने के लिये अपने इस आन्दोलन को राष्ट्रीय समाजवाद का नाम दिया।

हिटलर ने मध्यम श्रेणी के नेतृत्व में समाजवाद कायम करने का जो आन्दोलन चलाया, उसमें समाजवाद का कोई कार्यक्रम न था। उसके मुख्य सहायक 'काली कमीज़ वाले' स्वयंसेवक सैनिकों की संख्या १९३३ तक एक सौ से आगे न बढ़ पायी। उस समय जर्मनी के पूँजीपतियों ने पूँजीवाद के विरुद्ध उठती हुई समाजवादी क्रान्ति की लहर का मुकाबिला करने के लिये हिटलर द्वारा जर्मनी के 'पुनः संगठन' या नेशनल सोशलिज्म के संगठन को उपयोगी समझ कर उसे आर्थिक सहायता देनी शुरू की। हिटलर के उस संगठन को, जिसमें सौ स्वयंसेवक भी कठिनता से जमा हो सके थे और जिन्हें अपनी

सभा करने के लिये हाल किराये पर लेने के लिये पैसे न मिलते थे, इन पूँजीपतियों— थाइसन, शात्, क्रुप और दो-एक दूसरों की सहायता मिलने और उनकी सहायता से हिटलर के राजनैतिक क्षेत्र में सफलता पाने पर इन स्वयंसेवकों की संख्या शीघ्र ही बीस हजार हो गयी। हिटलर के राज्य शक्ति प्राप्त कर लेने पर १९३५ में इन स्वयंसेवकों की संख्या तीन लाख तक पहुँच गयी।

इस स्वयंसेवक दल का काम न केवल कम्युनिस्टों की पूँजीपति विरोधी क्रान्तिकारी शक्ति को दबाना था बल्कि नाज़ी दल की स्वयंसेवक 'खाकी कमीज की सेना' पर नियंत्रण रखना भी था। खाकी कमीज की सेना में मुख्यतः मध्यम श्रेणी के लोग और गत युद्ध के समय की सेना के अफसर इत्यादि थे। राजनैतिक शक्ति की बागडोर हथियाने में मध्यम श्रेणी के इन्हीं लोगों से मुख्य सहायता हिटलर को मिली परन्तु अपनी श्रेणी का कोई स्वार्थ नाज़ीवाद में पूर्ण होता न देख इन लोगों में अविश्वास फैलने लगा। इन्हें नियंत्रण में रखने का काम 'काली कमीज़' के स्वयंसेवक दल को दिया गया जो हिटलर के निजी सैनिक और गुप्तचर के रूप में काम करते थे। ऐसे समय मुसोलिनी और हिटलर, जो पहले अपने आपको जनता के सामने समाजवादी के रूप में पेश कर जनता की सहानुभूति प्राप्त कर चुके थे, अपने-अपने देशों के पूँजीवादियों के बल पर जनता को अन्तर्राष्ट्रीय विजय का नया मार्ग दिखाने के लिये आगे आये।

हिटलर और मुसोलिनी ने अपने देशों की मध्यम और साधनहीन श्रेणी को समझाया कि हमारे देश के संकट का कारण यूरोप में दूसरी साम्राज्यवादी शक्तियों का प्रभुत्व है— इन देशों ने हमारे देशों से जीवन के साधन छीन लिये हैं। हमारी प्रजा को चाहिए कि अपने देश के पूँजीवादियों के हाथ से पैदावार के साधनों की मिल्कियत छीनने के बजाय वे संगठित राष्ट्र के रूप में खड़े हों और सम्राज्यवादी देशों की तरह संसार के दूसरे देशों पर अपना अधिकार कायम कर अपनी अवस्था सुधारें। इंगलैंड, फ्रांस और अमेरिका का उदाहरण उनके सामने था। पिछले महायुद्ध में जर्मनी पराजित हुआ था और विजयी मित्र राष्ट्रों की शक्ति ने जर्मनी पर अनेक अपमानजनक प्रतिबन्ध लगा दिये थे, जिनके कारण जर्मनी की आर्थिक स्थिति गिरती जा रही थी। हिटलर ने जर्मन जाति के राष्ट्रीय अभिमान को उकसा कर फिर से अपने साम्राज्य के विस्तार का स्वप्न उसके सामने रक्खा और उसके लिये कुर्बानी और युद्ध करने के लिये जर्मनी को तैयार करना शुरू किया। पिछले महायुद्ध के अन्त में जर्मनी में आर्थिक संकट के कारण जो विप्लव हो गया था, उसे ही जर्मनी की हार का कारण बताया गया और उस विप्लव का कारण साधनहीन श्रेणी का आन्दोलन बता कर, राष्ट्र के हित के लिये इस आन्दोलन को दबाने की चेष्टा की गयी। अन्तर्राष्ट्रीयता और समानता की भावना पर कायम कम्युनिज्म को राष्ट्र का शत्रु बता कर पूँजीवाद द्वारा ही दुबारा औद्योगिक उन्नति को मुक्ति का मार्ग समझा गया। पूँजीपतियों के प्रभाव में हिटलर ने जर्मनी के लिये और मुसोलिनी ने इटली के लिये मुक्ति का जो मार्ग निश्चित किया, उसमें राष्ट्र की संगठित शक्ति अपने देशों के पूँजीवादियों के व्यवसायों की सहायता के लिये प्रस्तुत की गयी।

इन पूँजीपतियों के व्यवसायों की उन्नति के लिये मज़दूरों को कम मजदूरी पर काम करने के लिये मजबूर किया गया, ताकि उन्हें खूब मुनाफ़ा हो और उस मुनाफ़े से और अधिक व्यवसाय चलाये जा सकें जिनमें देश के बेकार मज़दूर काम पा सकें। देश में

बेकारी और बेहद गरीबी के कारण पैदा किये गये माल की खपत न होने से व्यवसायियों में असन्तोष न बढ़े, इसलिए अधिकतर युद्ध की सामग्री तैयार करने वाले व्यवसाय चलाये गये। जनता के लिये उपयोगी आवश्यक पदार्थों को तैयार करने में जनता की शक्ति खर्च न कर, उसे युद्ध के साधन तैयार करने में खर्च किया गया। कम पूँजी से अधिक सामान तैयार कराने के लिये मज़दूरों को मज़दूरी भी कम दी गयी। इसके साथ ही जनता को सन्तुष्ट करने के लिये उसके सामने साम्राज्य विस्तार द्वारा संसार पर शासन कर अपने राष्ट्र में समृद्धि लाने के स्वप्न भी रखे गये। उन्हें निरन्तर समझाया गया कि उनके जीवन की आवश्यकताओं की अपेक्षा युद्ध की सामग्री अधिक आवश्यक है, क्योंकि उसी से राष्ट्र के भविष्य का निर्माण हो सकता है।

नाज़ी शासन की आर्थिक और राजनैतिक नीति का नियंत्रण पूर्ण रूप से जर्मनी के चन्द पूँजीपतियों के हाथ में था जिनकी दया पर हिटलर की स्थिति निर्भर थी। इन्हीं के आर्थिक शासन में जर्मनी का सम्पूर्ण व्यापार और उद्योग-धन्धे चल रहे थे। मध्यम श्रेणी की अवस्था में न केवल उन्नति नहीं हुई बल्कि उनकी अवस्था पहले से भी गिर गयी। पिछले वर्षों में नाज़ी शासन के विरुद्ध विद्रोह के अनेक यत्न हुए जिन्हें शासन की शक्ति हाथ में होने के कारण नाज़ियों ने निरंकुशतापूर्वक दबा दिया। इसके अलावा संसार पर जर्मन साम्राज्य के विस्तार का स्वप्न पूरा करने के लिये नाज़ियों ने छोटे-छोटे राष्ट्रों को हड़पना आरम्भ किया और जर्मन प्रजा को जर्मनी की बढ़ती हुई शक्ति का विश्वास दिलाने के लिये, मित्र राष्ट्रों द्वारा महायुद्ध में पराजय के स्वरूप संधि की शर्तों के रूप में लगाई गई पाबंदियों को तोड़ना शुरू किया। फ्रांस और इंगलैण्ड चाहते तो जर्मनी को उसी समय कुचल दे सकते थे परन्तु इन साम्राज्यवादी शक्तियों को आशा थी कि जर्मनी की बढ़ी हुई शक्ति संसार से कम्यूनिज्म का नाश कर देगी। इसलिए जर्मनी की अन्तर्राष्ट्रीय डकैतियों को न केवल चुपचाप सहन कर लिया बल्कि वहाँ के पूँजीपति शासन को कर्जे के रूप में करोड़ों की सहायता दी गई ताकि जर्मनी में कम्यूनिस्ट आन्दोलन न पनप सके। जर्मनी में नाज़ीवाद के रूप में पूँजीवाद को फिर से स्थापित करने में जो कामयाबी हुई, उसमें इंगलैण्ड, फ्रांस, अमेरिका की पूँजीपति सरकारों की सहायता का विशेष स्थान था। जर्मन पूँजीवाद इन राष्ट्रों के पूँजीवाद से सहायता पाकर भी अपने स्वार्थ को प्रधानता देने के कारण उनसे लड़े बिना न रह सका। उस समय जर्मनी की भीतरी अवस्था इतनी असन्तोषपूर्ण हो चुकी थी कि यदि जर्मन प्रजा को साम्राज्य प्राप्ति या महान जर्मनी की आशा के नशे में अंधा न कर दिया जाता तो नाज़ी शासन के विरुद्ध क्रांति अवश्य हो जाती। इसके अलावा वर्षों तक लगातार तैयार की गई युद्ध सामग्री को काम में कहाँ लाया जाता? परिणाम स्वरूप जर्मनी ने युद्ध या अन्तर्राष्ट्रीय डकैती द्वारा राष्ट्रीय जीवन के निर्वाह का मार्ग अपनाया। बेकारों को सिपाही बना-सजा कर बेकारों की संख्या में कमी करने की सुविधा भी हो गई और शेष लोगों को युद्ध की सामग्री तैयार करने के उद्योग में खपा दिया गया। इतने पर भी जर्मनी जब प्रजा की गिरी हुई आर्थिक अवस्था के कारण नित्य होने वाली पैदावार को खपा न सका तो नाज़ीवाद ने मशीनों की रफ्तार कम कर अमेरिका की भाँति पैदावार को कम करने की चेष्टा शुरू की। नाज़ीवाद अपनी प्रजा के जीवन निर्वाह के संकट को दूर करने में सर्वथा असमर्थ रहा।

इटली की अवस्था इससे भिन्न थी। दोनों ही देशों की शासन पद्धति और आर्थिक व्यवस्था देखकर हम इस परिणाम पर पहुँचते हैं कि अपनी स्वाभाविक गति पर चलते हुए

इन देशों के पूँजीवाद और अन्तर्राष्ट्रीय पूँजीवाद की होड़ में जब इटली में भविष्य में पूँजीवाद के लिये पूँजीवादी वैयक्तिक स्वतंत्रता के आधार पर चलना असम्भव हो गया तो पूँजीवाद ने अपनी रक्षा के लिये अपने निरंकुश शासन (dictatorship) के रूप में नाज़ीवाद और फ़ैसिज्म जारी किया। इस उदाहरण से हम नाज़ीवाद और फ़ैसिज्म को पूँजीवाद या अधिकार प्राप्त श्रेणियों का अपनी रक्षा के लिये अन्तिम प्रयत्न के रूप में ही देखते हैं।

नाज़ीवाद और फ़ासिस्टवाद को मार्क्सवाद, मध्यम श्रेणी के सहयोग से स्थापित पूँजीवादी तानाशाही के अतिरिक्त और कुछ नहीं समझता, जो समाज में अशांति के कारण (साधनहीन श्रेणियों की दुरावस्था) को दूर न कर समाज को केवल दमन से पूँजीपतियों के हित की रक्षा के लिये दबा रखना चाहती है। परन्तु पूँजीवाद, नाज़ीवाद और फ़ैसिस्टवाद के रूप में अपने भीतर पैदा होने वाले अन्तर्विरोधों से इतना पूर्ण हो गया है कि अपने आधारभूत सिद्धान्त—आर्थिक क्षेत्र में मुनाफ़ा कमाने की वैयक्तिक स्वतंत्रता—को केवल इने-गिने पूँजीपतियों के गिरोह तक ही परिमित कर देता है। इस व्यवस्था का मूल आधार आतंक और दमन ही है। यह दमन कभी राष्ट्रीयता का नाम दे, कभी धर्म और संस्कृति की रक्षा का आवरण चढ़ा कर जारी किया जाता है ताकि जनता उसमें अपना कल्याण भी समझती रहे।

प्रजातंत्र समाजवाद और समष्टिवाद

प्रजातंत्र समाजवादी (Social Democrat) शब्द भ्रमात्मक है। प्रजातंत्र की परिभाषा में समाजवाद आधारभूत रूप से सम्मिलित है। प्रजा और समाज एक-दूसरे के अन्तर्गत और प्रायः समानार्थक हैं। समाजवाद का गुण या परिभाषा बताने के लिये उसमें प्रजातंत्र शब्द जोड़ना निष्प्रयोजन है। इसका प्रयोजन केवल भ्रान्ति उत्पन्न करना ही हो सकता है। समाजवाद के अनेक रूपों और संगठनों का वर्णन करते हुए प्रसिद्ध लेखक डी० एन० प्रिट ने लिखा है—'समाजवाद का एक ही रूप है और वह है समष्टिवाद या कम्यूनिज्म। समाजवाद को स्पष्ट रूप से कम्यूनिज्म न कहकर, तरह-तरह के नाम धारण करने वाले संगठन वास्तव में मार्क्सवादी समाजवाद में विश्वास नहीं रखते, केवल उसका आडम्बर मात्र करते हैं।'

यदि प्रिट का यह कहना ठीक है तो प्रजातंत्र समाजवादी भी इस परिभाषा में समा जाते हैं परन्तु इस बात से भी इनकार नहीं किया जा सकता कि प्रजातंत्र समाजवादी न केवल मार्क्स के आर्थिक सिद्धान्तों में पूर्ण रूप से विश्वास का दावा करते हैं बल्कि मार्क्सवादी समाजवादियों की ही भाँति वे समाजवाद के पश्चात् श्रेणी रहित समाज अर्थात् कम्यूनिज्म को ही अपना लक्ष्य भी बताते हैं। शासन विधान को साधनहीन किसान-मजदूरों की श्रेणी के हितों के अनुकूल बनाना वे भी अपना उद्देश्य बताते हैं। तिस पर भी कम्यूनिज्म से उनका मतभेद है।

प्रजातंत्र समाजवादियों और कम्यूनिस्टों का मतभेद उद्देश्य या सामाजिक संगठन के आदर्श के बारे में नहीं। भेद हैं, केवल कार्यक्रम के बारे में। या कहा जा सकता है कि उनका भेद पूँजीवाद के भीतर पैदा हो जाने वाली कठिनाइयों से पीड़ित समाज को समाजवाद की राह ले कम्यूनिज्म की अवस्था तक पहुँचाने के कार्यक्रम के बारे में है।

प्रजातंत्र समाजवादी अपनी राजनैतिक नीति में मार्क्स के ऐतिहासिक क्रम विकास के सिद्धान्त और परिस्थितियों के प्रभाव को बहुत महत्व देते हैं। उनका विश्वास है कि जिस प्रकार मनुष्य समाज पूँजीवाद से पूर्व की अवस्थाओं से पूँजीवाद में पहुँचा है और समाज में पूँजीवाद ने अपने मार्ग में स्वयं अन्तर्विरोध और कठिनाइयाँ पैदा कर दी हैं, उसी प्रकार स्वतः विकास से ही पूँजीवाद का अन्त भी हो जायेगा। समाज की परिस्थितियों के विकास से ही पूँजीवादी व्यवस्था अपने आप ही समाजवादी व्यवस्था में बदल जायेगी। उसके लिये किसी राजनैतिक क्रांति या विप्लव की आवश्यकता नहीं। उनकी धारणा है, पूँजीवाद को समाजवाद में बदलने के लिये जरूरत है, साधनहीन के श्रेणी संगठनों के विकास की।

प्रजातंत्र समाजवादी, पूँजीवादी व्यवस्था को समाजवादी विधान में बदलने का उपाय प्रजा की चेतना और राय (वोट) के बल पर वैधानिक सुधार का कार्यक्रम ही समझते हैं। उनका विश्वास है एक दिन इसी वैज्ञानिक मार्ग से वे साधनहीन किसान-मज़दूरों के हाथ में शासन की शक्ति दे देंगे और समाज पूर्णतः समाजवाद में परिणित हो जायेगा। कम्यूनिज्म के मूल सिद्धान्तों और कार्यक्रम श्रेणी संघर्ष को वे अनावश्यक रूप से हिंसा का कारण और पूर्णतः प्रजातंत्र विरोधी कार्यक्रम समझते हैं।

कम्यूनिस्ट लोगों का विश्वास इससे भिन्न है। मार्क्स द्वारा प्रतिपादित सामाजिक परिस्थितियों का प्रभाव मनुष्य समाज की प्रगति पर पड़ने के सिद्धान्त का अर्थ वे केवल भौतिक परिस्थितियाँ या मनुष्य शरीर के बाहर चारों ओर की परिस्थितियाँ ही नहीं समझते। मनुष्य के विचारों और कार्यों को भी वे सामाजिक परिस्थितियों का भाग समझते हैं। खास-खास परिस्थितियों में मनुष्य क्या करने का निश्चय करता है, इस बात का प्रभाव भी मनुष्य के समाज और उसके विकास पर पड़ता है। परिस्थितियाँ विचारों को पैदा करती हैं, यह ठीक है परन्तु मनुष्य के विचारों पर उसके कार्यों की परिस्थिति का भी प्रभाव अनिवार्य रूप रो पड़ता ही है। कम्यूनिस्ट लोगों की धारणा है कि समाज में परिस्थितियों के अनुकूल परिवर्तन करने का काम, समाज की विकासशील श्रेणी ही अपने विचारों को क्रियात्मक रूप देकर करती है। वर्तमान काल में पूँजीवादी व्यवस्था द्वारा समाज के मार्ग में रुकावटें आ जाने पर भी यदि समाज की इस अवस्था में विकासशील मज़दूर श्रेणी, जिसके कंधों पर नये युग के परिवर्तन का बोझ है, आगे नहीं बढ़ती तो समाज की दूसरी श्रेणी—जो संगठित है—अपने अधिकार के बल पर परिस्थितियों को अपने स्वार्थ के अनुकूल उपयोग में लाती रहेगी। इसमें सन्देह नहीं कि इस प्रकार की जबरदस्ती और दमन की व्यवस्था अधिक देर तक सफल नहीं हो सकती, उससे समाज के अन्तर्विरोध दूर नहीं हो सकते और न समाज का कल्याण ही हो सकता है। परन्तु परिवर्तन करने के लिये परिपक्व परिस्थितियाँ, यदि उचित समय पर परिस्थितियों के अनुकूल परिवर्तन नहीं होता तो समाज की अवनति, ह्रास और विनाश का कारण बन जायेंगी। समाजवाद की स्थापना के लिये परिपक्व और उचित परिस्थितियों में यदि मज़दूर शासन द्वारा समाजवाद की स्थापना नहीं की जाती तो श्रेणी-संघर्ष के परिणाम-स्वरूप अवनति की ओर जाती हुई पूँजीपति श्रेणी साधनहीन श्रेणी का दमन कर उनकी विकास की शक्ति नष्ट कर देने के लिये अपनी तानाशाही (फ़ासिज्म) कायम कर लेगी।

कम्युनिज्म का विश्वास है कि पूँजीवादी श्रेणी अपने स्वार्थ को छोड़कर स्वयं ही शासन से अलग नहीं हो जायेगी। उसके लिये साधनहीन श्रेणियों के सचेत और संगठित प्रयत्न की ज़रूरत है। यह प्रयत्न तब तक सफल नहीं हो सकता जब तक कि साधनहीन श्रेणी (किसान मज़दूर) अपने हाथ में शासन की शक्ति नहीं ले लेती। समाजवादी क्रान्ति को सफल करने के लिये पहले राजनैतिक शक्ति का साधनहीन श्रेणी के हाथ में आना ज़रूरी है। प्रजातंत्रवादी इससे ठीक उल्टे क्रम में विश्वास रखते हैं। उनका ख्याल है कि आर्थिक स्थिति के कारण होने वाले वैधानिक परिवर्तन से समाजवाद पहले कायम हो जायेगा और तब राजशक्ति स्वयं ही मज़दूर-किसान श्रेणियों के हाथ में आ जायेगी।

कम्यूनिज्म का कहना है कि मार्क्स के अनुसार इतिहास का क्रम श्रेणियों में आर्थिक संघर्ष का क्रम है और मार्क्स का यह विचार इतिहास द्वारा प्रमाणित है। मनुष्य समाज का इतिहास बताता है कि किसी भी श्रेणी को कायम व्यवस्था ने, अपनी स्थिति की रक्षा के लिये संघर्ष किये बिना, दूसरी श्रेणी की सत्ता या व्यवस्था के लिये स्वेच्छा से स्थान खाली नहीं किया। मौजूदा अवस्था में आत्मरक्षा और स्वार्थ-रक्षा की प्रवृत्ति के अनुसार शासक श्रेणी का अपनी सत्ता कायम रखने के लिये साधनहीन श्रेणी को भी नये विधान और शासक सत्ता से संघर्ष करना ही होगा।

कम्यूनिज्म के विचार से मत गणना के आधार पर वैधानिक क्रान्ति की बात केवल कल्पना मात्र है। पूँजीवादी प्रजातंत्र व्यवस्था में मत तैयार करने की जितने साधन हैं, सब पूँजीपति श्रेणी के अधिकार में है। मौजूदा विधान पूँजीपति श्रेणी की आज्ञा और निर्णय ही तो है। अपनी वैधानिक शक्ति द्वारा पूँजीपति श्रेणी अपनी सत्ता के परिवर्तन के प्रयत्नों को अवैधानिक करार दे देती है और शान्ति-रक्षा के नाम पर अपने अधिकारों की रक्षा करती है। विधान का एक अंग 'विशेष अधिकार' होता है जो विधान को शासन शक्ति की आज्ञा मात्र बना देता है। विधान का शस्त्र शासक श्रेणी के हाथ में है। क्रान्तिकारी श्रेणी इस शस्त्र का उपयोग कैसे कर सकती है? विधान का अर्थ है—शासक श्रेणी के हाथ में शस्त्र-शक्ति के प्रयोग का अधिकार। इस शक्ति का सामना ऐसी ही शक्ति से किया जा सकता है। कोई भी विधान अपने परिवर्तन और नाश की आज्ञा नहीं दे सकता।

इसके अतिरिक्त कम्युनिज्म का कहना है कि यदि पूँजीवादी व्यवस्था की जड़ पूरे तौर पर न काट दी जायेगी और समाजवाद कायम करने के बाद पूँजीवाद के पुनः उठ खड़े होने पर प्रतिबंध नहीं लगाये जायेंगे तो मुनाफ़े और स्वार्थ के लिये पागल पूँजीवादी श्रेणी समाजवादी व्यवस्था को असफल करने के प्रयत्नों से समाज में अशान्ति पैदा करती रहेगी—जैसा कि रूस की १९१७ की समाजवादी राज्यक्रान्ति के बाद के अनुभवों से प्रमाणित हो चुका है। अतः समाजवादी व्यवस्था के लिये मज़दूर श्रेणी का एक मात्र प्रभुत्व अनिवार्य है।

इटली और जर्मनी में नाज़ीवाद और फ़ासिज्म कायम होने का कारण भी कम्युनिस्ट उन देशों में परिवर्तन के लिये उपयुक्त समय पर समाजवादी शक्ति अर्थात् साधनहीन मज़दूर-किसानों की श्रेणी का उस समय सैनिक क्रान्ति के लिये तैयार न होना समझते हैं; जबकि पूँजीवादी सत्ता अपने अन्तर्विरोधों के कारण अस्त-व्यस्त हो रही थी और समाजवादी शक्ति के लिये राजसत्ता हाथ में लेने का समय था। ऐसे समय यदि साधनहीन

लोगों की श्रेणी शक्ति संचय कर राजनैतिक क्रान्ति के लिये तैयार न होगी तो अनेक बार परिस्थितियाँ पैदा होने पर भी वह अपनी सत्ता कायम न कर सकेगी और तानाशाही के बाद सैनिक राज की व्यवस्था कर अपने शोषण का अधिकार बनाये रखेगी।

प्रजातंत्र समाजवादियों की इस धारणा में कि 'समाज विकास क्रम से स्वयं ही समाजवाद की ओर जायेगा', पूँजीवादियों की यह विचारधारा कि समाज के आर्थिक क्रम को अपनी स्वाभाविक गति से (laissez-faire) जाने देना चाहिए, काम करती दिखाई देती है। यह मार्क्स के सिद्धान्तों के अनुकूल नहीं और न इतिहास ही उसकी सच्चाई और उपयोगिता का समर्थन करता है। प्रजातंत्र समाजवाद श्रेणी संघर्ष द्वारा राजनैतिक क्रान्ति करके, पूँजीवादी व्यवस्था का अन्त कर समाजवादी व्यवस्था स्थापित करने के कार्यक्रम में विश्वास नहीं करता। उसका कार्य वैधानिक सुधारों द्वारा व्यवस्था परिवर्तन का है। सुधार और क्रान्ति में भेद है। क्रान्ति का अर्थ वर्तमान व्यवस्था का अन्त और नयी व्यवस्था की स्थापना है। सुधार का अर्थ वर्तमान अवस्था में आ गई कठिनाई को दूर कर उसे कायम रहने योग्य बनाना ही है। इस तर्क संगति से प्रजातंत्र समाजवाद का कार्यक्रम पूँजीवादी व्यवस्था को समाप्त करना नहीं, उसे चला सकने योग्य और सह्य बनाना है। पूँजीवादियों से उनका यही विरोध है कि पूँजीवादी अपने शोषण के अधिकार तिल भर भी छोड़ने से इनकार कर आत्महत्या पर उतारू हैं, प्रजातंत्र समाजवाद इस व्यवस्था को अधिक समय तक कायम रख सकता है।

गाँधीवाद

पूँजीवादी व्यवस्था के कारण पैदा हो जाने वाली असमानता और अव्यवस्था का उपाय करने के लिये किये जाने वाले प्रयत्नों में गाँधीवाद का भी एक स्थान है। गाँधीवाद का कथित उद्देश्य सामाजिक अशान्ति दूर कर मनुष्य को आध्यात्मिक उन्नति की ओर ले जाना है। अन्य आन्दोलनों की तरह गाँधीवाद केवल आर्थिक या राजनैतिक ही नहीं, वह मुख्यतः नैतिकता और आध्यात्मिकता का दावा है। गाँधीवाद की नींव आध्यात्मिक होने पर भी वह सामाजिक शान्ति के लिये आर्थिक और राजनैतिक समस्याओं के हल की बात भी करता है। भारतवर्ष के राजनैतिक आन्दोलन से गाँधीवाद का सम्बन्ध होने से और इस देश के वर्तमान शासन में महात्मा गाँधी और उनके सिद्धान्तों के 'नाम' का बहुत अधिक उपयोग किया जाने के कारण राजनैतिक क्षेत्र में उसकी उपेक्षा नहीं की जा सकती।

हम ऊपर कह आये हैं, गाँधीवाद अपना आधार नैतिक और आध्यात्मिक बताता है। वह संसार की आर्थिक और राजनैतिक समस्याओं का कारण भौतिक परिस्थितियाँ, जीवन निर्वाह और आर्थिक कारणों में ही नहीं बल्कि व्यक्ति की मानसिक प्रवृत्ति में ही अधिक देखता है। व्यक्ति की मानसिक प्रवृत्ति को गाँधीवाद जीवन निर्वाह की परिस्थितियों का परिणाम ही नहीं समझता बल्कि मनुष्य की मानसिक प्रवृत्ति या आत्मा को वह अलौकिक शक्ति या भगवान का अंश समझता है या उससे सम्बन्ध बताता है। गाँधीवाद की न्याय-अन्याय, उचित और अनुचित की धारणा मार्क्सवाद की तरह व्यक्ति और व्यक्तियों के समूह, समाज के सांसारिक हित और सफलता पर ही निर्भर नहीं करती बल्कि इस संसार और शरीर से परे आत्मा के कल्याण को महत्व देती है। इसी प्रकार मनुष्य जीवन के क्रम का निश्चय करने में भी गाँधीवाद केवल भौतिक परिस्थितियों के

प्रभाव तथा मनुष्य के विचार और निर्णय को ही आधार स्वीकार न कर अलौकिक शक्ति और भगवान की इच्छा को मुख्य स्थान देता है। इन प्रश्नों पर मार्क्सवाद के दृष्टिकोण का वर्णन हम 'भौतिक आधार' और 'आध्यात्मिकता और मार्क्सवाद' के प्रकरण में कर आये हैं।

हमें यहाँ गाँधीवाद के दृष्टिकोण का वर्णन समाज से आर्थिक असमानता और अव्यवस्था दूर करने के प्रश्न पर ही करना है। गाँधीवाद सामाजिक अशान्ति और आर्थिक संकट का कारण धन और द्रव्य का कुछ एक व्यक्तियों के हाथों में इकट्ठा हो जाना और समाज के बड़े अंग का साधनहीन हो जाना स्वीकार करता है। वह यह भी स्वीकार करता है कि इस प्रकार की आर्थिक विषमता का कारण व्यक्तियों का लोभ से अधिक मुनाफ़ा कमाने का यत्न है और यदि अधिक मुनाफ़ा कमाने की प्रवृत्ति न हो तो धन और पैदावार के साधनों का बँटवारा बहुत हद तक समान रूप में हो सकता है। परन्तु मार्क्सवाद की तरह गाँधीवाद यह स्वीकार नहीं करता कि मुनाफ़ा कमाने की प्रणाली या पूँजीवाद समाज के लिये एक ऐतिहासिक मंजिल थी और समाज के लिये वह अपने आवश्यक कार्य को पूरा कर चुकी है। अब उसके स्थान पर दूसरी व्यवस्था के आने की जरूरत है जो पूँजीपति और साधनहीन श्रेणियों के संघर्ष में साधनहीन श्रेणी की सफलता से आयेगी। गाँधीवाद का विचार है कि पूँजीपतियों की मुनाफ़ा कमाने की प्रवृत्ति उनके व्यक्तिगत लोभ के कारण है और इसका उपाय पूँजीपति व्यक्तियों का मानसिक और आत्मिक सुधार है। मार्क्सवाद पूँजीपतियों या किसी भी व्यक्ति के लोभ को उनके आत्मा और मन का गुण या अवगुण नहीं बल्कि परिस्थितियों के कारण आत्मरक्षा का प्रयत्न समझता है, जिसे दूर करने के लिये समाज की परिस्थितियों को बदलना जरूरी है। यों तो गाँधीवाद भी समानता का समर्थक है परन्तु सामाजिक परिस्थितियों को बदलने के उपाय के सम्बन्ध में और समाज के भावी रूप और आदर्श के सम्बन्ध में समाज के विकास के सिद्धान्तों और संगठन के सम्बन्ध में भी उसका दृष्टिकोण मार्क्सवाद से भिन्न है।[१]

गाँधीवाद के दृष्टिकोण से पैदावार के साधनों का मशीन का रूप धारण कर बढ़ना और पैदावार का कुछ व्यक्तियों के हाथ में एक स्थान पर केन्द्रित हो जाना ही विषमता का कारण है। उनके विचार में इसी कारण पैदावार का फल भी बहुत थोड़े व्यक्तियों की मिल्कियत हो जाता है।

पैदावार का केन्द्रीयकरण हो जाने और पैदावार के साधन कुछ एक पूँजीपतियों के हाथो में सिमट जाने से समाज में आर्थिक असमानता होती है, इस बात में गाँधीवाद और मार्क्सवाद एक मत है परन्तु इस स्थिति का कारण क्या है और इसका उपाय क्या हो—इस बात पर मतभेद है। मार्क्सवाद इस स्थिति को ऐतिहासिक विकास का परिणाम और भावी विकास के लिये आवश्यक समझता है। गाँधीवाद ऐसा नहीं मानता। गाँधीवाद कहता है—पैदावार का केन्द्रीयकरण (centralisation) नहीं होना चाहिए, पैदावार घरेलू उद्योग-धन्धों के रूप में ही होना चाहिए ताकि पैदावार के साधन या औजार पैदावार करने वाले व्यक्तियों—जुलाहे, ठठेरे, चमार, कुम्हार आदि की निजी सम्पत्ति रहें। वे जितना चाहें उत्पन्न करें और अपने परिश्रम के फल को बाज़ार में बेंच कर या दूसरे पदार्थों से बदल कर पूरा-पूरा पा सकें। इस प्रकार शोषण की गुंजाइश न रहेगी। पैदावार

---

१. गाँधीजी अपने आप को अनेक बार सोशलिस्ट और कम्युनिस्ट भी कह चुके हैं।

में मशीन का उपयोग होने से उसका एक स्थान पर केन्द्रित होना आवश्यक होता है। उद्योग-धन्धों और व्यवसायों को केन्द्रित न करने का अर्थ होगा कि मशीनों का व्यवहार छोड़ दिया जाये, क्योंकि मिलों और मशीनों को जुलाहों और दूसरे कारीगरों के घर और देहात में बाँटना असम्भव है। मिलों में पैदावार करने से केन्द्रीयकरण अवश्य ही होगा।

गाँधीजी इस विषय में निर्भीकता पूर्वक कहते हैं कि मशीनों का अधिक प्रयोग मनुष्यता का शत्रु है। घरेलू धन्धों द्वारा समाज से होड़ दूर करने और इस प्रकार मुनाफ़ा कमाने पर रोक लगा कर असमानता दूर करने के यत्न का अर्थ होता है—विज्ञान द्वारा मनुष्य ने जितनी उन्नति की है, उसका बहिष्कार कर देना। कुछ उद्योग-धन्धे ऐसे अवश्य हैं, जिन्हें परिमित सीमा तक घरेलू धन्धों के रूप में (पूर्ण उन्नत अवस्था तक नहीं) चलाया जा सकता है; उदाहरणतः जुलाहे, लुहार, चमार का काम परन्तु विज्ञान द्वारा प्राप्त आधुनिक सभ्यता के मुख्य आधारों को घरेलू धन्धों के तौर पर नहीं चलाया जा सकता। उदाहरणतः रेलें, जहाज और यातायात के दूसरे साधन; बिजली, गैस आदि शक्ति उत्पन्न करने के साधन, तथा लोहे, तेल व कोयले आदि की खानों को उचित रूप से चलाने के लिये हज़ारों आदमियों का एक साथ काम करना जरूरी है। गाँधीवाद का विचार है, यदि इन सब वस्तुओं को निछावर करके भी मनुष्य की आत्मा की रक्षा की जा सके तो वही ठीक मार्ग है। जिस आत्मा की रक्षा को गाँधीवाद इतना महत्व देता है, आधुनिक विज्ञान उसके अस्तित्व को स्वीकार नहीं करता, जैसा कि हम मार्क्सवाद और अध्यात्म के प्रसंग में देख आये हैं। मार्क्सवाद जिस प्रमाणित विज्ञान को सत्य की कसौटी मानता है उस पर आत्मा का विश्वास पूरा नहीं उतरता।

मार्क्सवाद पैदावार के केन्द्रीयकरण करने के विरुद्ध नहीं है। पैदावार के केन्द्रीयकरण को वह साधनों के विकास के क्रम में आवश्यक समझता है। पैदावार के साधनों की शक्ति बढ़ाने के लिये उनका एक स्थान पर इकट्ठा होना आवश्यक हो जाता है और यदि केन्द्रीयकरण से पैदावार बढ़ती है तो उससे मनुष्य समाज का कल्याण ही होना चाहिए, हानि नहीं। यदि केन्द्रीयकरण से पैदावार कुछ व्यक्तियों के हाथ में इकट्ठी हो जाती है तो इसकी जिम्मेदारी केन्द्रीयकरण पर नहीं। यह तो पूँजीवाद का स्वाभाविक परिणाम है। केन्द्रीयकरण तो पैदावार का एक तरीका है। इस तरीके से पैदावार कुछ व्यक्तियों के मुनाफ़े के लिये भी की जा सकती है और सम्पूर्ण समाज के लाभ के लिये भी। केन्द्रीयकरण द्वारा पैदावार के कुछ एक आदमियों के हाथों में इकट्ठे हो जाने का कारण मार्क्सवाद बताता है, पैदावार के केन्द्रित साधनों पर कुछ एक व्यक्तियों की मिल्कियत होना।

सम्पत्ति और पैदावार का मुनाफ़ा कुछ एक आदमियों के हाथों में इकट्ठा हो जाने का कारण है समाज की वर्तमान व्यवस्था। मार्क्सवाद कहता है, उद्योग-धन्धों और कला-कौशल की उन्नति होने से पूर्व हमारे समाज में पैदावार के साधन जिस प्रकार के थे, आज उस प्रकार के नहीं हैं परन्तु पैदावार के सम्बन्ध और बँटवारे के सम्बन्ध आज भी उसी प्रकार के हैं। इस बात को यों समझा जा सकता है कि विकास से पूर्व के युग में एक व्यक्ति अपने औजारों का मालिक था और वह अकेला या पारिवारिक रूप अपने पैदावार के साधनों से पैदा किये फल का मालिक होता था। आज दिन पैदावार के साधनों के मालिक तो कुछ एक व्यक्ति (पूँजीपति) होते हैं परन्तु पैदावार के साधनों को काम में लाने के लिये हज़ारों व्यक्ति काम करते हैं और इन हज़ारों व्यक्तियों के परिश्रम के फल के

मालिक फिर कुछ एक व्यक्ति हो जाते हैं।[१] मार्क्सवादी कहते हैं कि पैदावार के साधनों पर अब हज़ारों व्यक्तियों के एक साथ काम करने से पैदावार का तरीका तो सामाजिक हो गया है परन्तु पैदावार के साधनों पर और पैदावार के फल का स्वामी अब भी एक ही व्यक्ति होता है; यह स्वामित्व सामाजिक नहीं है इसलिए संकट पैदा होता है। पैदावार करने के तरीके जब बदल गये हैं तो पैदावार के साधनों की मिल्कियत और पैदावार के बँटवारे की व्यवस्था भी बदल जानी चाहिए।

मार्क्सवाद की दृष्टि में पैदावार के साधनों के वास्तविक मालिक पूँजीपति नहीं बल्कि पैदावार के लिये मेहनत करने वाले किसान-मज़दूर ही होने चाहिए। पैदावार के बड़े-बड़े साधन किसी एक व्यक्ति के परिश्रम से पैदा नहीं हो सकते। पूँजीपति के व्यवसाय की पैदावार का पूरा मूल्य उस व्यवसाय में श्रम करने वाले मज़दूरों के परिश्रम का परिणाम है। यदि मज़दूरों के काम का पूरा फल उन्हें दे दिया जाय और मालिक या प्रबन्ध करने वाला व्यक्ति भी अपने परिश्रम का फल ले ले (चाहे उसकी मेहनत का फल एक मज़दूर की मेहनत के फल से चार गुना ही समझ लिया जाय) तो मज़दूरों को अपने श्रम पाने का अवसर होगा और समाज में आर्थिक समानता रहेगी; मालिकों के पास करोड़ों की सम्पत्ति जमा न हो सकेगी। मज़दूरों के परिश्रम से पैदा हुआ जो धन मज़दूरों को न देकर मालिक स्वयं रख लेता है, वह वास्तव में मज़दूरों का ही धन है और उस धन से चलने वाली मिलें भी मज़दूर श्रेणी की ही सम्पत्ति हैं। आज का मालिक केवल प्रबन्धक ही समझा जा सकता है और प्रबन्धक वह व्यक्ति होना चाहिए जिसे वास्तविक मालिक यानी मज़दूर लोग नियत करना चाहें और जो मज़दूरों के निर्णय से उनके लाभ के लिये ही पैदावार के साधनों को चलाये।

इसी प्रकार खेती की भूमि के सम्बन्ध में भी मार्क्सवादियों का सिद्धान्त है कि भूमि को कोई व्यक्ति पैदा नहीं करता, उसका केवल उपयोग ही किया जाता है। भूमि का महत्व केवल इसलिए है कि उससे समाज का पोषण होता है इसलिए भूमि पर भी अधिकार समाज का ही होना चाहिए।

हमारे समाज में प्रायः खेती की जमीन उन लोगों की सम्पत्ति है जो स्वयं खेती नहीं करते। मालिक होने के नाते वे लोग खेती की जमीन पर परिश्रम कर पैदावार करने वालों की मेहनत का फल लगान या टैक्स के रूप में ले लेते हैं। पुराने समय में यह शक्ति सरदार के हाथ में, उसकी शस्त्र शक्ति के कारण थी। यह शक्ति ज़मींदार या जागीरदार के हाथ में सरकारी कानून की रक्षा में है, जिस कानून को ज़मींदार श्रेणी और उसी तरह की पूँजीपति श्रेणियों ने अपने लाभ के लिये बनाया है।

मार्क्सवाद का कहना है कि सम्पत्ति और भूमि की मिल्कियत के कानून साधनहीन श्रेणियों का परिश्रम लूटने के अधिकार की रक्षा के लिये पूँजीपति और ज़मींदार श्रेणियों ने, शक्ति अपने हाथ में होने के अधिकार से बनाये हैं। इन कानूनों और समाज की

---

१. पूँजीवादी लोग कहते हैं, पैदावार के साधनों का मालिक पूँजीपति पैदावार के साधनों से परिश्रम करने वाले नौकरों और मज़दूरों को उनके परिश्रम का फल दे देता है। जो मुनाफ़ा बचता है वह उसका अपना भाग है। मार्क्सवादी कहते हैं, पूँजीपति मज़दूर के श्रम का पूरा भाग नहीं देता। अतिरिक्त मूल्य (surplus value) के सिद्धान्त के अनुसार वह मज़दूर के परिश्रम के फल का भाग हड़प लेता है। इस विषय की चर्चा हम अतिरिक्त मूल्य के प्रकरण में करेंगे।

व्यवस्था में इस प्रकार का परिवर्तन करने की जरूरत है जिससे पैदावार के साधन सम्पूर्ण समाज के मेहनत करने वालों की सम्पत्ति हो और उपयोग में आने वाले पदार्थ परिश्रम करने वाले लोगों को अपने-अपने परिश्रम के अनुसार मिल जायें। इसके साथ ही कला-कौशल की उन्नति से पैदावार को इतना बढ़ा दिया जाय कि समाज के व्यक्ति कम समय तक परिश्रम कर आवश्यक और उपयोगी पदार्थों को इतने अधिक परिमाण में उत्पन्न कर सकें कि सभी व्यक्तियों की आवश्यकताएँ पूरी हो सकें।

ऐसी अवस्था लाने के लिये आवश्यक है कि पैदावार के सब साधन समाज में मेहनत करने वाली श्रेणी की सम्पत्ति हों और उनका उपयोग व्यक्तिगत मुनाफ़े के लिये न होकर समाज के हित के लिये हो। इसके लिये ज़रूरत है कि साधनहीन श्रेणी संगठन द्वारा शक्ति संचय कर पैदावार के साधनों, भूमि, मिलों, खानों और दूसरे सभी पैदावार के स्रोतों पर अपना अधिकार करे परन्तु पैदावार के साधनों पर साधनहीन श्रेणी का अधिकार करने का आन्दोलन गाँधीवाद की दृष्टि में अन्याय और हिंसा है।

गाँधीवाद में अहिंसा का महत्व सबसे अधिक है। मन, वचन तथा कर्म द्वारा पूर्ण अहिंसा ही गाँधीवाद में व्यक्ति और समाज का परम उद्देश्य है। किसी भी व्यक्ति या जीव को कष्ट पहुँचाना गाँधीवाद की दृष्टि में हिंसा कहा जाता है। ऐसा करना गाँधीवाद में निषिद्ध है।

हिंसा का समर्थन कोई भी विचारधारा या वाद नहीं करता, भेद दृष्टिकोण में है। एक विचारधारा से जो बात हिंसा समझी जाती है, दूसरे दृष्टिकोण से वही बात न केवल अहिंसा समझी जा सकती है बल्कि उस काम को न करना ही हिंसा का समर्थन हो सकता है। मार्क्सवाद का उद्देश्य भी समाज से अन्याय और हिंसा को दूर करना है। मार्क्सवाद की दृष्टि में पैदावार के लिये श्रम करने वाले का अपने परिश्रम का पूरा फल न पा सकना या परिश्रम करने के लिये तैयार होने पर भी उन्हें पैदावार के साधनों को छूने के लिये मना कर दिया जाना एक संसारव्यापी हिंसा है जो मनुष्यों को पीढ़ी-दर-पीढ़ी जीवन के अवसर और साधनों से वंचित कर देती है।

हिंसा, अहिंसा का निर्णय व्यक्तियों और समाज के दृष्टिकोण और न्याय की भावना से होता है। जब व्यक्ति या समाज का दृष्टिकोण और संस्कार बदल जाते हैं, हिंसा-अहिंसा और न्याय-अन्याय का आधार भी बदल जाता है। मार्क्सवाद समाज के कल्याण को ही मुख्य समझता है। जिस बात के करने से समाज का कल्याण हो, उसे वह न्याय और अहिंसा समझता है और जिस काम से समाज में अधिक मनुष्यों पर संकट आ पड़े, वह काम या प्रणाली मार्क्सवाद की दृष्टि में हिंसा है। यदि कुछ व्यक्तियों के पैदावार के साधनों का स्वामी बन जाने से आज समाज के ९५ प्रतिशत मनुष्य दुख उठा रहे हैं तो मार्क्सवाद के मत से यह हिंसा की व्यवस्था है।

गाँधीवाद भी समाज के अधिकांश मनुष्यों का दुख में रहना हिंसा मानता है परन्तु इसके साथ ही वह सम्पत्ति के मालिक बन कर अपना स्वार्थ सिद्ध करने वालों के हाथ से इन साधनों का छीन लेना भी हिंसा समझता है। गाँधीवाद किसी उद्देश्य की प्राप्ति के साधनों को भी उद्देश्य के समान ही महत्व देता है। वह उद्देश्य प्राप्ति के मार्ग में आने वाले विरोध को दूर करने के लिये शक्ति प्रयोग को हिंसा मानता है। शक्ति प्रयोग या हिंसा चाहे नेक इरादे से ही की जाय गाँधीवाद में वह अनुचित है। गाँधीवाद का विश्वास

है, यदि शक्ति प्रयोग द्वारा कोई नेक काम करने का भी यत्न किया जायेगा तो शक्ति प्रयोग से उस काम की नेकी भी हिंसा हो जायेगी। गाँधीवाद केवल प्रेरणा द्वारा (समझा-बुझा कर) नेकी के उद्देश्य पूरा करने के नियम को ही स्वीकार करता है परन्तु जहाँ संस्कारों और स्वार्थ का प्रभाव बहुत गहरा होता है, वहाँ प्रेरणा काम नहीं देती, क्योंकि मनुष्य की सब प्रवृत्तियों से बलवान स्वार्थ और आत्मरक्षा की प्रवृत्ति है। न्याय का आधार भी यह प्रवृत्ति ही निश्चित करती है। ऐसी अवस्था में, जब न्याय की भावना में ही संघर्ष हो, मार्क्सवाद समाज के न्याय चाहने वाले पक्षों या श्रेणियों में संघर्ष अनिवार्य समझता है।

गाँधीवाद की तह में सामन्तवादी और पूँजीवादी समाज के विश्वासों की नींव है। गाँधीवाद ने पूँजीवाद के सिद्धान्तों को न्याय मानकर अपनी नीति और आचार का क्रम निश्चित किया है और उसी दृष्टि से वह हिंसा और अहिंसा का भी निश्चय करता है। इसका स्पष्ट उदाहरण सम्पत्ति पर व्यक्ति के उत्तराधिकार को शाश्वत न्याय मानना या मालिक के हित के सामने समाज के हित को कुर्बान कर देना है। यदि पूँजीपति समाजहित के विचार से अपनी सम्पत्ति पैदावार के साधनों को समाज की सम्पत्ति बनाने के लिये तैयार न हों तो गाँधीवाद साधनहीन किसान-मज़दूरों की पैदावार के साधन मालिकों से ले लेने का अधिकार नहीं देता। यदि किसान-मज़दूर शक्ति के प्रयोग से नहीं बल्कि सत्याग्रह (धरना आदि देने) के शान्तिमय उपायों द्वारा भी इस प्रकार का आन्दोलन चलायें तो भी गाँधीवाद उसका समर्थन नहीं करता।[१] उसे इसमें भी अन्याय दिखाई देता है और स्थापित व्यवस्था और कानून का विरोध दिखाई देता है।

पूँजीवादी समाज में सम्पत्ति के सम्बन्ध में कायम व्यवस्था या कानून क्या है? गाँधीवाद के अनुसार सम्पत्ति पर व्यक्ति का अधिकार मनुष्य के गत जीवन के पुण्य का फल और भगवान् की इच्छा है। मार्क्सवाद इसे केवल सम्पत्तिशाली श्रेणी का अपने हितों की रक्षा के लिये बनाया कायदा समझता है। भगवान और उसकी इच्छा के लिये मार्क्सवाद को चिन्ता नहीं। उसका कहना है, मनुष्य मात्र का कल्याण चाहने वाली शक्ति का यह फैसला नहीं हो सकता कि लाखों करोड़ों मनुष्य केवल इसलिए आयु भर दुख उठाते रहें कि वे गरीबों के घर पैदा हो गये। पिता के असामर्थ्य का दण्ड सन्तान का देना मार्क्सवाद को मंजूर नहीं। गत जन्म के पुण्यों के फल की दलील भी समाजवादी समाज में नहीं चल सकती क्योंकि पैदावार के साधनों को व्यक्तिगत सम्पत्ति बना कर उत्तराधिकार में किसी को नहीं दे दिया जा सकता।

गाँधीवाद के अनुसार समाज की व्यवस्था का आदर्श 'रामराज्य' है। रामराज्य का अर्थ गाँधीवाद की दृष्टि में है—मालिक लोग अपनी सम्पत्ति के मालिक रहें, जागीरदार अपनी जागीर के मालिक रहें परन्तु वे लोग अपने मज़दूरों, नौकरों और रैय्यत के प्रति

---

१. सन् १९३८-३९ में कानपुर तथा दूसरे औद्योगिक नगरों के मज़दूरों ने अपनी मज़दूरी बढ़ाने के लिये हड़तालों के समय, मिलों के दरवाजे के सामने लेट कर अहिंात्मक धरना दिया था। महात्मा गाँधी ने उसकी निन्दा की थी। उन्होंने उसे मज़दूरों का अन्याय बताया था। महात्मा जी ने इस सम्बन्ध में अपने पत्र 'हरिजन' में लिखा था—"As the author of peaceful picketing, I cannot recall a single instance in which I encouraged such picketing." महात्माजी ने अपने पत्र में मिल मालिकों का यह अधिकार स्वीकार किया था कि वे धरना देने वाले मजदूरों को पुलिस और सरकार की शक्ति द्वारा हटा सकते हैं। मालिक के हित की रक्षा के लिये शक्ति का प्रयोग उन्हें हिंसा न जान पड़ा।

न्याय और दया का व्यवहार करें। मालिक अपने आश्रितों को अपनी सन्तान की तरह समझें और मजदूर तथा किसान मालिकों को अपने पिता और संरक्षक समझें। मालिक लोग अपने स्वार्थ के लिये मज़दूर-किसानों पर शासन न करें बल्कि परोपकार की भावना से शासन करें। मार्क्सवाद का कहना है—हज़ारों वर्षों का मनुष्य समाज का इतिहास बताता है कि शासन की शक्ति हाथ में रखने वालों ने शासन सदा ही अपने स्वार्थ के लिये किया है। जितने भी धार्मिक गुरु, अवतार या पैगम्बर कहलाने वाले महापुरुष हुए हैं, उन सभी ने मनुष्य को स्वार्थ त्याग कर दूसरों का हित करने का उपदेश दिया परन्तु इस सबके प्रभाव से भी मनुष्य का आचरण बदला नहीं। उनका प्रभाव मनुष्य के स्वभाव में कोमलता, सहिष्णुता और उदारता लाने में थोड़ा बहुत जरूर हुआ परन्तु उतना ही जितना कि समाज की आर्थिक परिस्थितियों में शासक श्रेणी के आत्म-रक्षा के उद्देश्य के अनुकूल था। इसके अतिरिक्त उनका स्वार्थ-त्याग और दया का उपदेश अपने समाज के स्वार्थों की रक्षा के अनुकूल और अपनी न्याय की धारणा की सीमा के भीतर ही था जिसके अनुसार भगवान मनु और महर्षि सुक्रात दास-प्रथा का अनुमोदन करते थे। विदेह जनक जैसे आत्मज्ञानी राजा ऋषियों को दास-दासियों का दान देते थे। इसी तरह गाँधीवाद का स्वार्थ त्याग का उपदेश भी समाज में शान्ति लाने में सफल नहीं हो सकता क्योंकि वह समाज की उन आर्थिक परिस्थितियों को बदलने का यत्न नहीं करता जो स्वार्थपरता का कारण हैं, जिनके कारण मनुष्य समाज में अशान्ति और विषमता पैदा हो रही है। इसके विपरीत गाँधीवाद उस व्यवस्था के प्रति साधनहीन श्रेणी के विरोध को शान्त करने का प्रयत्न मात्र है।

गाँधीवाद समाज की अवस्था सुधारने के लिये केवल प्रेरणा और अनुनय-विनय का उपाय ही उचित समझता है।[1] मार्क्सवाद मनुष्य की प्रेरणा और तर्क की शक्ति को भी महत्व देता है और उसका जीवन में वही स्थान और अनुपात मानता है जो मनुष्य के शरीर में मस्तिष्क और बुद्धि का है। शरीर के शेष अंगों की भी वह उपेक्षा नहीं करता। मार-काट और युद्ध को मार्क्सवाद मनुष्य के जंगलीपन की अवस्था का चिन्ह मानता है और इस प्रकार की हिंसा और प्रतिहिंसा को वह न केवल व्यक्तियों के परस्पर व्यवहार से दूर कर देना चाहता है बल्कि सम्पूर्ण समाज और राष्ट्रों के परस्पर सम्बन्ध से भी दूर कर देना चाहता है दूसरी ओर यदि समाज को हानि पहुँचाने वाली शक्तियाँ अपने अधिकार और शस्त्रों की शक्ति के प्रयोग से समाज को हिंसा और शोषण की अवस्था में बाँधे रखने का यत्न करें तो मार्क्सवाद उनका भी विरोध सभी शक्तियों से करना उचित समझता है। मार्क्सवाद यह विश्वास नहीं करता कि मनुष्यों से परे किसी अलौकिक शक्ति पर समाज में न्याय की रक्षा और शोषितों की सहायता की जिम्मेदारी है। वह न्याय को कायम करने और शोषित को समाप्त करने की जिम्मेदारी समाज के दलित और शोषित लोगों पर ही समझता है।

---

१. सन् १९३८ में साम्प्रदायिक उपद्रवों के समय जब कांग्रेसी प्रान्तों की सरकारों ने पुलिस और सेना की शक्ति का प्रयोग किया तो इससे गाँधीजी को असन्तोष हुआ। उन्होंने कांग्रेसी सरकारों के इस व्यवहार की आलोचना करते हुए कहा था कि यह कांग्रेस के आदर्श की असफलता है। कांग्रेसी सरकारों को चाहिए कि वे केवल अहिंसात्मक प्रेरणा द्वारा ही साम्प्रदायिक दंगा करने वाले उपद्रवियों और गुण्डों को सीधे मार्ग पर लायें।

गाँधीवाद की विचारधारा का लक्ष्य अमर आध्यात्मिक शक्ति की उन्नति है। गाँधीवाद एक साम्प्रदायिक विश्वास है। वह मनुष्य का उद्देश्य इस संसार और इस जन्म को परलोक में प्राप्त होने वाली आध्यात्मिक पूर्णता का साधन समझता है। जीवन का उद्देश्य आत्मिक उन्नति और परलोक होने से दृष्टिकोण वैयक्तिक हो जाता है, क्योंकि आत्मा इस संसार की वस्तु नहीं, इस संसार से परे उस स्थान की वस्तु है, जहाँ न यह शरीर जायेगा न समाज। इसलिए आत्मवादी लोगों का दृष्टिकोण और लक्ष्य वैयक्तिक रहता है। गाँधीवाद व्यक्ति को समाज का अंग तो स्वीकार करता है परन्तु व्यक्ति की उन्नति का लक्ष्य और आदर्श आध्यात्मिक पूर्णता और भगवान से आदेश पाना[1] निश्चित करता है, जहाँ समाज की पहुँच नहीं।

गाँधीवाद जिस साम्यवाद[2] का समर्थन करता है, मार्क्सवाद की दृष्टि में वह साधनों की मालिक और शासक श्रेणी की दया और सद्‌गुणों पर निर्भर करता है परन्तु क्रियात्मक नहीं है। इसका उदाहरण हम रॉबर्ट ओवन और सेन्ट साइमन के 'सन्तों के साम्यवाद' के रूप में देख आये हैं। गाँधीवाद समाज में जो शान्ति, समता और व्यवस्था चाहता है उसे पूँजीवाद की रक्षा का प्रयत्न ही कहा जायेगा। पूँजीवाद की रक्षा के लिये यत्न करने वाली दूसरी विचारधाराओं—नाज़ीवाद, फ़ासिस्टवाद और अन्य पूँजीवादी प्रयत्नों में और गाँधीवाद में भेद यह है कि दूसरे सिद्धान्त पूँजीवाद को प्रकट रूप से शस्त्र-शक्ति और शासन-शक्ति द्वारा क़ायम रखना चाहते हैं, गाँधीवाद उसे जनता के धर्म, विश्वास और नैतिक धारणा का समर्थन देना चाहता है।

राजनैतिक क्षेत्र में गाँधीवाद की परख क्रियात्मकता की कसौटी पर बहुत शीघ्र हो गयी। इस वाद के आर्थिक और राजनैतिक सिद्धान्तों को भारत के अतिरिक्त किसी दूसरे देश ने नहीं अपनाया। भारत में भी राजनैतिक रूप से यह वाद केवल पूँजीवाद के हित की रक्षा करते हुए अंग्रेज सरकार से भारतीय पूँजीपति श्रेणी के लिये अवसर प्राप्त करने का कार्यक्रम था। अंग्रेजी सरकार के समय दूसरे राजनैतिक विरोधों की अपेक्षा इस वाद को अवसर और अधिक सफलता इसलिए मिली कि यह कार्यक्रम ब्रिटिश सरकार की साम्राज्यवादी व्यवस्था के प्रति विद्रोह नहीं बल्कि साझेदारी की माँग के रूप में था। भारत का शासन इस देश की राष्ट्रीय सरकार के हाथ में आते ही महात्मा गाँधी के नाम का विशेष जय-जयकार होते रहने पर भी, आर्थिक और राजनैतिक व्यवस्था के क्षेत्र में इस वाद के सिद्धान्तों की पूर्णतः समाप्ति हो गयी। घरेलू उद्योग-धन्धों और खद्दर के कार्यक्रम द्वारा महात्मा गाँधी की पुण्य स्मृति को नाम मात्र ही रखा गया है परन्तु सरकारी आर्थिक नीति उद्योग-धन्धों को केन्द्रित कर उन्हें विशाल परिमाण देने की है। विदेश से यथेष्ट मशीनरी पाने के लिये साम्राज्यवादी शक्तियों से सन्धियाँ आवश्यक हो रही हैं। राजनैतिक क्षेत्र में, आन्तरिक व्यवस्था और सीमान्त की समस्या पर भी भारत की राष्ट्रीय सरकार प्रेरणा द्वारा हृदय परिवर्तन की नीति पर नहीं, सेना की संख्या बढ़ाने और शस्त्र-शक्ति पर ही भरोसा करती है। देश में राजनैतिक क़ैदियों का हज़ारों की संख्या में बन्द रहना और

---

१. गाँधीजी ने अपने व्यवहार में सदा ही अपनी आत्मिक शक्ति को समाज के सामूहिक बल और संगठित शक्ति से अधिक ऊँचा स्थान दिया है। राजकोट के मामले और हिन्दू-मुस्लिम एकता के प्रश्न पर महात्माजी का उपवास करना इस बात का प्रमाण है।

२. समाजवाद और कम्यूनिज्म का साम्यवाद नहीं।

हैदराबाद तथा कश्मीर के दृष्टान्त महात्मा गाँधी की मृत्यु के एक वर्ष के भीतर ही प्रस्तुत हैं। आज भारतीय राजनीति में गाँधीवाद का वही रूप रह गया है जो ब्रिटेन के साम्राज्य विस्तार के इतिहास में ईसा के धर्म प्रचार का था।

प्रजातंत्रवाद (Democracy)

प्रजातंत्र का सबसे पहला आभास मनुष्य समाज की आदिम अवस्था के इतिहास में मिलता है। उस समय समाज या देश की सीमा बहुत परिमित होती थी। शासन का संगठन एक विस्तृत कुटुम्ब या बस्ती तक ही परिमित था। उस समय प्रजातंत्र शासन का अर्थ था कि कबीले या समाज के सब लोग एक स्थान पर बैठकर व्यवस्था के बारे में सलाह मशविरा कर आवश्यक निश्चय कर लें। समाज की उस अवस्था में एक कबीले या समाज के सब लोगों के अधिकार समान थे। उनके आर्थिक साधन सामूहिक सम्पत्ति थे इसलिए उनके हित, अधिकार और स्थिति भी समान थी। परन्तु पैदावार के साधनों और सम्पत्ति के विकास होने पर, वह साधन सामूहिक रूप से समाज की संपत्ति न रहने पर मनुष्यों में असमता आ गयी। आदिम अवस्था की समता के मिट जाने के साथ ही समाज का वह आदिम प्रजातंत्र (समान अवसर और अधिकार की अवस्था) भी मिट गया, क्योंकि जीवन का ढंग बदल गया था। आधुनिक इतिहास में पूँजीवादी प्रजातंत्र का बोलबाला हम उन्नीसवीं सदी के आरम्भ से देखते हैं जबकि व्यवसाय और व्यापार की उन्नति और कला-कौशल के विकास से समाज की पुरानी सामन्तशाही और राजसत्ता की सहायक श्रेणी साधनों की दृष्टि से व्यवसायी और उद्योगपति वर्ग की अपेक्षा निर्बल हो गयी। सामन्त सरदारों का अपनी रैयत पर निरंकुश शासन न तो व्यवसायियों को स्वतंत्रतापूर्वक व्यवसाय का अवसर देता था, न उनकी भूमि से बँधी रैय्यत को, जो सरदारों की गुलामी छोड़कर नये पैदा हुए उद्योग-व्यवसायों से अपना निर्वाह करना चाहती थी।

जीवन निर्वाह के साधनों में हो गये परिवर्तनों ने या औद्योगिक क्रान्ति ने समाज की उस पुरानी राजनैतिक व्यवस्था को तोड़ दिया जिसमें भूमि के स्वामी सरदार का ही शासन था। सरदारों के अधिकार की राजनैतिक व्यवस्था बदलने के लिये जो आवाज उठी, वह व्यक्तिगत स्वतंत्रता के आधार पर थी। मनुष्य मात्र को एक समान मानकर, शासन व्यवस्था में समान रूप से भाग लेने का अधिकार प्रजा के लिये माँगा गया। फ्रांस के क्रांतिकारी विचारक रूसो ने प्रजातंत्र की इस माँग का समर्थन सामाजिक समझौते के सिद्धान्त से किया जिसके अनुसार शासन की शक्ति किसी एक व्यक्ति का अधिकार नहीं हो सकती। इस सिद्धान्त के अनुसार शासन समाजहित के लिये, सामाजिक समझौते से कायम हुआ माना गया और उसमें प्रजा की अनुमति और राय होना जरूरी समझा गया। इस सिद्धान्त ने राजा या स्वामी के ईश्वरी न्याय से शासक होने के विश्वास को ठुकरा दिया।

हजारों वर्ष के विकास से गुजर कर उन्नीसवीं शताब्दी में शासन का संगठन इतना सीमित न था कि सम्पूर्ण समाज या देश की प्रजा एक स्थान पर एकत्र होकर सलाह-मशविरे और राय से अपनी व्यवस्था निश्चित कर लेती इसलिए प्रजा के प्रतिनिधियों द्वारा शासन की व्यवस्था की गयी। उस समय के विचारकों की राय में प्रतिनिधि शासन प्रणाली ही समाज की स्वतंत्रता का सबसे पूर्ण आदर्श थी। इस प्रतिनिधि शासन प्रणाली की

बुनियाद रखी गयी वैयक्तिक स्वतंत्रता के आधार पर। मार्क्सवाद की दृष्टि से वैयक्तिक स्वतंत्रता की इस माँग की जड़ आर्थिक कारणों में ही थी। वास्तव में वैयक्तिक स्वतंत्रता की यह माँग उस समय नये व्यवसायों और उद्योग-धन्धों के आरम्भ होने से सबल होती हुई, उस समय की मध्यम (व्यवसायों) श्रेणी—जिसने आज पूँजीपति श्रेणी का रूप धारण कर लिया है—की आर्थिक स्वतंत्रता और शासन के अधिकारों की माँग थी जिसे उस समय के सामन्तशाही बन्धन, विकास का अवसर नहीं दे रहे थे।

प्रतिनिधि-प्रजातंत्र शासन द्वारा मिलने वाली वैयक्तिक स्वतंत्रता ने आर्थिक क्षेत्र में व्यक्ति को जीविका कमाने के लिये स्वतंत्र कर दिया। व्यवसायी लोग स्वतंत्रतापूर्वक कारोबार चलाने लगे। प्रजा सामन्तों की रैय्यत होने के बंधनों से छूट, दस्तकारों में या व्यवसायियों के कारोबार में स्वतंत्रता से मेहनत मज़दूरी कर जीविका पाने लगी।

इसी समय मशीनों की उन्नति आरम्भ हुई। व्यवसायी श्रेणी मशीनों द्वारा पैदावार को बड़े परिमाण में पैदा कर मुनाफ़ा कमाने के लिये स्वतंत्र थी। प्रजा के उन लोगों ने जिनके हाथ में पैदावार के साधन न रहे थे, स्वतंत्रता से अपनी मेहनत की शक्ति बेचकर इन व्यवसायों में मज़दूरी कर ली। परिणाम में समाज में दो श्रेणियाँ बन गईं : पहली श्रेणी व्यवसायियों की थी, जो अपने कारोबार में मुनाफ़े से पूँजी एकत्र कर पैदावार के साधन अपने हाथ में करने लगी। दूसरी वह श्रेणी थी जिसके हाथ में जीवन निर्वाह के लिये पैदावार के साधन न थे। उनके पास जीवन निवाह का उपाय केवल अपने शरीर के परिश्रम को पूँजीपति व्यवसायियों के हाथ बेचना था।

मशीनों से बढ़ी पैदावार की शक्ति की होड़ में मामूली दस्तकारों का टिकना सम्भव न था। वे भी अपने औजार छोड़ मज़दूर बन गये। समाज स्पष्ट तौर पर दो श्रेणियों में बँट गया, एक श्रेणी हो गई पैदावार के साधनों की मालिक, जिसके कब्जे में मिलें, खानें और भूमि या उत्पत्ति के सभी साधन हैं और दूसरी वह श्रेणी जिसके पास पैदावार का कोई भी साधन नहीं। यह श्रेणी पूँजीपति श्रेणी द्वारा निश्चित की गयी व्यवस्था और परिस्थितियों में केवल अपना परिश्रम बेचकर ही पेट भर सकती है। ज्यों-त्यों पूँजीवाद बढ़ने लगा त्यों-त्यों कुछ व्यक्तियों के पास पूँजी बड़ी से बड़ी मात्रा में इकट्ठी होने लगी और उन लोगों की संख्या भी बढ़ने लगी जिनके पास कुछ न रहा। इसका परिणाम हुआ कि मज़दूरों-किसानों की एक बहुत बड़ी संख्या बेकार हो भूखी-नंगी फिरने लगी। कहने को वैयक्तिक स्वतंत्रता का सिद्धान्त आज भी है, सभी व्यक्तियों को आर्थिक, राजनैतिक स्वतंत्रता समान रूप से है, परन्तु साधनों की दृष्टि से उनमें जमीन-आसमान का अन्तर है।

पूँजीवादी प्रजातंत्र में समाज का ९५ प्रतिशत भाग जीवन निर्वाह के साधनों से रहित है और आर्थिक और राजनैतिक रूप से पूँजीपतियों के बस में। सिद्धान्त रूप से पूँजीपतियों, जमींदारों और किसानों-मज़दूरों के राजनैतिक अधिकार समान हैं। मार्क्सवाद की दृष्टि में ऐसे राजनैतिक अधिकारों का कोई मूल्य नहीं जिनके उपयोग के लिये अवसर न हो। अधिकार केवल साधन से होते हैं। जो साधनहीन है वह अधिकारहीन है। पूँजीवादी प्रजातंत्र साधनहीनों की स्वतंत्रता का अर्थ है, भूखे और नंगे रहकर मर जाने की स्वतंत्रता और पूँजीवादियों की स्वतंत्रता का अर्थ है, साधनहीन श्रेणी को अपने बन्धनों में जकड़ कर अपना स्वार्थ पूरा करने की स्वतंत्रता और अपनी शक्ति से इस प्रकार की राजनैतिक व्यवस्था कायम करने की स्वतंत्रता। जिसमें साधनहीन श्रेणी सब

प्रकार से शक्तिहीन होकर पूँजीपति श्रेणी के स्वार्थ को पूरा करती जाय। पूँजीवादी प्रजातंत्र राष्ट्रों—इंगलैण्ड, फ्रांस, अमेरिका आदि में इसी प्रकार की प्रजातंत्र व्यवस्था है।

पूँजीवादी राष्ट्रों के प्रजातंत्र की वास्तविकता का उदाहरण हम सबसे अच्छी तरह इंगलैण्ड में देख सकते हैं।

पिछले सौ वर्षों से इंगलैण्ड प्रजातंत्र का रक्षक होने का दम भरता आ रहा है और आज दिन भी वह प्रजातंत्र और वैयक्तिक स्वतंत्रता का गढ़ माना जाता है। इंगलैण्ड में प्रजातंत्र शासन की वास्तविकता को देख लेने से हम पूँजीवादी देशों को समझ सकेंगे और प्रजातंत्र शासन प्रणाली का रहस्य समझ में आ सकेगा।

इंगलैण्ड में शासन विधान बनाने का अधिकार है पार्लियामेन्ट के हाथ में, जिसे जनता की प्रतिनिधि सभा समझा जाता है। इस पार्लियामेन्ट के दो भाग या सभाएँ हैं। एक सभा को लार्ड सभा कहते हैं। इसमें केवल बड़े-बड़े जागीरदारों के वंशज लोग ही बैठ सकते हैं। दूसरी सभा में सर्वसाधारण प्रजा के प्रतिनिधि रहते हैं। पार्लियामेण्ट के निर्णय को इंगलैण्ड में कोई शक्ति रद्द नहीं कर सकती। पार्लियामेण्ट की साधारण सभा के प्रतिनिधियों के चुनाव में कानूनन इंगलैण्ड के सभी स्त्री-पुरुष, जिनकी आयु इक्कीस वर्ष से अधिक है, भाग ले सकते हैं और स्वयं भी चुनाव के लिये उम्मीदवार बन सकते हैं। चुनाव में राय देने के लिये प्रत्येक व्यक्ति को किसी स्थान पर कम से कम छः मास तक रह चुकने का सर्टिफिकेट पेश करना पड़ता है। यदि किसी व्यक्ति की सम्पत्ति दो या अधिक चुनाव क्षेत्रों में है तो वह उन सभी चुनाव क्षेत्रों से वोट दे सकता है, जहाँ उसकी सम्पत्ति है। इसके अतिरिक्त ग्रेजुएट (बी० ए० पास) लोगों को दो वोट देने का अधिकार रहता है।

इंगलैण्ड के प्रायः सभी निर्वाचन क्षेत्रों में सम्पत्तिहीन लोगों, किसान-मजदूरों की संख्या अमीरों से कहीं अधिक है। पिछली जनसंख्या के अनुसार इंगलैण्ड में सम्पत्तिहीनों की संख्या ९० प्रतिशत थी। सम्पत्तिशाली कहलाने वाले १० प्रतिशत लोगों में वे लोग भी शामिल हैं जिनके पास अपना छोटा सा खेत या छोटी सी दूकान है। दूसरों को मज़दूर या नौकर रखकर काम कराने वालों की संख्या वहाँ केवल ४० प्रतिशत है।

पार्लियामेण्ट के लिए वोट देने का अधिकार सभी मज़दूरों, किसानों और सम्पत्तिहीन लोगों को भी है यदि वे किसी स्थान पर छः मास रहने का सर्टिफिकेट पेश कर सकें। परन्तु पूँजीपतियों की मिलों में काम करने वाले और इन पूंजीपतियों द्वारा बसाई मजदूरों की बस्तियों में रहने वाले लोगों के लिये उनकी मिलों में मज़दूरी कर स्वतंत्र रूप से वोट देना कठिन काम है। वे ऐसा केवल उसी अवस्था में कर सकते हैं, जब उनके अपने स्वतंत्र संगठन हों; जो मज़दूरों की संगठित शक्ति से उन पर मालिकों के क्रोध से आने वाली मुसीबत का सामना करने के लिये तैयार हों।

इसके अलावा पार्लियामेण्ट का उम्मीदवार बनने के लिये या पार्लियामेण्ट में अपना उम्मीदवार भेजने के लिये कुछ साधनों की भी जरूरत पड़ती है। कोई भी व्यक्ति जो पार्लियामेण्ट की मेम्बरी का उम्मीदवार बनना चाहता है, उसे अपनी उम्मीदवारी के लिये आठ व्यक्तियों का समर्थन और जमानत के तौर पर १५० पाउन्ड सरकारी खजाने में जमा करा देना पड़ता है। यदि उम्मीदवार को एक खास संख्या से कम वोट मिलते हैं तो उसकी जमानत जब्त हो जाती है। भारत में भी प्रत्येक उम्मीदवार को एक जमानत जमा

करानी पड़ती है। चुनाव के लिये उम्मीदवार व्यक्ति को, क्या इंगलैण्ड में और क्या किसी दूसरे देश में, अपने चुनाव के लिये लोगों को समझाना और दौड़-धूप करनी पड़ती है। इंगलैण्ड में यह खर्च कम से कम पाँच सौ पाउण्ड हो जाता है। इंगलैण्ड में यदि कोई व्यक्ति पार्लियामेण्ट के चुनाव का उम्मीदवार बनना चाहता है तो उसे कम से कम एक हजार पाउण्ड का प्रबन्ध करना होता है। इतनी रकम कोई मज़दूर आयु भर की कमाई से भी इकट्ठा नहीं कर सकता परन्तु राजनैतिक क्षेत्र में कानूनन वह एक पूँजीपति के बराबर हैसियत रखता है, जो चाहे तो एक नहीं दस उम्मीदवारों को चुनाव के लिए खड़ा कर सकता है। ऐसी अवस्था में मज़दूरों के लिये स्वयं या मज़दूर सभाओं द्वारा भी सफलता से चुनाव लड़ना कठिन है।

इंगलैण्ड में एक औसत अच्छे मज़दूर की आमदनी वर्ष भर में ११७ पाउण्ड से अधिक नहीं होती। आमदनी पर कर देने वाले लोगों की संख्या, जिनकी वार्षिक आमदनी दो हजार पाउण्ड सालाना से अधिक है, इंगलैण्ड में एक लाख से अधिक नहीं। इंगलैण्ड में प्रतिनिधियों के चुनाव में भाग लेने की सहूलियत केवल इन्हीं लोगों को है। इंगलैण्ड की लगभग चार करोड़ जनसंख्या में पार्लियामेण्ट के चुनाव में सुविधा से भाग ले सकने वालों की संख्या प्रति हज़ार में केवल दो है। इसलिए हम इंगलैण्ड के पूँजीवादी प्रजातंत्र को प्रति हज़ार में केवल दो मनुष्यों का प्रजातंत्र कहेंगे।

देश के शासन की नीति का निश्चय प्रतिनिधि सभा के मेम्बर करते हैं। मेम्बर चुने जाते हैं नीति के प्रश्न पर। लोगों को यह नीति के समझाने के लिये प्रचार के साधनों की जरूरत रहती है। प्रचार का मुख्य साधन समाचार पत्र है। प्रजातंत्रवादी देशों में प्रेस की स्वतंत्रता मौलिक अधिकार माना जाता है। समाचार पत्र तो जो चाहे चला सकता है परन्तु पत्र निकालने के लिये लाखों रुपये की पूँजी चाहिए। इसलिए अधिकार सबको होने पर भी पत्र निकाल सकना केवल पूँजीवादियों के लिये ही सम्भव है। यदि साधनहीन लोग चन्दा जोड़कर अपना पत्र निकाल भी लेते हैं, तो वे जल्दी ही घाटे के भंवर में डूब जाते हैं। आजकल पत्र विज्ञापनों के बिना नहीं चल सकते। विज्ञापन देना बड़े-बड़े पूँजीपतियों के बस की बात है। यह लोग विज्ञापन उन्हीं पत्रों को देते हैं जो इनके हित और स्वार्थ की बात कहें। इंगलैण्ड का सम्पूर्ण प्रजातंत्र पैसे का खेल है। वे सभी काम जिनमें पैसे की आवश्यकता हो, उन लोगों के लिये असम्भव है जिनके हाथ में पैदावार के साधन नहीं। इंगलैण्ड के प्रजातंत्र की वैयक्तिक, राजनैतिक और आर्थिक स्वतंत्रता केवल उन लोगों के लिये है जो पैदावार के साधनों के मालिक होने के नाते समाज पर शासन कर रहे हैं। जिनके पास साधन नहीं, उनकी कोई आवाज नहीं; उन्हें कानूनन अधिकार तो हर एक बात का है परन्तु अवसर और साधन पाने की कोई आशा नहीं है। अवसर के बिना अधिकार का मूल्य ही क्या ?

पूँजीवादी प्रजातंत्र में चुनाव द्वारा शासन व्यवस्था साधनहीन श्रेणी के हाथ में चले जाने का कोई उदाहरण किसी भी देश में नहीं मिलता। इंगलैण्ड में इस समय जो मज़दूर सरकार है, वह केवल नाम को ही मज़दूर सरकार है। उसके सदस्य मज़दूर श्रेणी से नहीं हैं। और उनकी नीति भी यथा-सम्भव साम्राज्यवादी है। यह सरकार पूँजीपति श्रेणी के एक दल की है जिसने अपना नाम मज़दूर दल रखा हुआ है। साधनहीन श्रेणी में शासन अधिकार पाने लायक जागृति देखते ही पूँजीवादी व्यवस्था अपने हाथ में लिये हुए शासन

के अधिकार से उसे कुचल डालती है। चुनाव द्वारा शासन व्यवस्था का अधिकार अपने हाथ से जाने की सम्भावना देखते ही पूँजीवादी सरकारें देश में फैलती अशान्ति और अव्यवस्था का भय दिखाकर विशेष अधिकार हाथ में ले लेती हैं। इन विशेष अधिकारों का प्रयोजन होता है, साधनहीन श्रेणी की जागृति और संगठनों को समाप्त कर देना और आवश्यकता होने पर चुनावों को स्थगित करते जाना। पूँजीवादी प्रजातंत्र व्यवस्था अपने पतन की सम्भावना देखते ही फ़ासिज्म की व्यवस्था अपना लेती है परन्तु नाम उसका प्रजातंत्र ही रहता है।

यदि साधनहीन लोग जैसे-तैसे अपने प्रतिनिधियों को चुनवाकर पार्लियामेंण्ट या प्रतिनिधि सभा में अपना बहुमत कर लें और अपने हित के कानून पास करा लें तो परिणाम क्या होगा? सभी प्रजातंत्र देशों में सरकार के काम चलाने वाली नौकरशाही (civil service) पूँजीपति श्रेणी और पूँजीपति श्रेणी की सहायक मध्यम श्रेणी के लोग हैं। साधनहीनों द्वारा पास किये गये कानूनों को अमल में लाना इस नौकरशाही की कृपा पर ही निर्भर करेगा। इन लोगों से स्वभावतः आशा की जाती है कि यह लोग इन कानूनों का सफल बनाने के बजाय असफल बनाने की ही कोशिश करेंगे।

साधनहीनों द्वारा सरकार की शक्ति हाथ में ले लेने पर भी यदि समाज में व्यक्तिगत स्वतंत्रता का अर्थ पूँजीपतियों की आर्थिक स्वतंत्रता रहेगा तो इस सरकार का दिवाला पहले ही दिन निकल जायेगा। सरकार के काम करोड़ों के कर्ज़े पर चलते हैं। पूँजीवादी समाज में यह रुपया पूँजीपतियों की वैयक्तिक सम्पत्ति होता है। सरकार के कार्य में अपना हित और स्वार्थ पूरा होता न देख यह लोग अपना रुपया सरकारी खजानों से खींचने लगेंगे और सरकार बिना खजाने के रह जायेगी। इसके अलावा यातायात के सब साधन—रेलें, फौजी सामान के कारखाने और खानें इत्यादि भी पूँजीपतियों के नियंत्रण में होने से साधनहीनों की सरकार का चलना एक दम असम्भव हो जायेगा। सेनाओं पर भी आज दिन पूँजीपति श्रेणी के अफसरों का ही कब्जा है। ऐसी अवस्था में साधनहीन श्रेणी का शासन जनता के वोट के बल पर किसी प्रकार कायम हो जाने पर भी पूँजीवादी व्यवस्था के रहते सफल होना सम्भव नहीं।

पूँजीवादी प्रजातंत्र में साधनहीन श्रेणी की सरकार कायम हो जाने पर पूँजीवादी श्रेणी अपनी गुलामी में फँसे हुए मध्यम श्रेणी के अंग को लेकर—खास कर उन सिपाहियों के बल पर जो साधनहीन श्रेणी का अंग होते हुए भी अपना जीवन पूँजीपति श्रेणी की कृपा पर निर्भर समझते हैं—साधनहीन श्रेणी की सरकार के विरुद्ध सशस्त्र बलवा कर सकते हैं। यह बात कल्पना ही नहीं है; स्पेन में मज़दूर-किसानों का शासन कायम हो जाने पर वहाँ की ज़मींदार और पूँजीपति श्रेणी ने इसी प्रकार विद्रोह कर, जर्मन और इटैलियन पूँजीपतियों की तानाशाही के बल पर फिर से अपना शासन कायम कर लिया। रूस में भी समाजवादी शासन आरम्भ होने पर वहाँ की पूँजीपति और जमींदार श्रेणी ने समाजवादी शासन के प्रति सशस्त्र विद्रोह किया था। परन्तु वहाँ उनके सम्पत्तिहीन कर दिये जाने के कारण उनकी शक्ति इस लायक न रही कि वे समाजवादी सरकार का सामना सफलतापूर्वक कर सकते।

पूँजीवादी प्रजातंत्र राष्ट्रों में कायम विधान को जिसे वैयक्तिक आर्थिक और राजनैतिक स्वतंत्रता का नाम दिया जाता है, उसे मार्क्सवाद की दृष्टि से न तो जनता की वैयक्तिक

स्वतंत्रता की व्यवस्था कहा जा सकता है औरन प्रजा का शासन। इस प्रकार के प्रजातंत्र को पूँजीपतियों की तानाशाही के सिवा और कुछ नहीं कहा जा सकता, जिससे जीविका के साधनों से हीन साधनहीन श्रेणी सब अवसरों से वंचित रहती है। प्रजा के अधिकारों का तभी कुछ मूल्य हो सकता है, जब उन्हें सबसे पहले जीविका के साधनों पर अधकार हो। प्रजातंत्र में पूँजीपतियों की आर्थिक और राजनैतिक स्वतंत्रता का अर्थ जनता की परतंत्रता है। समाजवाद में दूसरे के अधिकार और अवसर छीन लेने की स्वतंत्रता—जैसी कि पूँजीवादी प्रजातंत्र शासन में पूँजीपतियों को है—अन्याय है।

मार्क्सवाद के सिद्धान्त के अनुसार वास्तविक प्रजातंत्र तभी स्थापित हो सकता है जब सम्पूर्ण प्रजा को उत्पत्ति के साधनों पर समान अधिकार हो। पैदावार के साधनों पर सब लोगों का समान अधिकार तभी हो सकता है जब पैदावार के साधन किसी एक व्यक्ति की सम्पत्ति न हों। उन पर सम्पूर्ण समाज का सामूहिक अधिकार हो। इस विचार से प्रजातंत्र शासन व्यवस्था यदि सम्भव है, तो केवल समाजवादी व्यवस्था में हो।

अराजवाद (अनार्किज्म)

अनार्किज्म का अर्थ प्रायः समाज में किसी प्रकार की व्यवस्था का न होना समझ लिया जाता है। परन्तु अनार्किस्टों या अराजवादियों का यह सिद्धान्त नहीं कि समाज में कोई व्यवस्था न हो। वे केवल शासन का बन्धन दूर कर देना चाहते हैं। अराज और अराजकता में भेद है।[1] अराज शब्द का अर्थ है, समाज में शासन का बंधन न होना और अराजकता का अर्थ है, गड़बड़ी हो जाना। अराजवादी समाज से शासन को इसलिए दूर नहीं करना चाहते कि अव्यवस्था और गड़बड़ी फैल जाये बल्कि इसलिए कि उनकी दृष्टि में शासन समाज में मौजूद अन्याय और विषमता को शक्ति के जोर से कायम रखता है। इस बात का दूसरे शब्दों में यों कहा जायेगा कि शासन का प्रयोजन समाज में असन्तोष को प्रकट न होने देना है। समाज में असंतोष के कारण मौजूद है। शासन उन कारणों—अर्थात् विषमता—को दूर करने का यत्न नहीं करता, न उसके लिये अवसर देता है, वह केवल शक्ति के प्रयोग से असंतोष प्रकट नहीं होने देता। असंतोष के प्रकट न होने से असंतुष्ट लोगों की शिकायत दूर नहीं हो सकती। समाज में एक बहुत बड़ी संख्या असंतुष्ट लोगों की है। शासन का उद्देश्य समाज के असंतुष्ट भागों पर नियंत्रण रखना है। नियंत्रण रखने की आवश्यकता उरी समय होती है जब असंतोष के कारण मौजूद हों। यदि असंतोष के कारण न हों तो नियंत्रण की भी जरूरत न रहे। अराजवादी लोगों का कहना है, समाज में असंतोष के कारण नहीं रहने चाहिए और नियंत्रण। मार्क्सवाद की दृष्टि में अराजवादियों का उद्देश्य गलत नहीं। मार्क्सवाद भी समाज से आर्थिक शोषण के आधार पर श्रेणियों का भेद मिटाकर असन्तोष के कारण और नियंत्रण दूर करना अपना उद्देश्य समझता है। परन्तु मार्क्सवाद अराजवाद से इस बात में सहमत नहीं कि समाज में मौजूद शासन को उखाड़ फेंकने से ही भविष्य में शोषण और असंतोष का अन्त हो जायेगा और नियंत्रण की आवश्यकता न रहेगी। मार्क्सवाद साधनहीन श्रेणी के शोषण पर कायम मौजूद शासन व्यवस्था को समाप्त कर देना चाहता है परन्तु इस व्यवस्था की जगह एक ऐसी व्यवस्था कायम करना चाहता है जो शोषण के लिये नई परिस्थितियाँ पैदा न होने

१. अंग्रेजी में अनार्की शब्द का अर्थ प्रायः गड़बड़ के अर्थ में लिया जाता है परन्तु मूल शब्द ग्रीक भाषा का है और उसका अर्थ बगावत नहीं, बल्कि बन्धन न होना है।

दे। यह नई व्यवस्था स्वयं मेहनत करने वालों की सरकार होगी जो किसी का शोषण न करेंगे और असंतोष का कोई कारण पैदा न होने देंगे।

ऐसी अवस्था में केवल उन्हीं लोगों को असंतोष हो सकता है जो शोषण करते आये हैं और करना चाहते हैं। ऐसे लोगों को संतुष्ट करने के लिये हज़ारों लाखों का बलिदान नहीं किया जा सकता। इन लोगों का संतोष केवल इनका दृष्टिकोण सुधारने से ही हो सकता है। समाज में पैदावार और बँटवारे को एक व्यवस्था द्वारा ऐसे ढंग में लाने की जरूरत है, जिससे सभी लोगों की आवश्यकता पूर्ण होकर सभी को संतोष हो सके। यह नयी व्यवस्था या साधनहीन श्रेणी की सरकार अपना नियंत्रण केवल व्यक्तियों पर न कर, पैदावार के ढंग और बँटवारे के ढंग पर ही करेगी। इस प्रकार असंतोष के कारण और नियंत्रण की आवश्यकता शनैः-शनैः मिटती जायेगी और नियंत्रण भी घटता जायेगा। जब सब काम और व्यवस्था प्रजा और जनता की इच्छा के अनुसार ही होंगे तो उसे नियंत्रण नहीं कहा जायेगा। नियंत्रण या शक्ति प्रयोग की आवश्यकता उसी समय होती है जब जनता को या समाज के बहुत बड़े भाग को उसकी इच्छा के विरुद्ध किसी अवस्था में रहने के लिये मजबूर किया जाय। मार्क्सवादी दृष्टिकोण से नियंत्रण और शक्ति प्रयोग के लिये सरकार का अन्त उसी समय हो जायेगा, जिस समय सरकार शोषण करने वाली श्रेणी के हाथ से निकल कर शोषित श्रेणी के हाथ में आ जायेगी। इसके बाद जो व्यवस्था कायम होगी वह दमन के सिद्धान्त पर नहीं, बल्कि जनता द्वारा अपने हित के खयाल से प्रबन्ध करने के लिये होगी। समाजवादी व्यवस्था में सरकार का यही प्रयोजन और अर्थ होगा। मार्क्सवाद के सिद्धान्त के अनुसार समाज को शासन और नियंत्रण से मुक्ति दिलाने का उपाय मौजूदा समाज में सरकार को उखाड़ फेंकने के लिये बग़ावत करना नहीं बल्कि शोषण की व्यवस्था का अन्त करना है। शोषण को कायम रखने के लिये ही सरकार का चौखट समाज पर कसा जाता है। यदि समाज में शोषण न रहेगा तो सरकार की जरूरत भी न रहेगी। केवल समाज हित के नियम और स्वतः व्यवस्था रह जायेगी।

विश्व क्रान्ति का सिद्धान्त

१९१७ की रूसी समाजवादी क्रांति में स्टालिन और ट्राट्स्की दोनों ने ही महत्वपूर्ण भाग लिया और वे लेनिन के मुख्य सहयोगियों में से थे। परन्तु रूस में समाजवाद स्थापित कर उसे सफल बनाने और समाज की अवस्था कम्यूनिज्म की स्थापना के योग्य बनाने के सम्बन्ध में उनके कार्यक्रम में भेद था।

मार्क्सवाद के अनुसार समाजवाद और कम्यूनिज्म का लक्ष्य संसारव्यापी समष्टिवादी समाज की स्थापना है। जिस समाज में पैदावार के साधनों पर व्यक्तिगत मिल्कियत न रहने से मुनाफ़ा कमाने का उद्देश्य और अवसर न रहे और पैदावार करने वालों में परस्पर होड़ भी न रहे, उस समाज में पैदावार के साधनों की मालिक और पैदावार के साधनों से हीन शोषक और शोषित श्रेणियाँ भी न रहेंगी। समाजवाद और समष्टिवाद का उद्देश्य केवल एक देश में ही इस प्रकार के श्रेणी और शोषणहीन समाज की स्थापना करना नहीं है। मार्क्सवाद न केवल सम्पूर्ण संसार में इस प्रकार की समाजवादी व्यवस्था कायम करना अपना उद्देश्य समझता है बल्कि उसका सिद्धान्त है कि पूर्ण और वास्तविक समाजवाद की स्थापना अकेले एक देश में सम्भव भी नहीं। पूँजीवाद एक श्रेणी के द्वारा दूसरी श्रेणी के निरन्तर शोषण की नींव पर कायम है और इस शोषण के क्षेत्र की कोई सीमा नहीं।

पूँजीपति श्रेणी अपने शोषण को केवल अपने देश में ही सीमित नहीं रखती बल्कि अन्य देशों में भी अपने व्यवसाय फैलाकर मुनाफ़ा कमाने का यत्न करती है। मुनाफ़ा कमाने के कार्य में संसार के भिन्न-भिन्न देशों के पूँजीपतियों में परस्पर सहयोग और संघर्ष भी चलता रहता है। पूँजीवाद आज एक अन्तर्राष्ट्रीय व्यवस्था है। यह व्यवस्था पूँजीवाद के विरोध का सामना अन्तर्राष्ट्रीय रूप से संगठित होकर कर रही है इसलिए पूँजीवादी व्यवस्था के शोषण से मुक्ति पाने के लिये शोषित श्रेणियों का आन्दोलन भी सभी राष्ट्रों में परस्पर सहयोग से ही चलना चाहिए।

समाजवाद और कम्यूनिज्म की स्थापना, साधनहीन और शोषित श्रेणी द्वारा शोषक श्रेणी पर विजय प्राप्त कर, शोषक श्रेणी का अस्तित्व मिटा देने से ही होती है। यदि किसी देश की शोषित श्रेणी केवल अपने ही देश की शोषक श्रेणी को मिटाकर सन्तोष कर लेती हैं तो दूसरे देशों की पूँजीपति श्रेणियाँ उस देश पर आक्रमण करेंगी। समाजवादी देश पर पूँजीपतियों का यह आक्रमण न केवल सस्ता व्यापारिक माल उस देश में भेजकर या कच्चा माल और दूसरे आवश्यक पदार्थ उस देश में भेजना बन्द कर उस देश के उद्योग-धन्धों को नष्ट करने के रूप में हो सकता है बल्कि सशस्त्र और सैनिक आक्रमण द्वारा भी हो सकता है। किसी एक देश में साधनहीन और शोषित श्रेणी की अपनी व्यवस्था कायम करने में सफलता दूसरे सभी देशों की शोषित और साधनहीन श्रेणियों को इस प्रकार की क्रान्ति के लिये उत्साहित करती रहती हैं और दूसरे देशों में पूँजीपति श्रेणी के लिये आपत्ति खड़ी कर सकती हैं। इसलिए पूँजीपतियों में परस्पर-विरोध और मुकाबिला जारी रहने पर भी वे परस्पर मिलकर शोषित और साधनहीन श्रेणी की शक्ति नष्ट करने का यत्न कर रहे हैं। इस विचार से मार्क्स और मार्क्सवाद को क्रियात्मक रूप देने वाले नेता लेनिन ने समाजवाद और कम्यूनिज्म को एक देश का आन्दोलन नहीं, बल्कि अन्तर्राष्ट्रीय आन्दोलन बताया है। इन दोनों का ही कहना है कि समाजवाद किसी एक देश में पूर्णता नहीं पा सकता। समाजवाद की पूर्ण सफलता के लिये उसका सभी राष्ट्रों में स्थापित होना जरूरी है। वास्तविक समाजवाद की स्थापना के लिये एक ही देश के किसान-मज़दूरों और साधनहीन लोगों की क्रान्ति पर्याप्त नहीं हो सकती है। उसके लिये साधनहीन शोषित श्रेणी की संसार-व्यापी क्रांति की आवश्यकता है।

लेनिन के पश्चात् रूस में समाजवादी व्यवस्था का नेतृत्व कम्यूनिस्ट दल ने स्टालिन को सौंपा। ट्राट्स्की भी मार्क्सवाद का बहुत बड़ा विद्वान और विशेषज्ञ समझा जाता था। रूस की क्रान्ति के पुराने नेताओं में से होने के कारण उसका प्रभाव भी कम न था। रूस में समाजवाद को सफल बनाने और समाजवाद के लिये विश्व-क्रान्ति करने की तैयारी के कार्यक्रम के बारे में ट्राट्स्की और दूसरे कम्यूनिस्टों में मतभेद हो गया। वह मतभेद यहाँ तक बढ़ा कि वह सिद्धान्तों का मतभेद बन गया। रूस की कम्यूनिस्ट पार्टी के बहुमत ने स्टालिन की नीति को अधिक युक्ति-संगत समझ, उसके अनुसार ही अपना कार्यक्रम निश्चित किया। रूस की समाजवादी व्यवस्था और रूस की कम्यूनिस्ट पार्टी के बहुमत के निर्णय को स्वीकार न करने के कारण ट्राट्स्की को निर्वासित कर दिया गया।

कुछ लोगों का विश्वास है कि ट्राट्स्की और स्टालिन का भेद केवल कार्यक्रम का ही भेद था, परन्तु कार्यक्रम की नींव में सिद्धान्त होते हैं। दोनों नेताओं का यह मतभेद लेनिन की मृत्यु के बाद १९२१ में ही प्रकट हो गया था। तब से अब तक रूस की शक्ति

अन्तर्राष्ट्रीय क्षेत्र में जिस प्रकार बढ़ी है, उसका सब श्रेय स्टालिन के पक्ष की नीति को ही गया। संसार-व्यापी क्रांति के सिद्धान्त को मान कर भी इस वास्तविकता की उपेक्षा नहीं की जा सकती कि ऐतिहासिक रूप से सभी देशों में एक ही समय एक सी परिस्थितियाँ नहीं हो सकती। यह आवश्यक नहीं कि जिस समय तक देश में साधनहीन श्रेणी जागृत हो और पूँजीवादी श्रेणी परास्त हो रही हो, ठीक उसी समय अन्य देशों में भी वही बात हो। दूसरे देशों में परिस्थिति उस समय ठीक उल्टा भी हो सकती है।

यदि किसी देश में क्रान्ति के योग्य परिपक्व परिस्थितियाँ नहीं हैं, उस देश की साधनहीन श्रेणी इस क्रान्ति के लिये तैयार नहीं तो रूस के उस देश में जाकर क्रान्ति करने की चेष्टा का अर्थ होता, एक समाजवादी देश का दूसरे देश पर आक्रमण जो मार्क्सवाद के सिद्धान्तों के विरुद्ध है। ऐसी अवस्था में पूँजीवादी देश की साधनहीन श्रेणियाँ, जिनमें अभी चेतना और संगठन नहीं हुआ है, समाजवादी रूस को अपना शत्रु समझ कर देशभक्ति के विश्वास से पूँजीवादियों के नेतृत्व में समाजवादी देश की साधनहीन श्रेणी से, जिन्होंने क्रान्ति द्वारा शक्ति प्राप्त कर ली है, युद्ध करने लग सकती हैं। साधनहीन श्रेणी का यों परस्पर लड़ मरना न केवल सफल क्रान्ति नहीं कर सकना था, बल्कि समाजवादी शक्ति को, जहाँ वह सफल हो सकी है वहाँ भी नष्ट कर देना होता। ऐसी अवस्था में उन पूँजीवादी देशों से, जहाँ शोषित श्रेणी अभी क्रान्ति के लिये तैयार नहीं, झगड़ा मोल न लेकर एक देश में समाजवाद की सफल होती हुई शक्ति के उदाहरण से और पूँजीवादी देश पर सीधे आक्रमण न कर उस देश की साधनहीन प्रजा को क्रान्ति के दूसरे उपायों के लिये तैयार करना ही पूँजीवादी देश की साधनहीन श्रेणी की वास्तविक सहायता होती। इसके अतिरिक्त स्वयं रूस में समाजवादी व्यवस्था की सफलता प्रमाणित किये बिना दूसरे देशों की साधनहीन श्रेणियों को राह दिखाने की कोशिश करना एक अच्छा मज़ाक हो जाता। रूस में समाजवाद की सफलता अन्तर्राष्ट्रीय समाजवादी क्रान्ति का सबसे बड़ा साधन प्रमाणित हुआ है। रूस की इस सफलता ने संसार को दिखा दिया कि समाजवाद कोरी कल्पना ही नहीं बल्कि यथार्थ सफल और सबल शक्ति है।

रूस में समाजवादी व्यवस्था कायम होने पर संसार की सभी बड़ी-बड़ी पूँजीवादी शक्तियों ने मिल कर आक्रमण द्वारा इस व्यवस्था को असफल करने की चेष्टा की थी। चार साल तक इन शक्तियों से लड़कर रूस ने बहुत भारी नुकसान बर्दाश्त करके भी अपनी व्यवस्था को कायम रखा। इस आक्रमण के कारण रूस की जनसंख्या बहुत घट गई और रूस की जनता को जीवन के लिये उपयोगी पदार्थों को पैदा करने के बजाय युद्ध की सामग्री पैदा करने और युद्ध लड़ने में ही लगे रहना पड़ा। इसका परिणाम हुआ कि रूस में भयंकर दुर्भिक्ष और बीमारियाँ फैल गयीं। चार वर्ष तक संकट झेलने के बाद यदि ट्राट्स्की की नीति पर ही रूस अमल करता तो फिर से दूसरे देशों पर आक्रमण कर रूस उसी अवस्था में अनेक वर्ष के लिये फँस जाता। संसार की पूँजीवादी शक्तियों के मुकाबिले में, जिन्हें किसी भी वस्तु की कमी न थी, रूस हार जाता और यह लोग रूस को आपस में बाँट कर, वहाँ अपने उपनिवेश बसा कर समाजवादी व्यवस्था की सफलता को अनेक वर्षों के लिये असम्भव कर देते।

समाजवाद को पहले एक देश में कायम कर लेने की नीति रूस में सफल हो जाने पर भी स्टालिन का कहना था कि मार्क्सवाद का सिद्धान्त संसारव्यापी क्रान्ति ही है और

समाजवाद का पूर्ण रूप उस समय तक किसी देश में भी सफल नहीं हो सकता जब तक वह सम्पूर्ण संसार में कायम न हो। रूस में साधनहीन श्रेणी के हाथ शक्ति आ जाने के बाद यदि रूस को अन्तर्राष्ट्रीय शत्रुओं का भय न होता तो वहाँ सर्वसाधारण जनता की अवस्था इससे कहीं अधिक अच्छी हो सकती थी जैसी कि आज है। रूस में समष्टिवाद की व्यवस्था—प्रत्येक अपने सामर्थ्य भर श्रम पैदावार के लिये करे और अपनी आवश्यकतानुसार पाये—बहुत शीघ्र लागू हो जाता। दूसरे महायुद्ध में रूस को आत्मरक्षा में और फ़ासिज्म को परास्त करने में अपनी शक्ति व्यय करनी पड़ी थी। वह शक्ति उत्पादन में लगाने से संसार का रूप ही बदल जाता।

संसार के पूँजीवादी देशों के विरोध के कारण रूस को भी युद्ध के लिये तैयार रहना पड़ता है। युद्ध की यह तैयारी भी ऐसी कि संसार भर के पूँजीवादी देशों की संयुक्त शक्ति के विरुद्ध आत्मरक्षा की तैयारी। इस तैयारी के लिये रूस को जो हज़ारों हवाई जहाज, टैंक बनाने पड़े और हज़ारों मील लम्बी किलाबन्दी करनी पड़ी और अपने लाखों जवानों को सिपाही सजाकर रखना पड़ा, उसमें जितनी शक्ति नष्ट हुई यदि वह शक्ति रूस अपनी प्रजा के औद्योगिक विकास के लिये कर सकता या विश्व-क्रान्ति के लिये इस्तेमाल कर सकता तो संसार की अवस्था कहीं अधिक उन्नत हो जाती। परन्तु आज युद्ध के लिये तैयार न रहने का अर्थ होगा कि पूँजीवादी किसी भी दिन उसे कुचल कर समाप्त कर दें और विश्व-क्रान्ति का हवाई महल गिरकर समाप्त हो जाये। मार्क्सवाद के विश्व-क्रान्ति के सिद्धान्त की सफलता के लिये पहले एक देश में समाजवादी क्रान्ति की सफलता होने की आवश्यकता आज विवादास्पद नहीं रही है।

मार्क्सवादी का आदर्श : अन्तर्राष्ट्रीय समष्टिवादी व्यवस्था

मार्क्सवादी विचारधारा का उद्देश्य संसार में एक अन्तर्राष्ट्रीय कम्यूनिस्ट व्यवस्था की स्थापना है। पूँजीवादी व्यवस्था समाज को उन्नति के मार्ग पर जहाँ तक ले जा सकती थी, ले जा चुकी है। अब उसमें अन्तर्विरोध पैदा हो जाने से इस व्यवस्था की गति अवनति और नाश की ओर हो रही है। मानव समाज की रक्षा के लिये इस अव्यवस्था को दूर करने का एक ही उपाय अन्तर्राष्ट्रीय कम्यूनिस्ट व्यवस्था है।

कम्यूनिस्ट व्यवस्था में जीवन की आवश्यकताएँ पूर्ण करने वाले पदार्थ पूँजीपतियों द्वारा मुनाफ़ा कमाने के लिये उत्पन्न न किये जायेंगे, दूसरे के परिश्रम का फल समेट लेने का अवसर किसी को न होगा, पूँजीपति लोग समाज की आवश्यकता का विचार न कर निजी मुनाफ़े के लिये किसी पदार्थ को बहुत अधिक और किसी को बहुत कम पैदा कर गड़बड़ न मचा सकेंगे, एक मनुष्य दूसरे का और एक श्रेणी दूसरी श्रेणी का शोषण न कर सकेगी। श्रेणियों में परस्पर-विद्रोह और विरोध न रहेगा, श्रेणियों और राष्ट्रों के आपस के विरोध से मनुष्यों का परिश्रम और अपार सम्पत्ति युद्ध में नष्ट न होकर समाज के कल्याण के लिये खर्च होगी।

पैदावार समाज की आवश्यकताओं का अनुमान कर इन्हें पूरा करने के लिये की जायेगी। उद्योग-धन्धों और कला-कौशल के विकास से पैदावार के साधनों की इतनी उन्नति की जायेगी कि शारीरिक परिश्रम लोगों की अरुचिकर और अप्रिय न मालूम हो। जीविका निर्वाह के लिये परिश्रम एक मुसीबत न होकर संतोषजनक हो। सभी लोगों की आवश्यकताएँ पूर्ण हों और परिस्थितियों, अवसर तथा अधिकार की असमानता न रहे।

बौद्धिक और शारीरिक काम में से एक सम्मानजनक और दूसरा असम्मानजनक न समझा जाय। उत्पादक परिश्रम के सहल बन जाने से स्त्री की शारीरिक निर्बलता की विवशता भी दूर हो कर उत्पादन कार्य में स्त्री-पुरुष की असमानता दूर हो सकेगी। समाज में मनुष्य द्वारा मनुष्य का और एक श्रेणी द्वारा दूसरी श्रेणी का शोषण न रहेगा। नगरों और गाँवों के हितों का विरोध भी न रहेगा। औद्योगिक पैदावार यथेष्ट बढ़ सकने के कारण नगरों का वैभव गाँवों की लूट पर न होगा। गाँव और नगर अपने-अपने साधनों से अपने जीवन को सुधारते जायेंगे।

इस अन्तर्राष्ट्रीय कम्यूनिस्ट व्यवस्था तक पहुँचने का उपाय वैज्ञानिक समाजवाद है। समाजवाद की अवस्था में साधनहीन शोषित श्रेणी, आर्थिक बन्धनों और पूँजीवादियों के स्वार्थ के लिये शोषण जारी रखने के लिये कायल की गई राजनैतिक व्यवस्था 'पूँजीपतियों की तानाशाही' दूर कर, मेहनत करने वाली श्रेणी के नेतृत्व में ऐसी सामाजिक व्यवस्था कायम कर लेगी जिसमें सभी व्यक्तियों को जीवन निर्वाह के साधनों के लिये योग्य बनाने का समान अवसर होगा और सभी लोग अपनी मेहनत का पूरा फल पा सकेंगे और समाज में शोषण का आधार, श्रेणियाँ और श्रेणियों के हितों में भेद न रहेगा।

ऐसी व्यवस्था कायम करने के लिये एक सही आर्थिक प्रणाली की जरूरत है। मौजूदा समाज की आर्थिक व्यवस्था में पैदा हो गई अड़चनों को दूर करने से यह प्रणाली तैयार होगी। इन अड़चनों के कारण समझने के लिये और इन्हें दूर करने का मार्क्सवादी उपाय जानने के लिये इतिहास का अध्ययन आर्थिक दृष्टिकोण से करना और अर्थशास्त्र को वैज्ञानिक आधार पर जाँचना जरूरी है।

●

मार्क्सवादी अर्थशास्त्र

समाज में श्रेणियाँ और उनके सम्बन्ध

आज समाज में प्रधानतः दो श्रेणियाँ हैं: एक वे लोग जो नगरों के सुन्दर और स्वस्थ भागों के अच्छे मकानों में रहते हैं, जिनके लिये जीवन की आवश्यक वस्तुयें और सुविधायें प्राप्त हैं। दूसरे वे लोग जो नगरों के गन्दे भागों और छोटे मकानों में चीथड़ों से लिपटे दिन बिताते हैं, जिनके चेहरों पर थकान के चिन्ह रहते हैं। पहली अवस्था के लोग सब प्रकार के उत्पादक साधनों के मालिक हैं। दूसरी अवस्था के लोगों के पास अपने शरीर से मेहनत करने की शक्ति के अलावा जीवन निर्वाह का और कोई उपाय नहीं। पहली अवस्था के लोगों को पैदावार के साधनों का मालिक, जमींदार या पूँजीपति कहा जाता है और दूसरी अवस्था के लोगों को साधनहीन, किसान या मजदूर।

मार्क्सवाद के विचार से समाज की आरम्भिक समष्टिवादी अवस्था के बाद से समाज का आर्थिक संगठन श्रेणियों के आधार पर रहा है। श्रेणियाँ प्रधानतः दो रही हैं: एक श्रेणी जिसे उत्पादन के लिये व्यवहार में लाया जाता था, दूसरी वह श्रेणी जो साधनहीन लोगों को अपनी इच्छा से उत्पादन के काम में लाती थी।

संसार के सभी पूँजीवादी देशों में यह दोनों श्रेणियाँ मौजूद हैं। पूँजीपति या भूमि के मालिक समाज की व्यवस्था चलाते हैं, उसका प्रबन्ध करते हैं। मजदूर-किसान लोग प्रबन्ध और व्यवस्था के अनुसार काम में लाये जाते हैं। किसान-मजदूरों के बिना जमींदार और पूँजीपति लोगों का काम नहीं चल सकता। इनके बड़े-बड़े व्यवसाय चलाने के लिये मेहनत करने वालों की एक बड़ी संख्या का होना जरूरी है, जो मेहनत करें और मालिक श्रेणी को अपना स्वार्थ पूरा करने का मौका दें। यह बात विचित्र जान पड़ती है कि मेहनत एक श्रेणी करे और लाभ दूसरी श्रेणी उठाये; या यह कहिये कि सम्पन्न श्रेणी के लोग जो कड़ी मेहनत नहीं करते, अपने भोग और उपयोग के लिये धन कहाँ से पा जाते हैं? यह रहस्य समझने के लिये हमें देखना चाहिये कि समाज में उपयोग के पदार्थ की पैदावार और बँटवारा कैसे होता।

सभी लोग जानते हैं कि अनाज, मकान, कपड़ा आदि उपयोगी वस्तुयें तैयार करने के लिये मनुष्य को अपने शरीर से परिश्रम करना पड़ता है। पृथ्वी को जोतकर या खानों को खोदकर परिश्रम से वस्तुयें तैयार होती हैं। प्रकृति और पृथ्वी में सब कुछ होते हुये भी मनुष्य के परिश्रम के बिना उपयोग के लिये कुछ भी प्राप्त नहीं हो सकता।

हम देखते हैं, पैदावार का काम व्यक्ति अकेला नहीं कर सकता। मिलों और कारखानों में जो बड़ी या छोटी वस्तुएँ तैयार होती हैं उन्हें तैयार करने में हजारों-लाखों आदमियों की मेहनत लगती है। लोहे के पृथ्वी से निकाले जाकर सुई बनने तक या जमीन को जोत कर कपास पैदा करने से लेकर उसका कुरता बन जाने तक कितने ही

आदमियों की मेहनत उसमें लगती है। यह तथ्य न केवल मिलों से तैयार होने वाले सामान की बावत है बल्कि हल, बैल से की जाने वाली खेती के सम्बन्ध में भी यही बात है। खेती के लिये हल तैयार करने के लिये जरूरी सामान और बढ़ई के हथियारों को बनाने के लिये भी समाज के बड़े भाग की मेहनत लगती है। इस प्रकार हम देखते हैं कि पदार्थों की पैदावार का काम हमारे समाज में सम्मिलित रूप से होता है।

पदार्थों को तैयार करने के लिये कुछ वस्तुओं और हथियारों की जरूरत रहती है। इन वस्तुओं के बिना पदार्थ तैयार नहीं किये जा सकते, यह ठीक है, परन्तु मनुष्य परिश्रम के बिना इन वस्तुओं से भी पदार्थ तैयार नहीं हो सकते। इन वस्तुओं या औजारों को भी मनुष्य के श्रम से ही तैयार किया जाता है। बाद में यह वस्तुयें और हथियार मनुष्य के श्रम में सहायक हो जाते हैं। पैदावार के साधन या हथियार (जो कि इस रूप में मनुष्य का पूर्व संचित श्रम ही है) और मनुष्य का परिश्रम मिलकर ही पदार्थों को पैदा कर सकते हैं। किसी मनुष्य या श्रेणी का समाज में क्या स्थान है, उसका दूसरे मनुष्यों या श्रेणियों से क्या नाता है, यह इस बात से निश्चय होता है कि पैदावार के साधनों से उस मनुष्य या श्रेणी का क्या सम्बन्ध है। उदाहरणतः कई सौ वर्ष पहले, जब अभी कल-कारखाने नहीं बन पाये थे, पदार्थों की पैदावार अधिकतर खेती से होती थी। उस अवस्था में भूमि का मालिक ही समाज का शासन करता था और भूमि की पैदावार का बंटवारा भी उसी की इच्छा अनुसार होता था। भूमि को जोत कर पैदावार करने वाले उसकी कृपा पर निर्भर रहते थे। आजकल पैदावार का बड़ा भाग कल-कारखानों में बनता है इसलिये कल-कारखानों के मालिक ही समाज के मालिक हैं और पैदा किये गये पदार्थ उन्हीं के निर्णय के अनुसार उनके मुनाफे के लिये समाज में बँटते हैं।

पैदावार के सिलसिले में जितने मनुष्य एक सी अवस्था में काम करते हैं, वे प्रायः एक ही से ढंग से रहते भी हैं और उनकी एक बिरादरी श्रेणी बन जाती है। पैदावार से इस श्रेणी का जिस प्रकार का सम्बन्ध होता है समाज में वैसी ही उसकी स्थिति रहती है। यदि यह श्रेणी पैदावार के साधनों की मालिक है तो इन साधनों के साथ काम में लगाई जाने वाली श्रेणी पर भी उसका शासन होगा। यह श्रेणी अपनी सम्पत्ति के साधनों और श्रम करने वाली श्रेणी द्वारा पैदा किये गये पदार्थों की मालिक होगी और इन पदार्थों को अपनी इच्छानुसार बाँट सकेगी। जो श्रेणी पैदावार के साधनो की मालिक नहीं, उसे अपने परिश्रम से पदार्थ तैयार करने के बाद पैदावार का केवल उतना भाग मिलेगा जितना कि साधनों की मालिक श्रेणी देना चाहेगी।

साधनों की मालिक श्रेणी सदा ही मेहनत करने वाली श्रेणी से मेहनत कराकर पैदावार का अधिक से अधिक भाग अपने पास रखने की कोशिश करती है अपने जीवन निर्वाह के लिये मेहनत करने वाली श्रेणी को भी पदार्थों की आवश्यकता होती है। इस प्रश्न पर इन दोनों श्रेणियों में तनातनी और संघर्ष चलता रहता है। यह तनातनी तथा संघर्ष ही श्रेणियों में बँटे मनुष्य समाज की आर्थिक व्यवस्था के परिवर्तनों और विकास की कहानी है। समाज की पैदावार के लिये मालिक श्रेणी और मेहनत करने वाली श्रेणी में यह संघर्ष स्वाभाविक है।

जब तक पैदावार के साधन छोटे-छोटे और मामूली थे, उनके कारण होने वाला श्रेणियों का भेद भी मामूली था। जब यह साधन बहुत उन्नत हो गये—जैसा कि पूँजीवादी

समाज में है—श्रेणियों के भेद ने बहुत उग्र रूप धारण कर लिया। पैदावार के काम से सम्बन्ध रखने वाली इन दोनों श्रेणियों के भेद बढ़ते-बढ़ते ऐसी अवस्था में पहुँच गये हैं कि श्रेणियों का यह भेद और परस्पर-विरोध पैदावार के मार्ग में अड़चन बनने लगे हैं। अर्थात् एक श्रेणी के पैदावार के साधनों और पैदावार की मालिक बनकर मुनाफ़े के रूप में पैदावार का बहुत बड़ा भाग हथिया लेने से दूसरी (मेहनत करने वाली) श्रेणी पैदावार का अपना भाग खर्च नहीं कर पाती। इस कारण मेहनत करने वाली श्रेणी का जीवन और समाज में आगे पैदावार का क्रम दोनों असम्भव हो गया है। मार्क्सवाद कहता है, ऐसी अवस्था में इन सम्बन्धों को बदलने की जरूरत है। समाज में श्रेणियों के सम्बन्धों का बदलना ही क्रान्ति है। मौजूदा पूँजीवादी समाज में क्रान्ति का अर्थ है कि साधनहीन श्रेणी इन सम्बन्धों को बदल दे और पैदावार की राह में आने वाली रुकावटों को दूर कर समाज के जीवन की राह साफ कर दे।

परन्तु वर्तमान समाज में पैदावार के साधनों की स्वामी श्रेणी यह परिवर्तन प्रसन्नता से स्वीकार नहीं करती। यह श्रेणी अपने स्वार्थ के लिये साधनहीन श्रेणी को उसी अवस्था में रखने का यत्न कर रही है जिस अवस्था में साधनहीन श्रेणी आज है परन्तु इस अवस्था में साधनहीन श्रेणी का जीवन प्रायः असम्भव हो गया है। इसलिये पैदावार के साधनों पर अधिकार के उद्देश्य से इन श्रेणियों में संघर्ष स्वाभाविक है।

पूँजीवादी श्रेणी और उसके सहायक अपने अधिकारों की रक्षा के लिये कहते हैं कि समाज की वर्तमान अवस्था बिलकुल स्वाभाविक और प्राकृतिक नियमों के अनुसार चालू है। यह नियम बदल देने से समाज का नाश हो जायेगा। मार्क्सवाद का सिद्धान्त है कि समाज के नियम और सिद्धान्त उसकी अवस्था और परिस्थिति के अनुसार बदलते रहे हैं और अब भी आवश्यकतानुसार बदल जाने चाहिये। इस सम्बन्ध में हम मार्क्सवाद के विचार पहले अध्यायों में स्पष्ट कर आये हैं।

पूँजीवाद का विकास

अब तक मनुष्य-समाज का लिखित इतिहास दर्शाता है कि भिन्न-भिन्न ढंगों से और अनेक तरह की अवस्थाओं में एक श्रेणी द्वारा दूसरी श्रेणी का शोषण होता रहा है। समाजवादी विचारों ने शोषण की इस व्यवस्था का विरोध कर एक नये युग का आरम्भ किया है। इस नये युग की विशेषता समाज से श्रेणियों का विभाजन मिटा देना और शोषण की परिस्थितियों और कारणों को समाप्त कर देना है। समाज में श्रेणियों का अन्त करने का यत्न करने के लिये यह समझ लेना भी जरूरी है कि समाज में श्रेणियाँ बनीं कैसे?

समाज में श्रेणियों का होना आवश्यक सिद्ध करने के लिये पूंजीवादी कहते हैं कि समाज सदा से श्रेणियों का समूह रहा है। समाज में पैदावार के काम को बाँटने से समाज श्रम के अनेक ढंगों से स्वयं ही श्रेणियों में बँट जायेगा। परन्तु समाज शास्त्र के अनुशीलन के लिये जब हम आज भी मौजूद आदिम अवस्था में रहने वाले मानव-समाज के जीवन को देखते हैं तो उन्हें श्रेणी रहित अवस्था में, कुटुम्ब के रूप में पाते हैं।

पारिवारिक या वैयक्तिक सम्पत्ति का कायदा चलने पर ही शोषण की सम्भावना पैदा हुई और शोषण का पहला शिकार था गुलाम। गुलाम प्रथा का आरम्भ होने पर समाज

मालिक और पैदावार के साधन व्यक्ति या गुलाम—दो श्रेणियों में बँट गया। इसके पश्चात् मध्य युग में जब सामन्तों और सरदारों के राज्य का जमाना आया, इन सरदारों की भूमि पर बसने वाली प्रजा (रैयत) को पैदावार का साधन बनाकर उनका शोषण होने लगा। इन्हें मालिक की इच्छा बिना न कोई काम करने की स्वतंत्रता थी और न उनकी जमीन छोड़ कर कहीं जाने की। इन्हें मालिक की भूमि जोत कर पैदावार करनी ही पड़ती थी (जैसा कि अभी तक हमारे देश में बेगार का रिवाज रहा है) और पैदावार का एक बड़ा भाग मालिक को देना ही पड़ता था। इसके पश्चात् उद्योग-धन्धों की उन्नति के जमाने में अपने परिश्रम की शक्ति को बेचने वाले मजदूर की बारी आई जिनके पास पैदावार के साधन नहीं, जो पेट के लिये पैदावार के साधनों के मालिक के हाथ अपने परिश्रम की शक्ति बेचता है और स्वयं भी पैदावार का साधन बन जाता है। मालिक उनके श्रम से अधिक से अधिक लाभ उठाकर और उनके परिश्रम का कम से कम मूल्य देकर उसे विदा कर देता है। मालिक पर मजदूर के जीवन की रक्षा की जिम्मेदारी भी (जैसा की अपने गुलाम के लिये थी) नहीं इसलिये यह मजदूर की शक्ति का शोषण खूब निर्दयतापूर्वक करता है। हम 'मार्क्सवाद का ऐतिहासिक आधार' प्रकरण में इस विषय पर विचार कर आये हैं कि औद्योगिक विकास से पूर्व शोषित श्रेणियों—गुलामों और रैयत का शोषण एक सीमा तक ही हो सकता था। उस समय एक मनुष्य की पैदावार की शक्ति बहुत सीमित थी और गुलाम और रैयत को जिन्दा रखने के लिये उन्हें आवश्यक पदार्थ देने की जिम्मेदारी भी मालिक पर थी क्योंकि इन लोगों के मर जाने से मालिक का अपना नुकसान था।

उस समय शोषण की सीमा दो बातों से निश्चित होती थी। पहली गुलाम की शारीरिक शक्ति से हो सकने वाली पैदावार की सीमा और दूसरी, उसके शारीरिक श्रम की शक्ति बनाये रखने के लिये जरूरी खर्च। इस प्रकार एक औसत मनुष्य द्वारा की जा सकने वाली पैदावार में से एक औसत मनुष्य के जीवन के लिये जो कम से कम खर्च जरूरी था, उसे निकाल देने पर जो बचता था वही भाग मालिक का मुनाफा था। परन्तु औद्योगिक विकास के बाद पूँजीवाद में मशीन द्वारा एक मनुष्य से कराये जाने वाली पैदावार का परिमाण कई गुणा बढ़ गया है। आज दिन पूँजीपति मालिक एक मनुष्य (मजदूर) से पैदावार तो कहीं अधिक करा सकता है परन्तु इस मजदूर के स्वतंत्र होने से उसके स्वास्थ्य और जीवन रक्षा की जिम्मेदारी मालिक पर नहीं। मालिक के लिये यह जरूरी नहीं कि मजदूर से काम लेने के बाद उसे या उसके परिवार का पेट भरने लायक मजदूरी जरूर दी जाय। मजदूर को यदि मालिक आधा पेट भोजन के पैसों पर काम करने के लिये मजबूर कर सकता है तो उसे आधा पेट भोजन के पैसे देकर ही अपना काम करा सकता है। मशीनों द्वारा कई-कई मजदूरों का काम एक आदमी के कर सकने के कारण मजदूरों की जरूरत कम संख्या में होने लगी है और मजदूर अधिक संख्या में हो गये हैं। बाजार में मजदूरी उसी मजदूर को मिलेगी जो कम से कम मजदूरी पर काम करने के लिये तैयार हों—या कहिए जो अधिक काम करके और कम मज़दूरी लेकर मालिक को अधिक मुनाफा दे सकेगा। इस प्रकार हम देखते हैं, आज दिन का पूँजीपति मालिक पुराने जमाने के शोषकों की अपेक्षा अपने साधनहीन शिकार से कहीं अधिक लाभ उठा रहा है।

विनिमय

जिस समय मनुष्य बिल्कुल आरम्भिक अवस्था में कुटुम्बों और कबीलों के रूप में रहता था, सब लोग मिल जुल कर कबीले के निर्वाह के लिये जरूरी पदार्थ पैदा करते थे। कुछ आदमी एक काम करते तो कुनबे के दूसरे आदमी दूसरा काम। यह एक प्रकार से कबीले के मनुष्यों में जरूरी परिश्रम को आपस में बाँट कर करने का ढंग था। पैदावार के लिये आवश्यक परिश्रम बाँट कर करने से ही विनिमय का आरम्भ होता है। एक व्यक्ति पैदावार के लिये एक प्रकार का श्रम करता है। ऐसा श्रम दूसरों को नहीं करना पड़ता। दूसरे व्यक्ति उसके लिये दूसरी पैदावार के लिये श्रम करते हैं अर्थात् प्रत्येक व्यक्ति अपने लिये किये गये परिश्रम का बदला चुकाता है और स्वयं किये श्रम का बदला पाता है। यदि वह किसी प्रकार का कोई एक पूरा पदार्थ तैयार पाता है तो स्वयं उसे उस पदार्थ की जितनी आवश्यकता है, उससे बहुत अधिक परिमाण में वह उस पदार्थ को तैयार कर लेता है, जिसे दूसरे लोग व्यवहार में लाते हैं। दूसरे लोगों द्वारा तैयार किये गये पदार्थों को वह विनिमय में पाकर अपने व्यवहार में लाता है।

आरम्भ में कबीले अपनी आवश्यकता से बचे पदार्थों का विनिमय दूसरे कबीलों से कर लेते थे। ऊपर कहा गया है कि विनिमय पदार्थों के रूप में भी होता है। विनिमय में किसी पदार्थ का मूल्य उसके लिये किये गये श्रम से ही निश्चित होता है। आरम्भ में आम उपयोग का कोई पदार्थ परिश्रम का माप समझ लिया गया। जिन कबीलों या देशों में पशु पालन का रिवाज चल गया था, वहाँ प्रायः पशुओं के मूल्य के आधार पर पदार्थों को ले दे कर विनिमय किया जाने लगा। आरम्भ में विनिमय केवल मौके की बात थी परन्तु अनेक देशों की सीमाओं पर रहने वाले कबीलों ने विनिमय में लाभ होता देख कर अपने देशों से समान ले लेकर दूसरे विनिमय करना शुरू किया। पहले पदार्थ केवल उपयोग के लिये तैयार किये जाते थे और विनिमय कभी-कभी हो जाता था। पदार्थ प्रधानतः विनिमय के लिये तैयार होने लगे। जब पदार्थ केवल निजी उपयोग और व्यवहार के लिये तैयार होते थे, उस समय उन्हें स्वाभाविक आवश्यकता के अनुसार पैदा किया जाता था। जब पदार्थ विनिमय के लिये पैदा किये जाने लगे उनके पैदा करने का उद्देश्य छूट उन्हें फिर से विनिमय में बेच कर लाभ उठाना हो गया। पैदावार उपयोगी पदार्थों के रूप में नहीं बल्कि सौदे के रूप में होने लगी। पदार्थ के लिये किये गये परिश्रम की नाप-तौल के लिये सिक्के या रुपये का व्यवहार चल जाने से विनिमय का काम आसान हो गया। धन के दो रूप हो गये : एक पदार्थ, दूसरा उसका मूल्य या रुपया।

मालिक लोग स्वयं तैयार कराये अपने पदार्थों को एक खास मात्रा तक ही उपयोग में ला सकते थे इसलिये धन जब तक पदार्थ के रूप में रहा, शोषण एक सीमा के भीतर रहता था। परन्तु जब शोषण मशीनों की पैदावार से रुपये के रूप में पूँजी बटोरने के लिये होने लगा, उसकी सीमा न रही। पूँजीपति केवल अपनी आवश्यकताओं को पूरा करने के लिये मुनाफा नहीं कमाते। वे मुनाफा कमा कर पूँजी इकट्ठी करते हैं। इसी पूँजी से आगे मुनाफा कमाते हैं। यह मुनाफा पूँजी बन जाता है और इस पूँजी के लिये मुनाफे की माँग होने लगती है। पूँजीपति के लिये अपनी पूँजी पर मुनाफा कमाने का अवसर न मिलना असह्य अन्याय जान पड़ता है। पूँजीवाद की विकसित अवस्था में मुनाफा कमाने या विनिमय का लक्ष निर्वाह की समस्या नहीं बल्कि मुनाफे के चक्कर को बढ़ाते जाना हो जाता है।

मुनाफा या लाभ

सौदे की पैदावार बिक्री के लिये की जाती है। सौदे में लगाने के लिये कुछ सामान खरीदना पड़ेगा। अपने श्रम से पैदावार करने वाले व्यक्ति अपनी मेहनत से इस सामान को सौदे का रूप देकर बाजार में बेचता है। सौदे के बिक्री के दाम में से खरीदे हुए सामान का दाम निकाल देने पर जो कुछ बचता है, वह सौदा तैयार करने वाले का लाभ या उसकी मेहनत का दाम है। इसी प्रकार जब पूँजीपति बड़े परिमाण में सौदा तैयार कराता है तब उसका मुनाफा भी काम पर लगाये मजदूरों की मेहनत से ही होता है। सौदे के मूल्य में से माल का मूल्य निकाल देने पर केवल सौदे पर खर्च की गई मेहनत का मूल्य ही बच जायेगा। यदि पूंजीपति मेहनत का भी पूरा-पूरा मूल्य मजदूर को दे दे तो मुनाफे की गुंजाइश नहीं रहती। पूँजीपति को मुनाफा तभी हो सकता है जब मेहनत करने वालों की मेहनत का पूरा मूल्य न दिया जाय। पूँजीपति के मुनाफे का आधार मेहनत करने वाले की मेहनत का पूरा मूल्य न देना ही है।

जब तक पैदावार के साधन ऐसे थे कि मेहनत करने वाले उन्हे हथियारों के रूप में अपने पास रखकर उनसे सौदा तैयार कर बाजार में बेच सकते थे, वे अपने परिश्रम का पूरा मूल्य पा सकते थे। परन्तु जब पैदावार के साधन कारखानों, मिलों के रूप में पूँजीपति के हाथ में चले गये और इन कारखानों में मेहनत करके पैदा करने वाले मजदूरों को अपनी पैदावार खुद बेचने का अधिकार न रहा, बल्कि उन्हें अपनी मेहनत ही बेचनी पड़ी, तब उनकी मेहनत का मूल्य निश्चय करना पूंजीपति के बस की बात हो गई। इस अवस्था में पूंजीपति मेहनत का मूल्य, मेहनत के लिए पाये गये मूल्य (मेहनत से तैयार पदार्थ को) से बहुत कम देगा।

मेहनत करने वाले के पास अपना पेट भरने के लिये अपनी मेहनत बेचने के सिवाय कोई चारा न रहा। पूंजीवाद के युग में मशीनों की उन्नति हो जाने के कारण बहुत मनुष्यों का काम मशीन की सहायता से थोड़े से मनुष्यों से कराया जा सकता है इसलिये मेहनत करने वाले बड़ी संख्या में बेकार पड़े रहते हैं। मेहनत करके पेट भरने के मौके के लिये इनमें होड़ चलती है। वे एक-दूसरे से कम दाम में अपनी मेहनत बेचकर किसी तरह पेट भरने का मौका पाना चाहते हैं। पूँजीपति इस परिस्थिति से लाभ उठाकर कम से कम मजदूरी लेना स्वीकार करने वाले मजदूर या नौकर को काम पर लगाता है और उस मजदूर से अधिक से अधिक काम या पैदावार कराकर अपने लिये अधिक से अधिक मुनाफा कमाने की कोशिश करता है।

सौदे का दाम

मनुष्य के उपयोग में अनेक पदार्थ आते हैं परन्तु सभी वस्तुओं का दाम बाजार में नहीं पड़ता, उदाहरणतः जल, वायु आदि। मनुष्य के श्रम द्वारा उत्पन्न कुछ पदार्थ केवल उपयोग के लिये होते हैं और कुछ सौदे के रूप में बिक्री के लिये। दाम उन्हीं वस्तुओं का पड़ता है जो बाजार में सौदे के रूप में आती हैं। समाज में पैदावार की पूंजीवादी प्रणाली जारी होने से पहले यह आवश्यक होता है कि पैदावार सौदे के रूप में होने लगे।[1]

---

१. सौदा शब्द का व्यवहार commodity शब्द के अर्थ में है।

मनुष्य परिश्रम द्वारा जो पदार्थ उत्पन्न करता है, वे उसकी किसी न किसी आवश्यकता को पूर्ण करने के लिये ही होते हैं। जिस पदार्थ से मनुष्य की कोई भी आवश्यकता पूर्ण न हो सके, उसे तैयार करने में व्यर्थ परिश्रम न किया जायेगा। कुछ पदार्थ ऐसे भी हैं जिन्हें तैयार करने के लिये मनुष्य परिश्रम नहीं करना परन्तु उनमें मनुष्य की आवश्यकता पूर्ण करने का गुण रहता है, उदाहरणतः जल, वायु और जंगली फल आदि। जो पदार्थ मनुष्य की आवश्यकता पूर्ण कर सकते हैं, उन्हें उपयोगी पदार्थ कहते हैं पदार्थों के इस गुण को उपयोगिता (use value) कहते हैं। जिन पदार्थों को मनुष्य अपने उपयोग के लिये पैदा करता है उन्हें व्यवहारिक पदार्थ कहते हैं और जिन पदार्थों को मनुष्य केवल विनिमय के लिये पैदा करता है उन्हें सौदा कहते हैं। सौदे का एक गुण है कि वह दूसरे पदार्थों के परिवर्तन में लिया दिया जा सकता है, या उसका विनिमय हो सकता है। जिन दो पदार्थों का आपस में विनिमय हो सकता है, वे दोनों ही सौदा कहलायेंगे और उन दोनों में ही उपयोगिता का गुण होगा। दो सौदों का विनिमय आपस में तभी हो सकता है जब दोनों में समान उपयोगिता हो या उन दोनों सौदों का दाम समान हो।

पूँजीवादी समाज में पदार्थों की उत्पत्ति प्रायः सौदे के रूप में ही होती है या उन्हें विनिमय के लिये ही पैदा किया जाता है। सौदा पैदा करने वाले व्यक्ति के लिये उसके सौदे का मूल्य अपने लिये व्यवहार की दृष्टि से कुछ नहीं, क्योंकि उसने उसे व्यवहार में लाने के लिये पैदा नहीं किया। खरीदने वालों की दृष्टि में पदार्थ या सौदे का मूल्य उपयोग की दृष्टि से है परन्तु तैयार करने वाले के लिये सौदे का मूल्य विनिमय की दृष्टि से है; अर्थात् वह अपने सौदे के विनिमय में दूसरा कोई सौदा कितना प्राप्त कर सकता है या रुपये के रूप में वह क्या मूल्य पा सकता है।

हम ऊपर कह आये हैं कि कुछ पदार्थ ऐसे हैं जो अत्यन्त उपयोगी हैं परन्तु बाजार में उनका दाम नहीं पड़ता। कुछ पदार्थों का मूल्य या दाम कम होता है और कुछ का अधिक। उपयोगिता की दृष्टि से वस्तुओं के व्यवहारिक मूल्य में और उनके बाजारू मूल्य या दाम में भी भेद रहता है। उपयोगिता की दृष्टि से वस्तुओं के मूल्य का दर्जा उनकी आवश्यकता के अनुसार जाँचा जा सकता है। जो पदार्थ जीवन के लिये जितना आवश्यक होगा, उपयोगिता की दृष्टि से उसका मूल्य उतना ही अधिक होगा परन्तु बाजार मूल्य या दाम की दृष्टि से यह बात नहीं है। विशेष परिस्थितियों में जीवन के लिये एक गिलास पानी का मूल्य सोने की ईंट से अधिक हो सकता है परन्तु बाजार में पानी के गिलास का मूल्य प्रायः कुछ नहीं होता। सुविधा के लिये हम उपयोगिता की दृष्टि से पदार्थों के मूल्य को केवल मूल्य या उपयोगिता कहेंगे और बाजार मूल्य को दाम।[१] दाम का अर्थ किसी सौदे का विनिमय मूल्य है।

दाम का आधार श्रम है

बाजार में विनिमय के लिये जितना सौदा आता है, वह एक-दूसरे के विनिमय में लिया दिया जाता है। सभी सौंदों का दाम होता है। हम बाजार में गेहूँ देकर सोना, सोना देकर चमड़ा, चमड़ा देकर कपड़ा ले सकते हैं। यह विनिमय रुपये की मारफत अधिक

---

१. मूल्य = use value. दाम = exchange value. Price is the money of exchange value.

सुविधा से हो सकता है क्योंकि सौदे के दाम का अन्दाजा सिक्कों के रूप में लगाकर उसका परस्पर विनिमय सुविधा हो सकता है। जितने पदार्थ आपस में एक-दूसरे के विनिमय में लिये दिये जा सकते हैं उनमें किसी न किसी गुण का एक समान रूप से होना आवश्यक है। सभी सौदे उपयोगी होते हैं, यह गुण उनमें समान रूप से होता है परन्तु उपयोगिता के आधार पर उनका दाम निश्चित नहीं होता, यह हम देख चुके हैं। सभी सौदों में दूसरा समान गुण यह है कि वे मनुष्य के परिश्रम का परिणाम है।

मनुष्य के परिश्रम का परिणाम होने के कारण ही सौदे का दाम होता है और किस सौदे में मनुष्य का कितना श्रम खर्च हुआ है, इसी विचार से उनका दाम कम या अधिक निश्चित होता है। किसी काम में कितना श्रम लगा है, इस बात का निश्चय श्रम के समय से होता है। एक काम के करने में अधिक समय लगता है तो उसका दाम अधिक होगा, यदि कम समय लगता है तो कम दाम होगा। किसी सौदे का दाम अधिक है या कम, वह महंगा है या सस्ता; इस बात का अनुमान तभी हो सकता है जब उसे दूसरे सौदे के मुकाबिले में देखा जायेगा। यदि रेशम के थान की कीमत अधिक है और रुई के थान की कम तो इसका अर्थ होगा कि रेशम का थान बनाकर बाजार तक लाने में अधिक परिश्रम करना पड़ा है और रुई का थान बनाकर लाने में कम। प्रतिदिन के व्यवहार में हम सौदे का मूल्य सिक्कों के हिसाब से जाँचते हैं। सिक्का या रुपया सौदे का दाम आँकने का साधन है और वह खास-खास परिस्थितियों में कुछ निश्चित समय तक किये गये श्रम को प्रकट करता है। यदि एक थान की कीमत पाँच रुपये है और एक मेज की कीमत भी पाँच रुपया है, तो इसका अर्थ है कि दोनों सौदों को तैयार करने में समान समय तक परिश्रम करना पड़ा है। जितनी भी चीजें पाँच रुपये दाम में मिल सकेंगी वे सब उतने ही श्रम से तैयार हुई होंगी या हो सकती होंगी। जो कोई आदमी उतना परिश्रम करेगा, जितने में ऐसी कोई चीज बन सके। जिसकी लागत सामान[१] के दाम काट कर उसे पाँच रुपये उस मेहनत के मिल जायें। इस प्रकार हम देखते हैं कि दाम परिश्रम का ही होता है।

परिश्रम की शक्ति और परिश्रम का रूप
(Abstract labour and concrete labour)

परिश्रम कई प्रकार का होता है। जितने भी अलग तरह के सौदे हम बाजार में देखते हैं वे सब अलग-अलग तरह के परिश्रम का परिणाम हैं। उगाने के लिये एक तरह का परिश्रम करना पड़ता है, बन्दूक बनाने के लिये दूसरे तरह का, किताब बनाने के लिये और ढंग का। यह सौदे अलग प्रकार के परिश्रमों से बनते हैं और अलग-अलग तरह की आवश्यकताओं को पूरा करते हैं परन्तु इन सभी सौदों में एक वस्तु, मनुष्य की श्रमशक्ति (या परिश्रम) समान है। किसी भी प्रकार के सौदे को तैयार किया जाय मनुष्य की शक्ति उसमें खर्च होगी, मनुष्य को उसके लिये परिश्रम करना ही पड़ेगा। हम कह सकते हैं, सभी पदार्थों या सभी प्रकार के सौदों में मनुष्य का परिश्रम खर्च होता है परन्तु उस परिश्रम का रूप भिन्न-भिन्न प्रकार का होता है। परिश्रम का एक रूप सौदे के रूप में और इस सौदे से जो आवश्यकता पूर्ण होती है उसके रूप में प्रकट होता है।

---

१. एक पदार्थ एक व्यक्ति के लिये लागत सामान है परन्तु दूसरे के लिये सौदा हो सकता है।

परिश्रम का दूसरा रूप सौदे के दाम में प्रकट होता है। पाँच रुपये कीमत का जूता तैयार करने में जो खास तरह का परिश्रम किया गया है, उसका एक प्रकट रूप जूता है और इसके लिये खर्च की गई शक्ति का परिणाम पाँच रुपये कीमत है। दूसरी तरह के परिश्रम का रूप होगा कपड़ा परन्तु इस परिश्रम में खर्च की गई शक्ति का दाम भी कुछ न कुछ रुपया होगा। इस प्रकार परिश्रम के जितने भी रूप (सौदे) होंगे उनके दाम उन्हें तैयार करने के लिये व्यय हुए परिश्रम के आधार पर होंगे। इस प्रकार सौदा तैयार करने के लिये जो परिश्रम किया जाता है, उसके आधार पर बाजार में सौदे का दाम निश्चित हो जाता है।

परिश्रम के रूप सौदे और परिश्रम की शक्ति का भेद केवल विनिमय के लिये सौदा तैयार करने में प्रकट होता है। व्यवहार के लिये पदार्थ तैयार करने में जो परिश्रम लगता है, उसमें यह भेद प्रकट नहीं होता; क्योंकि व्यवहार के लिये उसका मूल्य होने पर भी उसका कोई दाम नहीं पड़ता। वह केवल उपयोग में ही आता है। इसे हम यह भी कह सकते हैं, अगर पदार्थों को केवल उपयोग के लिये ही तैयार किया जाय तो उनका दाम आँकने की आवश्यकता न होगी।

रुपया का सिक्का

सिक्के या रुपया का उपयोग सौदे का विनिमय करने के लिये होता है। सौदा रुपये के हिसाब से खरीदा और बेचा जाता है। रुपया सौदे के मूल्य या उपयोगिता को दाम के रूप में प्रकट करता है। सौदे का विनिमय कर सकने से पहले उसका दाम रुपये के रूप में निश्चित होना जरूरी होता है।

यह हम कह चुके हैं कि सौदे को तैयार करने के लिये जितने समय तक परिश्रम किया जाता है उसी के हिसाब से उसका दाम होता है। परन्तु सौदे का दाम प्रकट करने के लिये यह कहना कि अमुक सौदा बारह घण्टे मेहनत का है या चौबीस घंटे मेहनत का, असुविधाजनक होगा। किसी एक सौदे का दाम दूसरे सौदे के रूप में प्रकट करना भी आसान नहीं। उदाहरणतः यह कहना कि गेहूँ की बोरी का दाम दो बकरियां है, जूते के जोड़े का दाम मेज के बराबर है, एक झंझट है। विनिमय को आसान बनाने के लिये एक ऐसी वस्तु का विकास हुआ जो अपने रूप में सभी सौदों का दाम, उन पर किये गये परिश्रम के हिसाब से प्रकट कर दे, यही वस्तु सिक्का या रुपया है।

दूसरे सौदों का दाम प्रकट कर सकने के लिये यह आवश्यक है कि रुपये या सिक्के का अपना भी दाम हो। अर्थात् उसे प्राप्त करने के लिए भी खास समय तक परिश्रम करना पड़े। तभी वह दूसरे सौदे के बदले में लिया-दिया जा सकेगा। यदि रुपये का अपना दाम न हो तो उससे दूसरे पदार्थों के दाम का अनुमान भी नहीं लगाया जा सकता। जिस वस्तु का अपना कोई वजन न हो, उस वस्तु से दूसरी वस्तुओं को तौला नहीं जा सकता। इसी तरह रुपये का अपना दाम होना भी आवश्यक है, तभी वह दूसरे सौदे के दाम को प्रकट कर सकेगा।

सौदे का दाम रुपये के रूप में निश्चित करने के लिये रुपया जेब में होना आवश्यक नहीं। हम जेब में एक पैसा न होने पर भी लाखों-करोड़ों रुपये के दाम के सौदे का अन्दाज और हिसाब कर सकते हैं। इस प्रकार रुपया एक माध्यम या जरिया है जो सौदे के दाम आँकने का साधन है। भिन्न-भिन्न सौदों को एक-दूसरे के मुकाबिले में रख कर

उनके दाम का अनुमान करना कठिन होता है। इसलिये सुविधा के विचार से सभी सौदों का दाम रुपये के रूप में आँक लिया जाता है और सौदे के रूप में अदले-बदले जा सकते हैं। किसी सौदें के बदले रुपया ले लेने पर इस बात का भरोसा रहता है कि उस रुपये से कोई भी सौदा आवश्यकता होने पर ले लिया जा सकता है। रुपये को हम सभी सौदों या पदार्थों का प्रतिनिधि समझ सकते हैं। क्योंकि रूपया पास होने पर (खास परिस्थितियों को छोड़कर) कोई भी सौदा सुगमता से प्राप्त किया जा सकता है। इस प्रकार सिक्का या रुपया धन संचय करने का बहुत ही अच्छा साधन है। अनेक सौदों को गोदाम न भर कर केवल रुपया इकट्ठा कर लेने से सभी सौदों को प्राप्त करने की शक्ति इकट्ठी की जा सकती है। हो सकता है सौदे या पदार्थ के रूप में इकट्ठा किया हुआ धन कुछ समय बाद उपयोग के योग्य न रहे परन्तु रुपया सदा ही उपयोग के योग्य बना रह सकता है।

रुपये के इस गुण के कारण व्यवसाय और व्यापार में बहुत सुगमता हो जाती है। यदि धन को सौदे के रूप में इकट्ठा करना पड़े तो बहुत कम धन इकट्ठा किया जा सकेगा। रुपये के रूप में धन बड़ी से बड़ी तादाद में भी इकट्ठा किया जा सकता है और उसे दूसरे व्यवसायों में लगा कर और अधिक मुनाफा कमाने का काम शुरू किया जा सकता है। इस प्रकार जहाँ रुपया समाज में विनिमय का मार्ग आसान कर पैदावार बढ़ाने का काम करता है, वहाँ रुपया मुनाफा कमाना और मुनाफ़ा जमा करना आसान बना कर पूँजीवाद की गति को खूब तेज कर देता है। यदि कोई व्यवसायी या पूँजीपति अपने तैयार किये सौदे के रूप में धन संचय करता है तो अपने सौदे द्वारा पैदावार के काम को आगे चलाना उतना आसान नहीं, क्योंकि पैदावार के काम को जारी करने के लिये कितने ही प्रकार के सौदों को उपयोग में लाने की जरूरत पड़ती है जिन्हें अपने सौदे से बदल कर प्राप्त करना झंझट का काम है। दूसरी ओर रुपया बहुत आसानी से जमा किया जा सकता है और सभी प्रकार के काम को किसी भी रूप में जारी कर दे सकता है।

पूँजीवादी प्रणाली में पैदावार के काम में उधार या कर्ज का भी बहुत बड़ा स्थान है। सौदे या पदार्थ के रूप में कर्ज लेना और अदा करना बहुत कठिन और उलझन का काम होगा। रुपये के रूप में यह सब काम बहुत सुविधा से हो सकते हैं। सिक्के या रुपये के अभाव में पैदावार की पूँजीवादी प्रणाली चल ही नहीं सकती। सौदे पर मुनाफ़ा यदि पदार्थों के रूप में ही लिया जाय तो उसका उपयोग या संचय केवल एक सीमा तक ही हो सकेगा और उस हद से आगे मेहनत करने वालों का शोषण न किया जा सकेगा। परन्तु रुपये के रूप में मेहनत करने वालों की मेहनत का भाग (मुनाफ़ा) चाहे जितनी मात्रा में इकट्ठा कर लिया जा सकता है और उसे आगे अधिक मुनाफ़ा कमाने के काम में लगा दिया जा सकता है।

रुपया सभी साधनों को खरीद सकता है, इसलिये वह स्वयं पैदावार की बहुत बड़ी शक्ति है। जिसके पास रुपया है, वह पैदावार के साधनों का मालिक है। पूँजीवादी युग के आरम्भ में जिस प्रकार रुपये ने पैदावार का परिमाण और गति बढ़ाने में सहायता दी, उसी प्रकार वह आज कुछ एक पूँजीपतियों के हाथ में ही पैदावार के सब साधनों को जमा कर, शेष समाज को अपने श्रम से की हुई पैदावार खरीद सकने के भी अयोग्य बना रहा है। रुपये ने जिस प्रकार पूँजीवादी प्रणाली के विकास में सहायता दी, उसी प्रकार

आज वह पूँजीवाद की गति तेज कर उसे अन्तिम सीमा पर पहुँचा कर उसके भीतर अड़चनें पैदा कर रहा है।

आवश्यक सामाजिक श्रम
(socially necessary labour)

सौदा या पदार्थ तैयार करने में खर्च हुये परिश्रम का हिसाब समय से लगाया जाता है। सौदा तैयार करने में जितना समय परिश्रम किया जायेगा उतना ही उस सौदे का दाम होगा। इस हिसाब से सुस्त और अयोग्य मनुष्य द्वारा तैयार किये गये सौदे का दाम अधिक और योग्य व्यक्ति द्वारा तैयार किये गये सौदे का दाम कम होना चाहिये, परन्तु बात ऐसी नहीं।

कोई सौदा तैयार करने में कितना समय दरकार है, इसका हिसाब किसी एक व्यक्ति की योग्यता या काहिली से नहीं बल्कि समाज में काम करने वाले औसत लोगों की सामर्थ्य से किया जाता है। यदि कपड़े की एक थान की बुनाई समाज में कपड़ा बुनने वालों की औसत योग्यता के अनुसार दस दिन होनी चाहिये और समाज में इतने परिश्रम का दाम पाँच रुपया पड़ता है तो एक थान की बुनाई का दाम पाँच ही रुपया होगा चाहे उसे अधिक योग्य जुलाहा आठ दिन में बुन डाले और कोई सुस्त जुलाहा उसे बुनने में चौदह दिन लगा दे।

जब समाज किसी कारोबार में मशीन का व्यवहार करने लगता है, तो उस कारोबार में सौदे की पैदावार के लिये कम समय लगने लगता है। उदाहरणतः कपड़ा बुनने के लिये करघे की जगह जब मशीन का व्यवहार होने लगता है और थान की बुनाई, मशीन द्वारा दस दिन के बजाय, अढ़ाई दिन में होने लगती है, तो समाज में एक थान की बुनाई सवा रुपया ही मिलेगी चाहे हाथ से बुनाई करने वाला जुलाहा उसे दस ही दिन में क्यों न बुन कर लाये। मशीन के आविष्कार और व्यवहार से समाज की पैदावार की शक्ति बढ़ जाती है और पैदावार पर औसत आवश्यक श्रम कम लगने लगता है। ऐसी अवस्था में जिन लोगों के हाथ में सौदे की मशीन द्वारा तैयार करने का साधन है, उनके मुकाबिले में हाथ से काम करने वाले कारीगर टिक नहीं सकते क्योंकि सामाजिक लाभ की दृष्टि से मशीन के मुकाबिले में हाथ से मेहनत करना समय के रूप में परिश्रम का अपव्यय करना होगा।

साधारण श्रम और शिक्षित श्रम
(ordinary & skilled labour)

परिश्रम का दाम उस पर खर्च हुए समय से लगाने के सम्बन्ध में एक और आपत्ति की जा सकती है कि भिन्न-भिन्न प्रकार के परिश्रम का दाम एक समय के लिये अलग-अलग होगा। उदाहरणतः जमीन खोदने की मजूरी के एक घण्टे के परिश्रम का दाम उतना नहीं हो सकता जितना कि एक इंजीनियर के परिश्रम का होगा। इसका कारण स्पष्ट है—जमीन खोदने का काम कोई भी व्यक्ति एक या दो दिन में अच्छी तरह सीख सकता है परन्तु इंजीनियर का काम सीखने के लिये आठ या दस बरस तक परिश्रम आवश्यक है। आठ या दस बरस तक की गई मेहनत का दाम इंजीनियर अपनी मेहनत के प्रत्येक घण्टे और दिन में वसूल करता है। इसीलिये उसके परिश्रम के एक घण्टे का दाम मामूली मजदूर के एक घण्टे के परिश्रम के दाम से बहुत अधिक होता है।

माँग और पैदावार

पैदावार में सौदे का दाम उस पर लगे आवश्यक सामाजिक परिश्रम से निश्चय होता है परन्तु इसका यह अर्थ नहीं कि आवश्यक सामाजिक श्रम में तैयार किया सब सौदा बाजार में बिक जायेगा। सौदे के बिक सकने से पहले ऐसे आदमियों की जरूरत है जिन्हें उस सौदे की आवश्यकता हो और जिनमें उस सौदे को खरीदने का सामर्थ्य हो। कोई भी सौदा एक सीमा तक ही बाजार में खप सकता है। उस सौदे की पैदावार यदि बाजार में उसकी माँग से अधिक हो जाती है तो उसकी बिक्री में कठिनाई पड़ेगी और यदि कोई सौदा माँग से कम तैयार होता है तो उसकी चाह बढ़ेगी। जब पैदावार पूँजीपति मालिकों के व्यक्तिगत अधिकार में रहती है तो इस बात का ठीक अन्दाजा नहीं होता कि समाज में अमुक-अमुक सौदे की कितनी आवश्यकता है। उन्हें मतलब रहता है, अपना लाभ कमाने से। वे जितना अधिक सौदा बेंच सकेंगे, उतने ही अधिक मुनाफे की आशा उन्हें होगी। ऐसी अवस्था में कई पदार्थ खप सकने योग्य मात्रा में अधिक पैदा हो जाते हैं। प्रत्येक पूँजीपति अपने सौदे को दूसरों से पहले बेचने का यत्न करता है। उसके लिये आवश्यक होता है कि उसका सौदा दूसरों से सस्ता हो। पूँजीपति का प्रयत्न रहता है कि उसका सौदा दूसरों के मुकाबिले में सस्ता रहे। सौदे का दाम निश्चित होता है उस पर खर्च किये गये आवश्यक सामाजिक परिश्रम के दाम से। सस्ता सौदा तैयार करने का उपाय है उस पर खर्च किये गये परिश्रम का दाम कम देना। अर्थात् पूँजीपति अपना मुनाफा तो अवश्य कमायेगा परन्तु मजदूर को मजदूरी कम देने का यत्न करेगा। मजदूरों की संख्या भी बाजार में उनकी माँग की अपेक्षा अधिक है इसलिये मजदूरों को भी एक-दूसरे के मुकाबिले में परिश्रम करने की अपनी शक्ति बेचने के लिये उस का दाम कम करना पड़ता है। मशीनों के कारण मेहनत करने वालो में जितनी ही अधिक बेकारी फैलेगी, उन्हें अपने परिश्रम को बेचकर अपना पेट भरने के लिये अपने परिश्रम का मूल्य उतना ही अधिक घटाना पड़ेगा। इतने पर भी केवल उतने ही आदमी मजदूरी पा सकेंगे जितनों की आवश्यकता पूँजीपति को होगी—शेष मजदूर बेकार ही रहेंगे। बेकार रहने वाले अपने जीवन निर्वाह के लिये आवश्यक सौदे को न खरीद सकेंगे जो कि समाज में उनके लिये लगातार पैदा किया जा रहा है। इससे सौदे की पैदावार और कम करनी पड़ेगी और पैदावार में लगे मजदूरों को बेकार करना पड़ेगा।

समाज में मेहनत की शक्ति का मूल्य घटता जाता है और मशीनों की सहायता से पैदावार की शक्ति बढ़ती जाती है। इसका परिणाम यह है कि सौदे को पैदा करने के लिये पहले से कम आवश्यक सामाजिक श्रम की दरकार होती है और सौदे की पैदावार की शक्ति बढ़ती जाती है। परिणाम होता है कि परिश्रम का दाम पूँजीपति को कम देना पड़ता है और पूँजीपति के मुनाफे का भाग खूब बढ़ जाता है।

समाज में एक श्रेणी पैदावार के साधनों की मालिक और दूसरी पैदावार के लिये मेहनत करने वाली है। पैदावार के लिये आवश्यक सामाजिक श्रम की आवश्यकता कम होते जाने और पैदावार बढ़ते जाने का परिणाम यह होता है कि पूँजीवाद का मुनाफा तो बढ़ता जाता है परन्तु मेहनत करने वाली श्रेणी का भाग पैदावार के बँटवारे में घटता जाता है। मेहनत करने वाली श्रेणी के लोग न तो व्यक्तिगत रूप से ही जितना पैदा करते हैं उतना खर्च पाते हैं और न श्रेणी के रूप में।

परिणाम स्वरूप पूंजीवाद में अर्थ संकट आते हैं अर्थात् समाज में सौदे की पैदावार तो बहुत अधिक हो जाती है परन्तु खपत नहीं हो पाती। जो पैदावार बिक नहीं पाती उसमें लगी पूँजीपति की पूँजी एक तरह से व्यर्थ नष्ट होती है। पूँजीपति पैदावार कम करने की कोशिश करने लगते हैं। पैदावार कम करने की कोशिश का परिणाम यह होता है कि मजदूरों की एक और बड़ी संख्या बेकार हो जाती है और इनके बेकार हो जाने से मजदूर श्रेणी की पैदावार खरीदने की ताकत, जो कि समाज का ९५% अंग है, और भी घट जाती है। पैदावार को और कम किया जाता है। इस प्रकार पैदावार की पूँजीवादी प्रणाली जिसका काम समाज में पैदावार को बढ़ाना होना चाहिये था, पैदावार को घटाने लगती है; जनता को जीवन की आवश्यकता पूर्ण करने के साधन देने की अपेक्षा वह जनता को साधनों से वंचित करने लगती है।

इसका उपाय मार्क्सवाद की दृष्टि में यह है कि समाज की आवश्यकताओं को पूर्ण करने के लिये जितने आवश्यक सामाजिक श्रम की जरूरत है, उसे सम्पूर्ण समाज सहयोग से करे, कोई भी व्यक्ति बेकार न रहे। पैदावार के साधन उन्नत हों, प्रत्येक व्यक्ति को कम परिश्रम करना पड़े और साथ ही पैदावार को बढ़ाया जाय और सब लोग अपने परिश्रम के हिसाब से पूरा फल पा सकें। इससे प्रत्येक मेहनत करने वाले का परिश्रम तो पहले से कम करना पड़ेगा–परन्तु सौदा खरीदने का साधन प्रत्येक के पास पहले से अधिक हो सकेगा।

पूँजीवाद में शोषण का रहस्य

मार्क्सवाद का विश्वास है कि पूँजीवादी समाज में पूँजीपति और साधनों के मालिक लोग साधनहीन किसान-मजदूर और नौकरीपेशा श्रेणी का निरन्तर शोषण करते रहते हैं परन्तु यह शोषण किस प्रकार होता है; इस शोषण का माध्यम क्या है, यह हमें मार्क्सवाद के दृष्टिकोण से देखने का यत्न करना है।

अब तक हम पैदावार के दो रूप देख चुके हैं। प्रथम–उपयोगी : पदार्थों की पैदावार, आवश्यकता पूर्ण करने के लिये पदार्थों को पैदा करना; दूसरा : सौदे की पैदावार, पदार्थों को सौदे के रूप में विनिमय के लिये पैदा करना। हम यह भी समझ चुके हैं कि आवश्यकता पूर्ण करने के लिये पैदावार करने में मुनाफा कमाने का उद्देश्य नहीं रहता। विनिमय के लिये पैदावार करने में पैदावार का उद्देश्य उपयोग नहीं बल्कि मुनाफा कमाना हो जाता है और आज दिन पूँजीवादी समाज में पैदावार विनिमय के लिये अर्थात् मुनाफा कमाने के लिये ही होती है।

पूँजीवादी व्यवस्था क्या है? इस प्रश्न का उत्तर देते हुये लेनिन कहता है, "समाज में सभी पदार्थों को सौदे के रूप में विनिमय के लिये उत्पन्न करना और परिश्रम की शक्ति को भी विनिमय की वस्तु की तरह खरीद कर व्यवहार में लाना पूँजीवाद की अवस्था है।" पूँजीवादी प्रणाली की व्याख्या करते हुये मार्क्स ने भी लिखा है, "पूँजीवादी प्रणाली में सभी पदार्थ विनिमय के लिये तैयार किये जाते हैं। पूँजीवादी समाज में नयी बात यह होती है कि मनुष्य की परिश्रम की शक्ति भी बाजार में बेची और खरीदी जाती है। इसके अतिरिक्त पूंजीवादी प्रणाली की विशेषता है पूँजी द्वारा (मेहनत करने वाले से अतिरिक्त श्रम या अतिरिक्त मूल्य के रूप में) मुनाफा कमाना है। पूँजीवाद अतिरिक्त श्रम या अतिरिक्त मूल्य के रूप में ही पूँजी से पूँजी कमा सकता है।"

मार्क्स का कहना है कि पूँजीवादी समाज में मनुष्य की परिश्रम की शक्ति का भी विनिमय या बिक्री होती है। मनुष्य की परिश्रम की शक्ति क्या है? इस विषय में मार्क्स लिखता है, ''परिश्रम की शक्ति या परिश्रम कर सकने की योग्यता का अर्थ है, मनुष्य के वे सब शारीरिक और मानसिक गुण जिनका व्यवहार उपयोगी पदार्थ तैयार करने में होता है।''[१] इसे दूसरे शब्दों में यों कहा जा सकता है, परिश्रम की शक्ति उपयोगी पदार्थों को उत्पन्न कर सकने या उपयोगी कार्य कर सकने की शक्ति है।

केवल अपने ही श्रम का जो फल मनुष्य को मिलता है, उसे मुनाफा नहीं कहा जा सकता और न ऐसी कमाई से मनुष्य के पास बड़ी मात्रा में पूँजी जमा हो सकती है। बड़े परिमाण में मुनाफा कमाने के लिये यह जरूरी है कि दूसरों के परिश्रम का भी भाग मुनाफे के रूप में ले लिया जाय। यह तभी हो सकता है जब समाज में एक ऐसी श्रेणी हो जिसके पास पैदावार के साधन न हों। अपने हाथ में पैदावार के साधन रहते कोई भी मनुष्य यह न सहेगा कि दूसरा व्यक्ति उसके श्रम का फल हथिया ले।

आज दिन जुलाहे घर पर काम करने के बजाय कपड़े की मिल में काम करना पसन्द करते हैं। घर पर काम करने से यदि वे दिन में ३-४ आने मजदूरी कमा सकते हैं तो मिल से उन्हें १०-१२ आने मजदूरी कमा सकते हैं तो मिल से उन्हें १०-१२ आने मजदूरी मिल जाती है (१९४०)। मजदूरी जुलाहे केश्रम का पूरा फल नहीं है। पूँजीपति मशीन की सहायता से कहीं अधिक दाम का काम जुलाहे से करा कर उसे इतनी मजदूरी देता है। अपने घर पर मशीन होने से जुलाहा शारीरिक परिश्रम अधिक करके भी कम दाम का काम कर सकता है। इस भेद का कारण मिल मालिक या पूँजीपति के हाथे में पैदावार विकसित साधनों का होना है जिनसे होने वाली पैदावार की अपेक्षा केवल जुलाहे की शारीरिक शक्ति से बहुत कम पैदावार हो पाती है और वह उससे अपना निर्वाह नहीं कर सकता। पूँजी हाथ में होने के कारण पूँजीपति पैदावार के साधन समेट लेता है और मजदूरी की श्रम शक्ति भी खरीद लेता है।

हम देखते हैं पूँजी से पूँजी पैदा होती है। परन्तु अधिक पूँजी को पैदा करने के लिये आरम्भ में पूँजी कहाँ से आई होगी? पूँजीवाद के युग, अर्थात् बड़े परिमाण में मुनाफ़े के लिये पैदावार आरम्भ होने से पहले भी मामूली परिमाण में व्यापार चलता था। यह व्यापार उपयोग की वस्तुओं को सस्ते दामों पर खरीद कर अधिक दामों में बेचकर मुनाफ़ा कमाने का उपाय था। इसी व्यापार से पूँजीवाद को जन्म देने वाली आरम्भिक पूँजी एकत्र हुई। सस्ता खरीद कर महंगा बेचने का अर्थ होता है या तो सौदे का मुनासिब से कम दाम दिया जाय, या सौदे का मुनासिब से ज्यादा दाम लिया जाय। इस प्रकार व्यापार में मुनाफ़े की अधिक गुंजाइश नहीं रहती क्योंकि व्यवसायी जो कुछ खरीदता है, उसी को बेंच देता है। उसके लिये अधिक मुनाफ़े का अवसर तब हो जब वह बाजार में ऐसी वस्तु बेचे जिसे उसने स्वयं बनवाया है। बना सकने, बनवा सकने का साधन परिश्रम करने की शक्ति है।

परिश्रम की शक्ति का दाम और परिश्रम का दाम

बाजार में बिकने के लिये आने वाली प्रत्येक वस्तु का दाम होता है और यह दाम उस वस्तु की तैयारी में खर्च हुए परिश्रम के परिमाण (समय) से निश्चित होता है। इस

---

१. मार्क्स की पुस्तक Das Capital, प्रथम भाग पृष्ठ १४५

प्रकार बाजार में बिकने आने वाली मजदूर की मजदूरी (उसकी परिश्रम करने की शक्ति) का दाम भी इसी नियम से तय होता है। मजदूरी करने की शक्ति प्राप्त करने के लिये मजदूर या नौकर को कुछ सौदा पेट भरने और शरीर ढाँकने के लिये चाहिए, जिसके बिना परिश्रम कर सकना सम्भव नहीं। अपने शरीर में परिश्रम करने की शक्ति कायम रखने और अपने परिवार के निर्वाह के लिये मजदूर जितने समय की अपनी मेहनत की पैदावार का जितना भाग सौदे के रूप में खर्च करेगा, उतनी ही कीमत उसके परिश्रम की होगी।

मेहनत की शक्ति की कीमत निश्चित वस्तु नहीं है। मजदूर के शरीर में मेहनत की शक्ति कायम रखने के लिये या दूसरे शब्दों में कहिये–उसके जीवन की रक्षा के लिये वह कम या अधिक सौदा खर्च कर सकता है। यदि उसे अपनी इच्छा के अनुसार सौदा खर्च करने का अवसर हो, वह काफी खर्च करेगा। परन्तु मजदूर को अपनी इच्छा और आवश्यकता के अनुसार खर्च करने का अवसर नहीं मिलता। मजदूर की मेहनत की शक्ति को खरीदने वाले उसे उसके परिश्रम की शक्ति का कम-से-कम दाम देने की कोशिश करते हैंः अर्थात् वे मजदूर द्वारा पैदा कराये गये माल का कम से कम भाग मजदूरी के रूप में मजदूर के निर्वाह के लिये देने का यत्न करते हैं। उसे केवल उतना दिया जाता है जितने में उस के प्राण मात्र बच सकें, और उसे अपनी मेहनत से अधिक पैदावार करने के लिये मजबूर किया जाता है। मजदूर को दिये गये दाम और मजदूर द्वारा पैदा किये गये सौदे के दाम में जो अन्तर रहता है, वही पूँजीपति का मुनाफा बन जाता है।

पूँजीपति का मुनाफा क्या है—इस बात को (मार्क्सवाद के दृष्टिकोण से) समझ लेने के लिये परिश्रम की शक्ति के मूल्य में और परिश्रम के मूल्यों में अन्तर समझ लेना जरूरी है। परिश्रम की शक्ति और परिश्रम के फल में भेद है यह पहले दिखा आये हैं; यहाँ हम दोनों के दाम में भेद दिखाने का यत्न करेंगे।

ऊपर दिये उदाहरण से हमने परिश्रम की शक्ति का दाम दिखाने का यत्न किया है। संक्षेप में कहा जायेगा कि मजदूर की जीवन रक्षा के लिये कम से कम जरूरी सौदे के दाम ही परिश्रम की शक्ति का वास्तविक दाम है।[१] पूँजीपति जितने समय तक के लिये मजदूर की परिश्रम की शक्ति अपने काम में लगाना चाहता है, मजदूर के उतने समय तक जीवित रहने के लिये आवश्यक सौदे का मूल्य देने के लिये मजबूर है–वरना मजदूर परिश्रम करने के लिये जिन्दा नहीं रह सकता।

अब देखना यह है कि परिश्रम का दाम क्या होता है? मजदूर दिन भर परिश्रम कर कितने दाम का सौदा तैयार करता है, यह मजदूर नहीं जानता; यह भेद पूँजीपति ही जानता है।

बाजार में परिश्रम की शक्ति का दाम परिश्रम के फल से बहुत कम होता है, यह बात टाँगे में जोते जाने वाले घोड़े के उदाहरण से समझी जा सकती है। एक घोड़े को

---

१. मजदूर की जीवन रक्षा के लिये कम से कम कितना सौदा आवश्यक है, यह मजदूर की परिस्थितियों, बाजार में मजदूरों की संख्या और उनके अभ्यास आदि पर निर्भर करता है। बिहार का एक कुली दिन भर १०-१२ आने के सौदे में निर्वाह कर लेता है। एक पंजाबी कुली रुपया-डेढ़ रुपये के लगभग खर्च करता है और एक अमेरिकन कुली आठ-दस रुपये जरूरी समझता है (१९४०)।

दिन भर परिश्रम करने के योग्य बनाये रखने के लिये जो खर्च किया जाता है, वह उसकी परिश्रम की शक्ति का दाम है और घोड़े के दिन भर के परिश्रम से जो कमाई होती है, वह उसके परिश्रम का दाम है। दोनों दामों में जो अन्तर है, वह किसी से छिपा नहीं! घोड़े को खूब तन्दुरुस्त रखने के लिये, उसकी परिश्रम की शक्ति को ठीक बनाये रखने के लिये जो खर्च होगा, वह उसके परिश्रम के फल के दाम से कहीं कम होगा। इसी प्रकार मजदूर की परिश्रम की शक्ति बनाये रखने के लिये जो दाम खर्च आता है, वह उसके द्वारा किये गये परिश्रम के (फल के) दाम से बहुत कम होता है। यदि मजदूर को उसके 'परिश्रम की शक्ति' का यथेष्ट दाम भी (पूरा दाम नहीं) मिल जाय तो वह मजदूर द्वारा किये 'परिश्रम के (फल के) दाम' से बहुत कम होगा। लेकिन बाजार में बेकार मजदूरों की बहुत बड़ी तादाद होने से मजदूरों को नित्य अपनी आवश्यकतायें कम करके भी, आधा पेट खाकर अर्थात् अपने परिश्रम की शक्ति का दाम मुनासिब से बहुत कम लेकर भी मजदूरी करने के लिये विवश होना पड़ता है। मजदूरों को जितना ही कम भाग पैदावार में से मिलता है, मालिक का मुनाफ़ा उतना ही अधिक बढ़ता जाता है।

अतिरिक्त श्रम और अतिरिक्त दाम
(Surplus labour and Surplus value.)

मुनाफ़ा क्या है—इस प्रश्न का उत्तर सौदे के दाम का आधार क्या है; परिश्रम की शक्ति के दाम और परिश्रम के दाम में क्या अन्तर है, इन सब विषयों को मार्क्सवादी दृष्टिकोण से समझ लेने के बाद स्पष्ट हो जाता है। मजदूर की मेहनत के फल का वह भाग जिसका दाम मजदूर को नहीं मिलता, मालिक का मुनाफा है। मजदूर जितने समय तक मेहनत कर अपने परिश्रम की शक्ति का दाम पैदा करता है उससे जितना भी अधिक वह काम करेगा, वह सब मालिक का मुनाफ़ा होगा। यदि मजदूर पाँच घण्टे तक काम करके अपने परिश्रम की शक्ति का दाम पूरा कर देता है तो दिन भर की पेहनत के शेष घण्टे मालिक के मुनाफ़े के लिये जाते हैं। मजदूर द्वारा की गई पूरी मेहनत के परिणाम में मजदूर को उसकी परिश्रम की शक्ति बनाये रखने के लिये जो दाम दिया जाता है, वह निकाल देने के बाद जो कुछ बच जाता है वह मजदूर का 'अतिरिक्त श्रम' है। अपनी परिश्रम की शक्ति को कायम रखने के लिये मजदूर को जितना परिश्रम करना जरूरी है; उससे जितना अधिक श्रम मजदूर करता है, वह मजदूर की दृष्टि से गैर जरूरी, फालतू या अतिरिक्त श्रम है और उसका दाम भी अतिरिक्त दाम है। वह 'अतिरिक्त श्रम' और अतिरिक्त दाम ही मालिक का मुनाफा है।

'अतिरिक्त मूल्य' का सिद्धान्त ही मार्क्सवाद के आर्थिक सिद्धान्तों की आधार शिला है। इस सिद्धान्त द्वारा ही साधनहीन, किसान, मजदूर और नौकरीपेशा लोगों की श्रेणी अपने निरन्तर शोषण के रहस्य को समझ कर इस शोषण से मुक्ति प्राप्त करने का आन्दोलन चला सकती है। अपनी मेहनत के इस अतिरिक्त श्रम और दाम को स्वयं खर्च करने का अधिकार पाकर ही साधनहीन श्रेणी समाजवाद द्वारा मनुष्य-समाज को सुख-शान्ति की अवस्था में पहुँचा सकती है। इस अवस्था में समाज की व्यवस्था का नियम होगा कि प्रत्येक व्यक्ति अपनी शक्ति भर परिश्रम करे और अपनी आवश्यकता अनुसार पदार्थों को प्राप्त कर सके और समाज में शोषण का अन्त हो जाय। किसी व्यक्ति को उसकी इच्छा के विरुद्ध दूसरे के हाथ में पैदावार का साधन मात्र बन कर जीवन निर्वाह

के लिये विवश न होना पड़े और ऐसे लोगों की श्रेणी के लिये नियंत्रण की जरूरत न पड़े।

मार्क्सवाद को क्रियात्मक रूप देने वाली रूस की समाजवादी क्रान्ति के नेता लेनिन ने अतिरिक्त दाम[१] के विषय में लिखा है :—

''सौदे के विनिमय से ही अतिरिक्त दाम (मुनाफ़ा या पूँजी) प्राप्त नहीं हो सकता क्योंकि सौदे के विनिमय का अर्थ है, समान मूल्य या लागत के सौदों को एक-दूसरे से बदलना। सौदे का दाम बढ़ने या घटने से भी अतिरिक्त दाम (मुनाफ़ा) पैदा नहीं हो सकता क्योंकि उसका अर्थ केवल समाज के कुछ आदमियों के हाथ से दाम का निकल कर दूसरों के हाथ में चले जाना होगा। समाज में जो आज बेचने वाला है वह कल खरीदने वाला बन जाता है। अतिरिक्त दाम प्राप्त करने के लिये पूँजीपति को बाजार में ऐसे सौदे की खोज करनी पड़ती है जिसे व्यवहार में लाकर उस पर खर्च किये गये दाम से अधिक दाम प्राप्त किया जा सके—एक ऐसा सौदा जिसे खर्च करने से और अधिक दाम का सौदा पैदा हो सके। बाजार में ऐसा सौदा मनुष्य या पशु की परिश्रम करने की शक्ति है। मनुष्य की परिश्रम की शक्ति का उपयोग परिश्रम कर सकना ही है और परिश्रम का फल है दाम। पूँजीपति मजदूर की मेहनत की शक्ति को बाजार दाम पर खरीद लेता है। दूसरे सब सौदों की ही तरह मनुष्य की परिश्रम करने की शक्ति का दाम भी इसे पैदा करने के लिये 'आवश्यक-सामाजिक-श्रम' से निश्चित होता है।[२] मनुष्य की मेहनत करने की शक्ति को दस घण्टे के लिये खरीद कर पूँजीपति उसे काम पर लगा देता है। पाँच घण्टे परिश्रम करके ही मजदूर वास्तव में उतना सौदा पैदा कर देता है जितना कि उसे दस घण्टे काम करने के बाद मिलता है। शेष पाँच घण्टे और काम करके मजदूर अतिरिक्त दाम पैदा करता है जो पूँजीपति की जेब में जाता है।''

मार्क्सवाद की दृष्टि से अतिरिक्त श्रम या अतिरिक्त दाम ले सकना ही शोषण की शक्ति और अधिकार है। समाज में जब कभी और जहाँ कहीं शोषण होगा इसी शक्ति और अधिकार के बल पर होगा।

समाज में कला-कौशल और उद्योग-धन्धों का विकास होने से पहले जब दास प्रथा थी, दासों का शोषण भी अतिरिक्त श्रम के रूप में ही होता था। दास को केवल उतना भोजन और वस्त्र दिया जाता था, जितना कि उसके शरीर में परिश्रम करने की शक्ति कायम रखने के लिये जरूरी था और दास द्वारा कराये गये परिश्रम के सम्पूर्ण फल को मालिक लोग भोगते थे। यही बात सामन्तशाही और जागीरदारी के जमाने में भी थी। सामन्तों और जागीरदारों की प्रजा कठिन परिश्रम से जो पैदावार और उपज भूमि या भूमि की पैदावार से सम्बन्ध रखने वाले दूसरे कामों से करती थी, उसमें से इन लोगों के शरीर में परिश्रम की शक्ति बनाये रखने के लिये अत्यन्त आवश्यक भाग को छोड़कर शेष भाग (अतिरिक्त श्रम या अतिरिक्त दाम) कर, लगान और नजराने आदि के रूप में मालिक के पास चला जाता था।

---

१. अतिरिक्त दाम का शब्दार्थ होगा—लागत दाम से अधिक दाम।

२. मजदूर और उसके परिवार के लिये अत्यन्त आवश्यक सौदे के लिये जितने समय तक परिश्रम करना आवश्यक है।

पूँजीवाद के युग से पूर्व मेहनत करने वाली श्रेणी का शोषण होता था मालिकों के उपयोग और भोग के लिये। उस समय धन का उपयोग उसे व्यवहार में लाना ही था। इसलिये शोषण भी उतना ही किया जाता था जितने धन से मालिकों की आवश्यकताएँ पूरी हो जाती थीं। मालिक लोग शोषण द्वारा प्राप्त धन को अपने व्यवहार में खर्च कर देते थे जिससे वह धन दूसरी श्रेणियों के पास पहुँच कर फिर बाजार में पहुँच जाता था और दूसरों के उपयोग में आता रहता था। परन्तु पूँजीवाद के युग में पदार्थों को धन का रूप देकर इनका उपयोग खर्च के लिये नहीं किया जाता बल्कि और अधिक धन पैदा करने के लिये किया जाता है। उससे पैदावार के साधन बढ़ाकर पूँजीपतियों के लिये मुनाफ़े का क्षेत्र बढ़ाया जाता है। जितना मुनाफ़ा पूँजीपति कमाते हैं, उसका केवल एक बहुत छोटा भाग पूँजीपतियों के खर्च में आता है; शेष पूँजी बनकर और अधिक मुनाफ़ा कमाने का साधन बनता है। जितना अधिक मुनाफ़ा होता है उससे और अधिक मुनाफ़ा कमाने के साधन तैयार होते हैं। इस प्रकार पूँजीपति मालिकों के लिये मुनाफ़े से संतुष्ट होने की सीमा नहीं रहती और मेहनत करने वालों के शोषण की भी कोई सीमा नहीं रहती।

पूँजी

पूँजीवादी समाज में पैदावार का काम पूँजी के अधिकार और आधार पर होता है। पूँजीपति के अधिकार में पैदावार के जितने साधन हैं, वे सब उसकी पूँजी है। पूँजीवाद का समर्थन करने वाले कहते हैं, यदि पूँजीवादी प्रणाली को समाज से दूर कर दिया जायेगा और पूँजी नहीं रहेगी या मुनाफ़ा कमाने की प्रणाली नहीं रहेगी तो समाज में पैदावार के साधनों को किस प्रकार बढ़ाया जायेगा? मार्क्सवाद के दृष्टिकोण से इस प्रश्न का उत्तर हमें तभी मिल सकता है जब हम यह समझ लें कि पूँजी क्या है? मार्क्सवाद के दृष्टिकोण से पूँजी धन या पैदावार के वे साधन हैं जिनसे मुनाफ़ा कमाया जाता है। पैदावार के वे साधन पूँजी नहीं हैं, जिनसे उपयोग के पदार्थ तैयार किये जाते हैं। जो भेद उपयोगी पदार्थ और सौदे में है वही पैदावार के साधनों और पूँजी में है। गेहूँ की बोरी यदि परिवार के व्यवहार के लिये है तो वह उपयोग का पदार्थ है और यदि वह बिक्री के लिये है तो वह सौदा है। कोई भी वस्तु सौदा है या पदार्थ, यह इस बात पर निर्भर करता है कि वह वस्तु किस प्रयोजन से उपयोग में आयेगी? इसी प्रकार पैदावार के साधनों के बारे में भी उनका प्रयोजन यह निश्चय करता है कि वह जरूरत पूरी करने का साधन हैं या मुनाफ़ा कमाने का साधन। किसी मशीन से यदि उपयोग के पदार्थ तैयार किये जाते हैं तो वह पैदावार का साधन तो अवश्य है परन्तु मुनाफ़ा कमाने का साधन नहीं है,[१] इसलिये मार्क्सवाद उसे पूँजी नहीं कह सकेगा। परन्तु यदि उस मशीन पर दूसरे लोगों से मेहनत कराकर मुनाफा कमाया जायेगा तो वह मुनाफा कमाने का साधन बन जाने से पूंजी बन जायेगी। एक और उदाहरणः—शहर में पानी पहुँचाने की कल (waterworks) पर जो खर्च आता है यदि केवल उतना खर्च ही कल का पानी व्यवहार करने वालों से ले लिया जाय, उससे किसी किस्म का मुनाफ़ा न लिया जाय तो पानी की इस कल को पूँजी न कहा जायेगा। इसी प्रकार नदी पर जनता के व्यवहार के लिये बनाये गये पुल में लगे

१. जैसे परिवार के उपयोग की सिलाई की मशीन।

दस लाख रुपये को पूँजी कहा जायेगा। वह पुल यदि किसी ठेकेदार ने बनाया है और पुल का व्यवहार करने वालों से वह पैसा वसूल करता है तो वह पुल पूंजी हो जायेगा।

समाजवादी समाज में भी बड़ी मिलें रहेंगी। पैदावार के और नये साधन जारी करने के लिये बड़ी मात्रा में धन इकट्ठा किया जायेगा परन्तु उसका उद्देश्य व्यक्तियों या श्रेणी के लिये मुनाफ़ा कमाना न होकर जनता के उपयोग के लिये ही उपयोगी पदार्थ और साधन पैदा करना होगा। इसलिये उसे पूँजीवादी प्रणाली में मुनाफ़ा कमाने के साधन पूँजी के रूप में न कहा जा सकेगा; वह होगा केवल समाज की आवश्यकताओं को पूरा करने का साधन–धन।

अतिरिक्त श्रम की दर

अतिरिक्त श्रम पर विचार करते समय हम इस परिणाम पर पहुँचे थे कि पूँजीपति के मुनाफे का स्रोत अतिरिक्त श्रम ही है। यदि हम यह देखना चाहें कि अतिरिक्त दाम (मालिक का मुनाफा) किस हिसाब से घटता बढ़ता है तो एक दफे फिर पैदावार के साधनों के रूप में लगने वाली पूँजी पर विचार करना होगा।

पूँजी या पैदावार के साधनों को हम इस प्रकार बाँट सकते हैं–एक : वे साधन जो एक हद तक स्थायी हैं, उदाहरणतः इमारतें और मशीन; दूसरा कच्चा माल; तीसरा मजदूर को मजदूरी देने के लिये पूँजी। पूँजी का जो भाग पैदावार के स्थायी साधनों पर खर्च होता है, वह एक निश्चित समय (पाँच या दस बरस) में वसूल हो सकता है। इस साधनों के दाम पर सूद और घिसाई पूँजीपति अपनी आमदनी में से/लगातार निकालता जाता है। कच्चे माल पर जो पूँजी खर्च आती है वह भी तैयार किये गये सौदे के बिकते ही वसूल हो जाती है। पैदावार के इन साधनों पर जो रुपया लगता है, पूँजीपति उसे सौदे के मूल्य से वसूल कर लेता है परन्तु उस पर मुनाफा वसूल नहीं किया जा सकता, वह घटता बढ़ता नहीं। इन साधनों पर परिश्रम की शक्ति लगाये बिना कुछ लाभ नहीं हो सकता। पैदावार में लगाये गये पूँजीपति के धन का तीसरा भाग परिश्रम की शक्ति को खरीदने में लगता है। पूँजीपति का मुनाफा उसकी पूँजी के इसी भाग से आता है।

परिश्रम करने की शक्ति जिस दाम पर खरीदी जाती है, परिश्रम के फल का दाम उससे अधिक होता है। सौदे के दाम में से परिश्रम की शक्ति का दाम निकाल देने पर 'अतिरिक्त दाम' बच जाता है। अतिरिक्त दाम बढ़ाने का सीधा तरीका यह है कि परिश्रम की शक्ति के दाम (मजदूरी) को घटाया जाय। उदाहरणतः यदि मजदूर द्वारा कराये गये दस घण्टे परिश्रम का दाम एक रुपया है और उसमें से मजदूर को उसकी परिश्रम की शक्ति का मूल्य आठ आने दे दिया जाता है तो अतिरिक्त मूल्य आठ आने प्रति मजदूर बच जाता है। परिश्रम के मूल्य (एक रुपये) में से यदि मजदूरी की दर घटा दी जाय तो अतिरिक्त मूल्य की दर बढ़ जायेगी। दूसरा उपाय मशीनों का प्रयोग बढ़ाकर पैदावार बढ़ा देना है जिस्में परिश्रम की शक्ति की माँग कम होने से उसके लिये कम दाम देना पड़े और मालिक के पास अतिरिक्त दाम या मुनाफा अधिक बच जाय। तीसरा उपाय अतिरिक्त श्रम को बढ़ाने का यह है कि परिश्रम की शक्ति का मूल्य तो न बढ़े परन्तु परिश्रम अधिक दाम का (अधिक समय तक) कराया जाय ताकि अतिरिक्त मूल्य का भाग बढ़ जाय। इसके लिये मजदूरों से बजाय आठ घण्टे के दस घण्टे काम कराया जाय। आठ घण्टे काम कराने से चार घण्टे में तो मजदूर अपने परिश्रम की शक्ति का दाम पैदा करता

है जो कि उसे मालिक से मिलना है और चार घण्टे में मालिक के लिये अतिरिक्त दाम। अब काम दस घण्टे कराये जाने पर और परिश्रम की शक्ति का दाम (मजदूरी) न बढ़ाने पर अतिरिक्त श्रम चार घण्टे के बजाय छः घण्टे होने लगेगा। इसीलिये जब मशीनों द्वारा थोड़े समय में अधिक काम हो सकता है तब भी मालिक लोग काम के घण्टे घटाने के लिये तैयार नहीं होते।

इस प्रकार हम देखते हैं कि मुनाफा कमाने की पूँजीवादी प्रणाली में मशीनों का प्रयोग बढ़ने, पैदावार बढ़ने आदि सभी प्रकार की उन्नति से मजदूरों को नुकसान और पूँजीपतियों को लाभ होता है क्योंकि इन सब वस्तुओं का व्यवहार समाज की आवश्यकताओं को पूरा न कर मुनाफा (मजदूर का शोषण) कमाने के उद्देश्य से किया जाता है। परिणामस्वरूप सब धन पूँजीपति श्रेणी के ही हाथ में जमा हो जाने से शेष समाज पैदावार को खरीद कर खपाने में असमर्थ हो गया है। अब पैदावार बढ़ाना और मशीनों की पैदावार की शक्ति में विकास करना पूँजीपति श्रेणी के हित में नहीं रहा; अर्थात् पूँजीवादी प्रणाली जितना विकास कर सकती थी, कर चुकने के बाद अब ह्रास की ओर जाने लगी है। अब पूँजीपति समाज अपने मुनाफे को सुरक्षित रखने के लिये, पदार्थों के मूल्य को ऊँचा करने के लिये पैदावार को घटा रहा है। पूँजीपतियों के स्वार्थ और समाज हित में विरोध हो गया है।

मजदूरी या वेतन

पूँजीवादी व्यवस्था में मेहनत की शक्ति का स्रोत मजदूर श्रेणी में है। मजदूरों की मेहनत की शक्ति को मजदूरी या वेतन द्वारा खरीद कर पैदावार के साधनों को चलाया जाता है। मजदूरी की समस्या पूँजीवादी समाज की विशेष महत्वपूर्ण समस्या है क्योंकि मजदूरी द्वारा ही मेहनत की शक्ति और पैदावार के साधनों का मेल होता है और मजदूरी द्वारा ही पूँजीपति मजदूर की मेहनत से मुनाफा उठाता है।

अपने लाभ के विचार से पूँजीपति मजदूरों की मजदूरी अर्थात् परिश्रम करने की शक्ति का दर सदा ही घटाने की कोशिश करते रहते हैं। परिश्रम की शक्ति के मूल्य और परिश्रम के मूल्य (फल) पर विचार करते समय हम यह भी देख आये हैं कि पूँजीपति के व्यवसाय में परिश्रम करने वाले मजदूर के परिश्रम के दो भाग होते हैं। मजदूर के परिश्रम का एक वह भाग होता है जो उसकी परिश्रम की शक्ति के मूल्य में उसे दे दिया जाता है। उसके परिश्रम का दूसरा भाग वह होता है, जिसका उसे कोई फल नहीं मिलता–अर्थात् अतिरिक्त श्रम। मजदूर इस रहस्य को नहीं जानता। उसे यही समझाया जाता है कि जितने दाम का परिश्रम उसने किया है, उतना दाम उसे मिल गया है। पूँजीवादी न्याय मजदूर को कहता है कि तुम्हारे परिश्रम का जो दाम एक पूँजीपति तुम्हें देता है उसे यदि तुम कम समझते हो तो दूसरी जगह मजदूरी तलाश कर सकते हो। मजदूरी का दर समाज भर में एक ही रहता है क्योंकि सभी पूंजीपति अतिरिक्त श्रम से लाभ उठाना चाहते हैं और श्रेणी रूप से उनका लाभ मजदूरी का दर कम रखने में है।

यदि मजदूरी उसी पदार्थ के रूप में दी जाय जिसे वह अपने परिश्रम से तैयार करता है[१] तो उसे इस बात का अनुमान हो सकता है कि उसके परिश्रम के फल का कितना

---

१. जैसा की बटाई पर खेती करने वाले किसानों के साथ होता है। इस व्यवस्था में भूमि का मालिक आधी उपज ले लेता है।

भाग उसे मिलता और कितना भाग मालिक की जेब में चला जाता है। परन्तु रुपये के रूप में मजदूरी या वेतन का पर्दा मजदूर से उसके शोषण की वास्तविकता छिपाये रहता है।

पूँजीवादी समाज में मेहनत करने वाली साधनहीन श्रेणी पैदावार तो बहुत अधिक करती है परन्तु खर्च करने के लिये बहुत कम पाती है। पैदावार की शक्ति और साधन तो खूब बढ़ते जाते हैं परन्तु पैदावार खर्च करने की जनता की शक्ति घटती जाती है। इन सबका कारण है–अतिरिक्त मूल्य के रहस्यमय मार्ग द्वारा जनता के परिश्रम का मुनाफे के रूप में पूँजीपति श्रेणी के खजानों में जमा होते जाना। इस व्यवस्था से मेहनत करने वाली साधनहीन श्रेणी तो संकट भोगती ही है; पूँजीपति श्रेणी को भी कम उलझन का सामना नहीं करना पड़ता। वे जो पैदा कर बाजार में लाते हैं उसे जनता खपा नहीं सकती। पूँजीपतियों के पैदावार के विशाल साधन निष्प्रयोजन खड़े रहते हैं। उन साधनों में लगी उनकी पूँजी उन्हें कोई लाभ नहीं पहुँचा सकती और वे भयंकर आर्थिक संकट अनुभव करने लगते हैं।

यद्यपि पूँजीवादी व्यवस्था में मेहनत करने वाली श्रेणी का शोषण उन्हें दी जाने वाली मजदूरी के पर्दे में छिपा रहता है, जिसके द्वारा उन्हें सदा यह विश्वास दिलाया जाता है कि मेहनत का पूरा दाम मेहनत करने वालों को मिल जाता है परन्तु मजदूरों को मिलने वाले उनकी मेहनत के फल में नित्य कमी आते जाने से उनका जीवन दिन-प्रतिदिन संकटमय होता जाता है। इसलिये मजदूर श्रेणी अपनी मजदूरी बढ़ाने की पुकार केवल सिक्कों के ही रूप में नहीं बल्कि पदार्थों के रूप में उठाये बिना नहीं रह सकती।

पूँजीवाद में अन्तरविरोध

मजदूर श्रेणी में अपने शोषण की चेतना और अपनी गिरती अवस्था सुधारने के लिये उनके संगठित यत्न, पूँजीवादी व्यवस्था के आते हुए अन्त का चिन्ह है।

मार्क्सवाद का कहना है, जब समाज की कोई भी व्यवस्था पूर्ण विकास कर लेती है और उस व्यवस्था में समाज के लिये आगे विकास करने का अवसर नहीं रहता तो इस व्यवस्था का बंधन तोड़ने के लिये इस व्यवस्था में स्वयं ही इसकी विरोधी शक्ति पैदा हो जाती है, जो समाज की उस व्यवस्था को तोड़कर नयी व्यवस्था का मार्ग तैयार करती है।

मार्क्सवाद के विचार से पूँजीवाद ऐसी अवस्था में पहुँच चुका है कि अब व्यवस्था को बदले बिना समाज का विकास आगे नहीं हो सकता। समाज की पैदावार की शक्तियाँ आगे उन्नति नहीं कर सकतीं। ऐतिहासिक नियम के अनुसार पूँजीवादी समाज ने अपनी व्यवस्था का अन्त कर देने के लिये स्वयं ऐसी शक्ति को जन्म दे दिया है। यह शक्ति है, पूँजीवाद के शोषण द्वारा उत्पन्न साधनहीन मजदूर-किसानों की श्रेणी।

पैदावार का केन्द्रीयकरण कर पूँजीवाद ने इस साधनहीन श्रेणी को औद्योगिक नगरों में जमा कर संगठित होने का अवसर दिया है। पूँजीवाद ने मशीनों के विकास में सहायता देकर और मशीनों का उपयोग बढ़ाकर समाज द्वारा की जाने वाली पैदावार में मेहनत करने वाली श्रेणी का भाग घटाकर, उसे भूखा और नंगा छोड़कर उन्हें अपने जीवन की रक्षा के लिये लड़ने के लिये विवश कर दिया है। इस श्रेणी की जीवन रक्षा तभी संभव है, जब यह श्रेणी जीवन रक्षा के साधनों को अपने हाथ में ले ले। जीवन रक्षा के साधनों

को प्राप्त करने की राह पर इस श्रेणी का पहला संगठित प्रयत्न इस बात के लिये है कि यह श्रेणी समाज में जितनी पैदावार करती है, उसमें से कम से कम उचित निर्वाह योग्य पदार्थ तो उसे मजदूरी के रूप में मिल जायें।

साधनहीन श्रेणी अपनी परिस्थितियों के कारण मुख्यतः तीन भागों मे बंटी हुई है जिन्हें किसान, मजदूर और निम्न मध्यम श्रेणी के नौकरीपेशा लोग कहा जा सकता है। औद्योगिक देशों में साधनहीन श्रेणी के इन तीनों भागों में से मजदूर लोग संख्या में सबसे अधिक हैं। संख्या में सबसे अधिक होने के अलावा उनका घर-बार आदि कुछ भी शेष न रह जाने से समाज की मौजूदा व्यवस्था से उन्हे कुछ मोह नहीं। इनकी अवस्था में परिवर्तन आने से इन्हें कुछ गवाँ सकने का डर नहीं। औद्योगिक केन्द्रों में मजदूरों के बहुत बड़ी संख्या में एकत्र हो जाने से उनमें संगठित रूप से एक साथ काम करने का भाव भी पैदा हो जाता है और नगरों में रहने के कारण राजनैतिक परिस्थितियों को भी वे बहुत शीघ्र अनुभव करने लगते हैं। पूँजीवाद के विरुद्ध आने वाली साधनहीन श्रेणी की क्रान्ति में यह मजदूर लोग ही अगुआ हो सकते हैं। किसान भी यद्यपि मजदूर की तरह असहाय और शोषित है परन्तु उनकी परिस्थिति मजदूर के समान सचेत और संगठित होने के मार्ग में रुकावट डालती है। किसान प्रायः भूमि के एक छोटे से टुकड़े से बँधा रहता है जिस पर मेहनत करके अपने श्रम का पैदावार के फल में से केवल वही भाग उसके पास रह जाता है, जिसके बिना किसान में परिश्रम की शक्ति कायम नहीं रह सकती। शेष चला जाता है भूमि की मालिक श्रेणी के हाथ। किसान का शोषण भी मजदूर की ही भाँति होता है और वह भी वास्तव में मजदूर ही है जो मिलों में काम न कर भूमि के टुकड़े पर मेहनत करता है परन्तु वह अपने आप को साधनहीन न समझ, भूमि के छोटे से पराये टुकड़े का मालिक समझता है। भूमि के इस टुकड़े के मोह के कारण उसे परिवर्तन (क्रान्ति) से भय लगता है। किसानों के जीवन निर्वाह का तरीका ऐसा है कि अलग-अलग काम करने से उनमें संगठन का भाव भी जल्दी पैदा नहीं हो पाता। नगरों से दूर रहने के कारण बदलती परिस्थितियों को वह बहुत देर में समझ पाते हैं। सामाजिक क्रान्ति द्वारा भूमि को समाज की सम्पत्ति बनाये बिना उनका निर्वाह नहीं। इस क्रान्ति से उन्हें लाभ ही होगा परन्तु किसान इस क्रान्ति में आगे न बढ़ कर क्रान्तिकारी मजदूर के सहायक ही बन सकते हैं। बहुत सम्भव है अपने अज्ञान के कारण वह क्रान्ति का विरोध भी करने लगें। किसानों के हित को ध्यान में रख कर सामाजिक क्रान्ति के मार्ग पर उन्हें चलाना संगठित मजदूर श्रेणी का काम है।

इस आन्दोलन में निम्न श्रेणी के साधनहीन नौकरी पेशा लोगों की अवस्था का भी महत्व है। यद्यपि यह लोग शिक्षित होने के कारण साधनहीन श्रेणी के नेता होने लायक हैं परन्तु अपने जीवन निर्वाह के ढंग और संस्कारों के कारण यह लोग अपने आपको मजदूर श्रेणी से ऊँचा और पृथक समझते हैं। यह लोग अपनी शक्ति को श्रेणी के रूप में संगठित करने में न लगाकर अपनी वैयक्तिक उन्नति द्वारा व्यक्तिगत रूप से ऊँचा उठने का यत्न करते रहते हैं। यह लोग पूँजीपतियों द्वारा साधनहीन श्रेणी के शोषण में पूँजीपतियों के एजेण्ट का काम करते हैं और अपना हित पूँजीपतियों का शासन कायम रहने में ही समझते हैं। इस श्रेणी के क्रान्ति-विरोधी और प्रतिक्रियावादी होने का कारण इस श्रेणी का यह विश्वास है कि साधनहीन श्रेणी का शासन हो जाने पर इन्हे भी मजदूर बन जाना पड़ेगा, इनके जीवन निर्वाह का दरजा गिर जायेगा। यह लोग समझते हैं कि समाजवाद में

सभी लोग गरीब हो जायेंगे। मार्क्सवाद का विचार इससे ठीक उलटा है। मार्क्सवाद का कहना है कि पूँजीवाद में पूँजीपतियों के मुनाफ़ा कमा सकने और समाज को उपयोग के पदार्थ मिल सकने के उद्देश्य परस्पर-विरोधी होने के कारण समाज में मौजूद पैदावार के साधनों को उनकी पूर्ण सामर्थ्य तक काम में नहीं लाया जाता। समाजवाद में इस प्रकार का विरोध न रहने से पैदावार के साधनों के सामर्थ्य पर रुकावट न रहेगी और समाज में इतनी पैदावार हो सकेगी कि साधारण परिश्रम से ही सब लोगों की आवश्यकतायें पूर्ण करने का अवसर रहेगा और समाज में सम्पूर्ण जनता की अवस्था पूँजीवाद की अपेक्षा बहुत बेहतर हो जायेगी।

मध्यम श्रेणी

विकसित पूँजीवाद के युग में मध्यम श्रेणी की स्थिति को समझने के लिये यह याद रखना आवश्यक है कि श्रेणियों का विभाजन और संगठन उनकी आर्थिक स्थिति से होता है। कोई व्यक्ति या तो पैदावार के साधनों का मालिक होगा या साधनहीन होगा; वह या तो पूँजीपति श्रेणी का अंग होगा या साधनहीन मजदूर श्रेणी का भाग होगा। यह ठीक है कि पूँजीवादी शोषण के क्रम में अभी कुछ लोग ऐसी अवस्था में हैं कि उनके हाथ से पैदावार के साधन शनैःशनैः छिन रहे हों, पूरे न छिन गये हों परन्तु ऐसे लोग सामाजिक विकास के क्रम से बच नहीं सकते। ऐसे लोग यदि व्यक्तिगत रूप से अपने आपको सम्भाल लेते हैं तो पूँजीपति श्रेणी में चले जायेंगे अन्यथा साधनहीन श्रेणी में। तर्क और सिद्धान्त रूप से मध्यम श्रेणी जैसे किसी स्तर का बने रहना सम्भव नहीं। पूँजीवादी व्यवस्था में व्यक्ति या तो शोषण से निर्वाह करेगा या उसका शोषण होगा।

परन्तु जीवन की अवस्था के दृष्टिकोण से (जीविका उपार्जन के साधनों पर अधिकार के दृष्टिकोण से नहीं) एक ऐसा स्तर समाज में बुद्धिजीवी लोगों का है, जो पैदावार के साधनों से हीन हैं, जो अपनी श्रम शक्ति बेच कर ही जीविका पाते हैं, परन्तु उनका श्रम बुद्धि का या कलम चलाने का है, हथौड़ा या हंसिया चलाने का नहीं। यह लोग सुथरे कपड़े पहनते हैं और कभी-कभी काफी ऊँची मजदूरी भी पा जाते हैं परन्तु इन लोगों का सुविधाजनक जीवन पूँजीपति श्रेणी की सेवा और दया पर ही निर्भर है। यह लोग भी अपने परिश्रम की शक्ति का ही मूल्य पाते हैं, अपने परिश्रम के फल का पूरा मूल्य नहीं पाते। इनका शोषण तो अवश्य होता है परन्तु इनका जीवन साधारण श्रमिकों, मजदूरों की अपेक्षा अधिक सुविधाजनक होता है। समाज का यह स्तर शोषित होकर भी अपनी सफेदपोशी के अहंकार और अपने व्यक्तिगत संकीर्ण स्वार्थ के कारण पूँजीवादी व्यवस्था का समर्थन करता है परन्तु श्रेणी रूप से यह लोग नित्य छट-छट कर साधनहीन श्रेणी में गिरते जा रहे हैं। मुनाफे के अधिकार पर चलने वाले समाज में इनका भविष्य अन्धकारमय है। क्योंकि पैदावार के साधनों और मुनाफे पर इन लोगों का कोई अधिकार नहीं, पूँजीपति श्रेणी अपनी व्यवस्था इसी स्तर कर सहयोग और माध्यम से चलाती है इसलिये, इस स्तर को अपना पक्षपाती बनाये रखने के लिये इन्हें 'बोनस' आदि के रूप में रिश्वत और विशेष सुविधायें देती रहती हैं। समाज का यह अंग जब तक अपनी आर्थिक स्थिति की वास्तविकता को नहीं समझता, क्रान्ति-विरोधी रहता है। परन्तु पूँजीवाद के विकास का क्रम (पूँजी और उत्पादन के साधनों का केन्द्रीयकरण) इस श्रेणी के लोगों को मध्यम श्रेणी के स्तर से निम्न मध्यम श्रेणी के स्तर में गिराता रहता है और निम्न मध्यम

श्रेणी में सफेदपोश बने रहने के अवसर की होड़ इस श्रेणी के लोगों को मजदूर श्रेणी में धकेलती जाती है।

निम्न-मध्य श्रेणी के वे भाग जो अपनी अवस्था के प्रति सचेत होने के कारण यह समझ जाते हैं कि पूँजीवादी व्यवस्था में अपने परिश्रम का फल उचित रूप से न पा सकने के कारण वे दिन-प्रतिदिन मजदूर श्रेणी में मिलते जा रहे हैं और साधनहीन होने के नाते उनके हित मजदूर श्रेणी तथा दूसरे साधनहीनों के ही समान हैं, और वास्तव में वे मजदूर श्रेणी का ही अंग हैं। वे साधनहीन श्रेणी के आन्दोलन में अगुआ का काम करते हैं।

साधनहीन श्रेणियों के आन्दोलनों की गति के बारे में मार्क्स ने लिखा है :— "...पूँजीवाद में साधनहीन मजदूर श्रेणी को मजदूरी और वेतन की गुलामी में फँसाकर उसका भयंकर शोषण किया जा रहा है और यह श्रेणी जीवन के कुछ अधिकार पा सकने के लिये छटपटा रही है। परन्तु इस श्रेणी को इन छोटे-मोटे सुधारों के मोह में नहीं फँसना चाहिये। उन्हें याद रखना चाहिये कि इस आन्दोलन द्वारा वे केवल पूँजीवाद के परिणामों (कठिनाइयों) को ही दूर करने का यत्न कर रहे हैं। वे पूँजीवाद को, जो उनकी मुसीबत का मूल कारण है, दूर करने का यत्न नहीं कर रहे हैं। वे अपनी गिरती अवस्था में केवल रोक लगाने का यत्न कर रहे हैं। अपनी अवस्था को उन्नति की ओर ले जाने का यत्न नहीं कर रहे । वे समाज की इमारत को नये सिरे से बनाने का यत्न न कर गिरती हुई इमारत में टेक देने का यत्न कर रहे हैं..." मुनासिब काम के लिये मुनासिब मजदूरी की जगह अब उन्हें अपना यह नारा बुलन्द करना चाहिये: मजदूरी और पूँजीवादी व्यवस्था का खात्मा हो!"

मार्क्सवाद इतिहास के जिस क्रम और विचारधारा में विश्वास करता है उसके अनुसार पूँजीवादी प्रणाली में सुधारवाद द्वारा लीपापोती की गुंजाइश बाकी नहीं। वह अपना उद्देश्य समाजवादी क्रान्ति द्वारा एक नवीन सगाज का निर्माण समझता है।

पूँजीवाद में कृषि

उद्योग-धन्धों के पूँजीवादी ढंग पर संगठित हो जाने के पहले भी खेदी से सम्बन्ध रखने वाले कारोबार-पशुपालन, फलों को उत्पन्न करना आदि जारी थे और आज तक वे सब काम कहीं उसी रूप में और परिवर्तित व्यवस्था में चले आ रहे हैं।

पूँजीवाद का पहला प्रभाव खेती पर यह हुआ कि उद्योग-धन्धों के कारखानों के रूप में जारी होने के कारण उनका खेती से कोई सम्बन्ध न रह गया। पूँजीवादी व्यवस्था का आरम्भ होने से पहले प्रायः उद्योग-धन्धे और खेती का काम एक साथ ही होता था। किसान या तो खेती के काम से बचे समय में कपड़ा, जूता और उपयोग के दूसरे सामान तैयार कर लेता था या किसान के परिवार का कोई एक आदमी परिवार भर के लिये इन पदार्थों को तैयार कर लेता था। परन्तु कारखानों में यह पदार्थ अधिक सस्ते और अच्छे तैयार हो सकने के कारण किसानों को इन पदार्थों का स्वयं तैयार करना लाभदायक न रहा। उद्योग-धन्धे सिमिट कर शहरों में चले गये और गाँवों में केवल खेती का ही काम रह गया।

समाज में पूँजीवादी व्यवस्था का आरम्भ हो जाने का प्रभाव खेती पर भी काफी पड़ा है। पूँजीवाद ने कला-कौशल की उन्नति कर और मजदूरों की मांग पैदा कर खेती की

पुरानी जागीरदार व्यवस्था में काफी परिवर्तन किया। पहले तो इसका प्रभाव यह हुआ कि किसान लोग जागीरों से दौड़कर औद्योगिक नगरों की ओर आने लगे और जागीरें टूटने लगीं परन्तु जब पूँजीपतियों के पास पूँजी की बड़ी मात्रा इकट्ठी हो गई तो इसका यह प्रभाव भी हुआ कि पूँजीपतियों ने जागीरें बनाना शुरू किया। खासकर बड़े-बड़े फार्मों के रूप में, जिनमें खेती किसानों की बड़ी संख्या द्वारा न होकर मशीनों द्वारा होने लगी।

उद्योग-धन्धों की पैदावार में पूँजीवादी व्यवस्था आरम्भ हो जाने से उद्योग-धन्धों के केन्द्र नगरों और खेती की जगह गाँवों की अवस्था में बहुत बड़ा अन्तर आ गया। विज्ञान के विकास से औद्योगिक क्षेत्र में आये दिन परिवर्तन होता रहता है। मनुष्यों का स्थान मशीनें ले लेती हैं, रफ्तार और चाल में उन्नति हो जाती है परन्तु खेती की अवस्था पर इन सब बातों का प्रभाव बहुत कम पड़ता है।

समाज की आवश्यकता को उद्योग-धन्धों और खेती मिलकर पूरा करते हैं। उनमें से एक बहुत आगे बढ़ जाने और दूसरे के बहुत पीछे रह जाने से विषमता आ जाना स्वाभाविक है। पूँजीवाद द्वारा धन के केवल एक छोटी सी श्रेणी के हाथों में एकत्र होने का प्रभाव खेती करने वालों पर भी बहुत गहरा पड़ता है। कृषि के क्षेत्र में होने वाला शोषण न केवल अधिक पुराना है बल्कि मजदूर की अपेक्षा किसान के अधिक पराधीन होने के कारण वह अधिक गहरा भी है।

खेती द्वारा आवश्यक पदार्थों की पैदावार करने के लिये सबसे पहले भूमि की जरूरत पड़ती है। सामन्तवादी और पूँजीवादी देशों में भूमि कुछ बड़े-बड़े जमींदारों की सम्पत्ति होती है। यह जमींदार स्वयं भूमि से कुछ पैदावार नहीं करते। किसानों के खेती करने के लिये भूमि देकर यह उनसे लगान या उपज का भाग वसूल कर लेते हैं। खेती के लिये कुछ भी परिश्रम न कर यह खेती की उपज का भाग इसलिये ले सकते हैं क्योंकि यह लोग भूमि के मालिक समझे जाते हैं।

भूमि जागीरदारों के अधिकार में प्रायः तीन तरह आ जाती है। मध्यकाल में, सामन्तशाही और सरदारशाही के युग में भूमि को राजा लोग दूसरे राजाओं से जीत कर अपने सरदारों में बाँट देते थे। जितनी सहायता की आशा राजा जिस सरदार से करता था, उतनी ही भूमि उस सरदार को दे दी जाती थी। भारतवर्ष में कुछ जागीरें, जमीन्दारियाँ और ताल्लुकदारियाँ मुगलों, मराठों और सिखों के समय से चली आ रही हैं। यह वे जमींदार और जागीरदार हैं जिन्होंने अंग्रेजी सरकार के प्रति राजभक्ति स्वीकार कर ली। कुछ जागीरदारियाँ अंग्रेजी सरकार ने भूमि का कर किसानों से सुविधा पूर्वक वसूल करने के लिये कायम कर दीं। सरकार ने कुछ लोगो को भूमि के बड़े-बड़े भाग मालगुजारी की एक निश्चित रकम पर सौंप दिये और उन्हें किसानों से लगान वसूल करने का अधिकार दे दिया। सरकार की शक्ति के बल पर यह लोग किसानों से लगान वसूल करते हैं और मालगुजारी सरकार को अदा करते हैं। लगान और मालगुजारी के बीच का अन्दर इन लोगों की आमदनी बन जाती। यह आमदनी किसानों के अतिरिक्त श्रम से ही पैदा होती है।

खेती की भूमि पर वसूल किये जाने वाले कर लगान द्वारा ही भूमि के मालिक की आमदनी होती है और इसी कर द्वारा खेती में मेहनत करने वाले किसान का शोषण होता है। इसलिये कर और लगान के अनेक रूपों और भेदों को समझ लेना जरूरी है।

खेती की सम्पूर्ण भूमि पर कर होता है। यह कर या लगान कहीं अधिक होता है और कहीं कम। यदि हम भूमि के सबसे कम कर को 'आवश्यक कर' (absolute rent) मान लें तो अधिक उपजाऊ या शहर के समीप की भूमि पर जो अधिक कर वसूल किया जाता है उसे 'विशेष कर' (differential rent) कहेंगे। भूमि के प्रत्येक टुकड़े पर कुछ न कुछ कर होने का कारण यह है कि पैदावार के औद्योगिक साधनों को जिस प्रकार आवश्यकता अनुसार बढ़ाया जा सकता है, उस प्रकार भूमि को नहीं बढ़ाया जा सकता। बंजर व शहर से दूर की भूमि को छोड़कर उपजाऊ और शहर के नजदीक भूमि आवश्यकतानुसार तैयार नहीं की जा सकती। इसलिये भूमि के किसी भी टुकड़े को जोतने की आवश्यकता होने पर उसके लिये मालिक को कर देना ही पड़ेगा। जो भूमि अधिक उपजाऊ होगी या शहर के अधिक समीप होगी, जहाँ सिचाई आसानी से हो सके, ऐसी भूमि पर विशेष लगांन या कर वसूल किया जाता है। इस प्रकार की अच्छी जमीन पर जो विशेष कर या लगान वसूल किया जाता है, वह भूमि के मालिक की जेब में ही जाता है परन्तु भूमि के शहर या जल के समीप होने में भूमि के मालिक को कुछ परिश्रम नहीं करना पड़ता।

सभी पूँजीवादी देशों में भूमि के दो मालिक होते हैं। एक सरकार जो खेती के काम आने वाले भूमि के प्रत्येक टुकड़े पर कर या मालगुजारी वसूल करती है। दूसरा मालिक जमींदार होता है। भूमि का मालिक समझा जाने वाला व्यक्ति भूमि का कर सरकार को अदा कर भूमि को किसान से जुतवाता है और अपना लगान किसान से वसूल करता है। सरकार का कर और जमींदार का लगान खेती की उपज से अदा किये जाते हैं परन्तु खेती की उपज में न तो जमींदार और न सरकार कुछ परिश्रम करती है। परिश्रम सब करता है किसान, और किसान के परिश्रम से की गई पैदावार से जमींदार और सरकार का भाग निकाला जाता है। यदि किसान के परिश्रम को बाँट कर देखा जाय तो उसके दो भाग हो जाते हैं। एक भाग जिसे किसान स्वयं खर्च करता है ताकि उसके शरीर में परिश्रम की शक्ति कायम रह सके और दूसरा भाग जिसे भूमि का मालिक किसान से ले लेता है और उसमें से आगे सरकार को कर देता है। किसान अपनी सम्पूर्ण उपज अपने लिये खर्च नहीं कर सकता। वह जितना खर्च करता है, उससे कहीं अधिक पैदा करता है। यदि किसान जितना अपने और अपने परिवार के लिये खर्च करता है उतना ही पैदा करे तो उसे बहुत कम स्थान पर खेती करनी होगी और बहुत कम परिश्रम करना होगा। मौजूदा व्यवस्था में किसान को जितना वह खर्च करता है, उससे बहुत अधिक पैदा करना पड़ता है। मजदूर की अवस्था के साथ तुलना करने पर हम कहेंगे कि किसान को काफी मात्रा में अतिरिक्त या फालतू पैदावार करनी पड़ती है जो जमींदार और सरकार के व्यवहार में आती है।

किसान से छीन ली जाने वाली यह अतिरिक्त पैदावार किसान को इस योग्य नहीं रहने देती कि वह जमींदार के हाथ अनाज या रुपये के रूप में चले जाने वाले भाग को मिला कर जितने दाम की फसल वह बाजार में बेचता है उतने दाम का दूसरा सौदा बाजार से लेकर खर्च कर सके। किसान के श्रम का यह फल या धन चला जाता है भूमि के मालिकों की जेब में और वहाँ से पूँजीपतियों की जेब में। भूमि के मालिक स्वयं भी पूँजी इकट्ठी कर लेने पर उसे पूँजीपतियों के व्यवसायों में सूद पर या पत्ती के रूप में लगा देते हैं। अतिरिक्त श्रम के रूप में किसान का यह, शोषण

जिसे भूमि कर या लगान कहा जाता है, किसान द्वारा की जाने वाली पैदावार में लगा एक पम्प है जो किसान के पास उसके परिश्रम की शक्ति को कायम रखने के मूल्य के सिवा और कुछ नहीं छोड़ता। किसान के संगठित न होने और अपने अधिकार के लिये आवाज न उठा सकने के कारण उसके पास अपने परिश्रम का उतना भाग भी नहीं रह पाता जितने से वह परिश्रम करने लायक स्वस्थ अवस्था में रह सके। यह प्रत्यक्ष बात है कि इस देश के किसान न केवल इस देश के लिये बल्कि अनेक देशों के उद्योग-धन्धों के लिये कच्चा माल पैदा करने के बावजूद स्वयं आधा पेट खा, शरीर से प्रायः नंगे रह कर निर्वाह करते हैं। उनकी सम्पूर्ण पैदावार अतिरिक्त श्रम या पैदावार का रूप धारण कर इस देश तथा दूसरे देशों के पूँजीपतियों की जेब में चली जाती है। किसान की अतिरिक्त पैदावार उससे छीन लेने को ही लगान या मालगुजारी का कानूनी नाम दिया जाता है।

पूँजीवाद के विकास से भूमिकर बहुत तेजी से बढ़ता है क्योंकि नये-नये उद्योग-धन्धे जारी होने से नई-नई किस्म की वस्तुयें पैदा करनी पड़ती है। इसके लिये भूमि की माँग बढ़ती जाती है। जो नई भूमि तोड़ी जायेगी उस पर भी कर लगेगा। पूँजीपति या भूमि का मालिक नई भूमि उसी समय तोड़ेगा जब वह पहले से उपयोग में आने वाली भूमि पर लगने वाले लगान को लाभदायक समझेगा। नई भूमि तोड़ने से पहले खेती के काम में आने वाली भूमि के लगान का दर बढ़ेगा और जब बढ़ा हुआ दर देने की अपेक्षा कोई व्यक्ति नई भूमि तोड़ना ही पसन्द करेगा, तभी नई भूमि तोड़ी जायेगी। इस प्रकार भूमि के प्रत्येक नये भाग को तोड़ने से पहले जोती जाने वाली पुरानी और अच्छी भूमि पर लगान बढ़ता चला जायेगा, इस हद तक कि किसान के पास कठिनता से निर्वाह मात्र के लिये उसके परिश्रम का एक बहुत छोटा सा भाग रह जायेगा।

यदि भूमि के किसी भाग की पैदावार की शक्ति सिंचाई आदि का प्रबन्ध कर बढ़ाई जाती है तो उसका लगान भी साथ ही बढ़ जाता है और उस राह से पैदावार में होने वाली बढ़ती का बड़ा भाग मालिक के पास पहुँच जाता है।

किसान के परिश्रम का बहुत बड़ा भाग अतिरिक्त श्रम या भूमि के लगान की सूरत में उससे छीन लिया जाने के कारण किसान के पास अपनी भूमि की अवस्था सुधारने या खेती के नये वैज्ञानिक साधन व्यवहार में लाने लायक सामर्थ्य नहीं रहती और भूमि की उपज घटने लगती है। परन्तु लगान और कर बढ़ते जाने से भूमि की कीमत बढ़ती जाती है। खेती की अवस्था में यह अन्तरविरोध संकट पैदा कर देता है। ऐसी अवस्था में किसानों के लिये भूमि के मालिक के संतोष के लायक लगान देना कठिन हो जाता है और किसान खेती छोड़, निर्वाह का कोई और साधन न देख, मजदूर बनने के लिये चल देता है। उसकी 'जोत' की भूमि बिकने लगती है परन्तु भूमि का दाम तो लगान बढ़ने के साथ बढ़ चुका है इसलिये मामूली साधनों के मालिक के लिये यह जमीन खरीदना सम्भव नहीं होता; वह बिकती है बड़े-बड़े पूँजीपतियों के हाथ। इस प्रकार पैदावार के दूसरे साधनों की ही तरह भूमि भी पूँजीपतियों के हाथ में चली जाती है।

बड़े परिमाण में खेती

पूँजीवाद द्वारा उद्योग-धन्धों के विकास और पैदावार की बहुत अधिक बढ़ती का रहस्य पैदावार को केन्द्रित कर बड़े परिमाण में करना है। पैदावार को एक स्थान पर बड़े

परिमाण में करने से उसमें आधुनिक ढंग की बड़ी मशीनों का व्यवहार हो सकता है, खर्च घट सकता है और समाज की पैदावार की शक्ति बढ़ सकती है। मनुष्य जितनी ही विकसित और बड़ी मशीन से काम करेगा, उसी परिमाण में उसकी पैदावार की शक्ति बढ़ सकेगी। उद्योग-धन्धों के क्षेत्र में बड़े परिमाण में पैदावार समाज की पैदावार की शक्ति को बढ़ाती है, इस विषय में किसी को भी सन्देह नहीं। परन्तु खेती के विषय में कुछ लोगों की राय इससे भिन्न है। पूँजीवादी प्रणाली में विश्वास रखने वालों का कहना है कि बड़े परिमाण में खेती पैदावार को बढ़ाने की अपेक्षा घटायेगी। दलील के तौर पर कहा जाता है कि बड़े परिमाण में खेती करने से किसान को भूमि के प्रति वह सहानुभूति और प्रेम नहीं रहेगा जो छोटे परिमाण में खेती करने पर होता है। परन्तु मार्क्सवाद का विश्वास है कि दूसरे उद्योगों की तरह खेती भी बड़े परिमाण में ही होनी चाहिये; इसके बिना न तो खेती की पैदावार ही उचित मात्रा में बढ़ सकती है, न समाज में खेती की और उद्योग-धन्धों की पैदावार का बँटवारा समान रूप से हो सकता है, न किसानों की आर्थिक अवस्था सुधर सकती है।

यदि उद्योग-धन्धों से काम करने वाली श्रेणी मशीन से पैदावार करेगी तो उसकी पैदावार की शक्ति बढ़ जायेगी। उसे अपनी मेहनत का अधिक फल मिलेगा, परन्तु किसानों के मशीन से मेहनत न करने पर उनकी पैदावार की शक्ति न बढ़ेगी और उन्हें उनकी मेहनत का फल कम मिलेगा। इस प्रकार खेती और उद्योग-धन्धों की पैदावार का विनिमय समान रूप में न हो सकेगा।

पूँजीवादी लोग खेती को बड़े परिमाण में बड़ी मशीनों से करने के पक्ष में इसलिये भी नहीं कि भूमि के छोटे-छोटे टुकड़ों पर मशीनों का व्यवहार नहीं हो सकता। उसके लिये मीलों लम्बे खेत चाहिए। ऐसे खेत बनाने में अनेक जमींदारों की मिलकियत मिट जायेगी। उद्योग-धन्धों में जिस प्रकार पूँजीपति निजी पूँजी को बढ़ा सकता है, जमींदार अपनी भूमि को नहीं बढ़ा सकता। खेती को बड़े परिमाण पर करने के लिये जमींदारों को भूमि एक में मिलाकर उसे समाज के नियंत्रण में रखना होगा। वस्तुतः बड़े परिमाण में खेती करने के सम्बन्ध में जितने भी एतराज किये जाते हैं, समाजवादी देशों के अनुभव से वे सब निराधार प्रमाणित हो चुके हैं।

खेती को संयुक्त रूप से बड़े परिमाण पर करने से ही ट्रेक्टर आदि बड़ी-बड़ी मशीनों और सिंचाई का प्रबन्ध उसके लिये हो सकेगा। खेती के सुधार के लिये राष्ट्र से बड़े परिमाण पर कर्जा मिल सकेगा और खेती की पैदावार बेचने वालों में परस्पर होड़ न होने से ठीक समय और पूरे मूल्य में बेचा जा सकेगा। खेती की पैदावार के विनिमय का काम संयुक्त रूप से और बड़े परिमाण में होने पर उसे व्यवहार में लाने वाली जनता तक पहुँचाने का काम व्यापारियों और साहूकार के हाथ न रह सकेगा। किसान अपने प्रतिनिधि संगठन द्वारा उसे स्वयं कर लेगा। इस तरह किसान के श्रम का वह बड़ा भाग जो इन व्यापारियों की जेब में जाता है, किसान के उपयोग में आयेगा। खेती बड़े परिमाण में और संयुक्त रूप से करने पर किसान की मानसिक उन्नति का भी अवसर रहेगा। मशीन का व्यवहार करने से वह दिन रात भूमि से सिर मारने के लिये विवश न होगा बल्कि उसे शिक्षा और संस्कृति प्राप्त करने के लिये समय मिल सोगा और किसानों के परस्पर सहयोग से काम करने पर उनमें श्रेणी भावना और चेतना भी उत्पन्न हो सकेगी।

किसानों में इस भावना का अभाव उनके शोषण को पशुता की सीमा तक पहुँचा देता है। मशीनों का व्यवहार खेती में होने से ही किसान, जो वास्तव में मिल मजदूर की तरह खेत-मजदूर हैं, औद्योगिक धन्धों में काम करने वाले मजदूर के समान उन्नति कर सकेगा।

आर्थिक संकट

मार्क्सवादी दृष्टिकोण से राजनैतिक और आर्थिक प्रश्नों पर विचार करते समय समाज में आने वाले संकट का विचार निरन्तर हमारे सामने रहा है। अन्त में इस सम्बन्ध के मार्क्सवादी सिद्धान्तों को भी संक्षेप से रख देना उचित होगा।

पूँजीवादी समाज में पैदावार का काम समाज के सभी लोग मिल कर करते हैं परन्तु पैदावार का बँटवारा करते समय व्यवस्था का नियंत्रण करने वाली पूँजीपति श्रेणी अपने व्यक्तिगत मुनाफे के प्रश्न को ही सामने रखती है। इसीलिये समाज की आवश्यकताओं का न तो सही अनुमान ही हो सकता है और न उसके लिये उपयुक्त पैदावार का ही। पूँजीवादी समाज में पैदावार करने वाले अपने व्यवहार के लिये नहीं बल्कि उसे बेंचकर मुनाफा कमाने के लिये पैदावार करते हैं। पैदावार करने वालों को समाज की आवश्यकताओं और खपत की शक्ति का अन्दाजा ठीक नहीं हो सकता और समाज में पैदावार के बड़े-बड़े साधनों से जो पैदावार की जाती है, उसकी खपत नहीं हो पाती। इसका अर्थ यह नहीं कि समाज को उस पैदावार की जरूरत नहीं। हाँ, पूँजीवादी प्रणाली द्वारा साधनहीन बना दिये गए समाज के पास उसे खरीदने की शक्ति नहीं रहती। यदि हम पूँजीपति के मुनाफे को ही समाज का उद्देश्य न मान कर समाज की आवश्यकता पर विचार करें तो दो प्रश्न उठते हैं। पहला, पैदावार कौन करता है? दूसरा, समाज में पैदावार को कौन खपाता है? पहले प्रश्न का उत्तर है–समाज में पैदावार मेहनत करने वाले करते हैं। दूसरे प्रश्न का उत्तर है–समाज में तैयार सामान के अधिकांश की खपत समाज में मेहनत करने वाले करते हैं।

हम इस परिणाम पर पहुँचते हैं कि समाज में जो लोग पैदावार के लिये परिश्रम करते हैं, वही पैदावार को खर्च करने वाले भी हैं। यदि पैदावार के लिये परिश्रम करने वालों का अपने परिश्रम का (केवल परिश्रम की शक्ति को कायम रखने का नहीं) फल मिल जाय, तो पैदावार फालतू नहीं पड़ी रह सकती। परन्तु ऐसा होता नहीं, इसलिए पैदावार पड़ी रह जाती है और पैदावार का क्रम टूट जाता है।

पैदावार से मुनाफा के रूप में जो भाग निकाल कर एक तरफ रख दिया जाता है, वह पैदावार और खर्च के पलड़ों को बराबर नहीं होने देता। मुनाफा समाज की पैदावार करने की शक्ति को बढ़ा देता है परन्तु समाज की खर्च करने की शक्ति को घटा देता है। इसलिये एक तरफ तो पैदावार के अम्बार लग जाते हैं और दूसरी ओर जनता आवश्यकताएं पूरी न हो सकने के कारण बिलखते रहने पर भी पैदावार को खर्च नहीं कर सकती, क्योंकि उनके पास खरीदने की शक्ति नहीं। खर्च करने की शक्ति तो मुनाफे के रूप में उनसे छीन ली गई है। पैदावार खर्च न हो सकने के कारण उसे कम करने की जरूरत अनुभव होती है; इसका अर्थ होता है–बेकारी और बढ़े, मेहनत करने वालों की संख्या घटे। मजदूरी के रूप में खरीदने की शक्ति जनता के पास और कम हो जाय, साथ ही खर्च कर सकने वालों की संख्या और भी घटे और पैदावार को और भी

कम किया जाय। इस प्रकार यह चक्कर समाज में पैदावार और खर्च के दायरे को कम करता हुआ समाज की एक बड़ी संख्या को भूखे और नंगे रह कर मरने के लिये छोड़ देता है।

अन्तरराष्ट्रीय क्षेत्र में पूँजीवाद

वैज्ञानिक साधनों के विकास से पैदावार की शक्ति के बहुत अधिक बढ़ जाने पर जब भिन्न-भिन्न देशों के पूँजीपति अपनी पैदावार को अपने देश में नहीं खपा सकते तो उन्हें दूसरे देशों के बाजारों में अपना माल पहुँचाना पड़ता है। पूँजीपति अपना माल दूसरे देशों में बेचकर मुनाफा उठाना तो पसन्द करते हैं परन्तु अपने देश में दूसरे देशों के पूँजीपतियों का माल आकर बिकना पसन्द नहीं करते क्योंकि इससे उनके मुनाफे का क्षेत्र घट जाता है। अलावा इसके प्रकृति ने उपयोगी पदार्थों को सभी देशों में समान रूप से नहीं बाँट दिया है या कहिये, प्रकृति ने अलग-अलग देशों को अपना-अपना निर्वाह अकेले कर सकने के लिये नहीं बनाया। व्यापार, व्यवसाय और पैदावार के कुछ पदार्थ एक देश में बहुत अधिक मात्रा में मिल सकते हैं और ऐसे भी पदार्थ हैं जो उस देश में नहीं मिल सकते। यह पदार्थ इन देशों को दूसरों से लेने देने पड़ते हैं। कोई देश अकेला निर्वाह नहीं कर सकता परन्तु प्रत्येक देश के पूँजीपति अपने-अपने व्यवसाय में मुनाफ़ा कमाने के लिए दूसरे देशों के व्यापारिक आक्रमण से बचना चाहते हैं और दूसरे देशों पर आक्रमण करना चाहते हैं।

प्राकृतिक और ऐतिहासिक अवस्थाओं के कारण सभी देशों में औद्योगिक विकास समान रूप से नहीं हो पाता। औद्योगिक रूप से जिन देशों का विकास कम हुआ है, उनमें खेती द्वारा कच्चे माल की पैदावार अपेक्षाकृत अधिक होती है और ऐसे देश अपनी कच्चे माल की पैदावार को खपा सकने में असमर्थ रहते हैं। इन देशों में कच्चा माल सस्ता मिल सकता है और वहाँ औद्योगिक माल बेचकर मुनाफ़ा कमाने की गुंजाइश रहती है। इसलिये औद्योगिक रूप से उन्नत देश कम उन्नत देशों पर प्रभुत्व जमाकर आर्थिक लाभ उठाने का यत्न करते हैं। कम उन्नत देश पूँजीवादी उन्नत देशों द्वारा अपने शोषण को रोक न सके, या दूसरे उन्नत पूँजीवादी देश उन देशों में आकर उनका बाजार खराब न कर सकें, वहाँ उनका पूरा एकाधिकार और ठेका कायम रहे इसलिये औद्योगिक रूप से उन्नत पूँजीवादी देश कम उन्नत देशों को अपनी राजनैतिक अधीनता में रखने का यत्न करते हैं। कम उन्नत देश या तो उन्नत पूँजीपति देशों के अधीन हो जाते हैं या उन्हें उपनिवेश बना लिया जाता है या उन्हें संरक्षण में ले लिया जाता है। इस प्रकार यूरोप के कुछ देशों ने औद्योगिक विकास और पूँजीवाद की उन्नति के बाद सन् १८७६ से लेकर १९१४ के महायुद्ध से पूर्व के अफ्रीका, एशिया आदि कम उन्नत देशों में यूरोप के अपने क्षेत्रफल से दुगनी भूमि पर अपना अधिकार कर लिया। इसमें सबसे अधिक भाग इंगलैण्ड और फ्रांस का था। इंगलैण्ड इससे पूर्व भारत, बर्मा आदि देशों को अपने अधीन कर चुका था और कनाडा, आस्ट्रेलिया, दक्षिण अफ्रीका में अपने उपनिवेश बसा चुका था। जर्मनी और इटली में पूँजीवाद का विकास बाद में होने के कारण उनके होश सम्भालने से पहले ही इंगलैण्ड और फ्रांस पृथ्वी का बड़ा भाग सम्भाल चुके थे। भूमि की एक सीमा है, उसे पूँजीवादी देशों के शोषण के लिये आवश्यकतानुसार बढ़ाया नहीं जा सकता इसलिये पूँजीवादी देशों में झगड़ा होना आवश्यक हो जाता है।

मार्क्सवाद के अनुसार किसी देश का पूँजीवाद जब मुनाफे के लिये अपने देश से बाहर कदम फैलाता है तो वह साम्राज्यवाद का रूप धारण कर लेता है। प्राचीन समय का साम्राज्यवाद सैनिक आक्रमण के रूप में आगे बढ़ता था और पराधीन देशों का शोषण भूमि कर के रूप में करता था। पूँजीवाद का औद्योगिक साम्राज्य विस्तार (industrial imperialism) आरम्भ होता है व्यापार से और अपने व्यापार को दूसरे देशों के मुकाबिले में सुरक्षित रखने के लिये और पिछड़े हुये देशों के कच्चे माल पर एकाधिकार रखने के लिये साम्राज्यवादी देशों में परस्पर झगड़ा और युद्ध होता है।

मार्क्सवाद के अनुसार पूँजीवाद के विकास का ऐतिहासिक परिणाम है साम्राज्यवाद। जिस प्रकार पूँजीवाद वैयक्तिक स्वतंत्रता से आरम्भ होकर पूँजीपतियों के एकाधिकार में परिवर्तित हो जाता है, उसी प्रकार साम्राज्यवाद भी अन्तर्राष्ट्रीय स्वतन्त्र व्यापार से आरम्भ होकर बलवान पूँजीपति राष्ट्रों के व्यापारी एकाधिकार में परिवर्तित हो गया है और इस एकाधिकार को प्रत्येक पूँजीवादी राष्ट्र के पूँजीपति अपने ही हाथ में रखना चाहते हैं। इसका परिणाम निरन्तर अन्तर्राष्ट्रीय संघर्ष है।

साम्राज्यवाद के ऐतिहासिक विकास की तुलना हम पूँजीवाद से इस प्रकार कर सकते हैं :—पूँजीपति व्यक्ति की ही तरह किसी उन्नत देश के पूँजीपति अन्तर्राष्ट्रीय क्षेत्र में कम हैसियत के पूँजीवादी राष्ट्रों को कुचलकर शोषण के क्षेत्र पर अपना एकाधिकार कायम करने का यत्न करते हैं। जिस प्रकार पूँजीपति औद्योगिक साधनों द्वारा एक व्यापारी की अवस्था से पैदावार के पदार्थों को बनाने वाला बनकर, मुनाफ़े के जरिये भारी पूँजी इकट्ठी कर चुकने के बाद स्वयं पैदावार न कर, रुपये के रूप में अपनी पूँजी की शक्ति को उधार देकर पैदावार का बड़ा भाग स्वयं खींचता रहता है; उसी प्रकार पूँजीपति देश अन्तर्राष्ट्रीय बाजार में पहले केवल व्यापार-वाणिज्य द्वारा पूँजी इकट्ठी करते हैं, उसके बाद अपनी औद्योगिक पैदावार दूसरे देशों पर लादते हैं और इस अवस्था से उन्नति कर दूसरे देशों को अपनी पूँजी में जकड़ना आरम्भ करते हैं। ऐसी अवस्था में पहुँच कर पूँजीपति देश अधिक अधीन देशों और उपनिवेशों की पैदावार में कोई भाग नहीं लेते। वे पैदावार का मुख्य साधन पूँजी उन देशों में लगाकर मुनाफ़े का भाग खींचते रहते हैं और उन देशों की आर्थिक प्रगति और राजनीति पर अपना नियंत्रण रखते हैं।

जिस प्रकार पूँजीपति श्रेणी परिश्रम करने वाली श्रेणी के परिश्रम को मुनाफ़े के रूप में निगलती रहती है, उसी प्रकार अन्तर्राष्ट्रीय पूँजीवाद अर्थात् एक देश के पूँजीपतियों द्वारा दूसरे देश पर अधिकार का अर्थ पराधीन देश के परिश्रम का शोषण होता है।

जिस प्रकार परिश्रम करने वाली श्रेणी के शोषण से पूँजीपति अपनी शक्ति को बढ़ा कर अपने शोषण का क्षेत्र बढ़ाता है, उसी प्रकार अन्तर्राष्ट्रीय क्षेत्र में साम्राज्यवादी देश अपने देश का शोषण कर दूसरे देशों को पराधीन बनाकर और उनका शोषण करने की शक्ति प्राप्त करते हैं। मार्क्सवाद के अनुसार जिस प्रकार पूँजीवादी व्यवस्था का अन्त एक देश में यह व्यवस्था समाप्त कर देने से नहीं हो सकता, उसी प्रकार साम्राज्यवाद का अन्त भी किसी एक देश के प्रयत्न से नहीं हो सकता। उसके लिये साधनहीनों के अन्तर्राष्ट्रीय संगठित प्रयत्न की आवश्यकता है। जिस प्रकार पूँजीवाद अपने देश में साधनहीन श्रेणी पैदा कर अपनी विरोधी शक्ति पैदा कर लेता है, उसी प्रकार अन्तर्राष्ट्रीय क्षेत्र में साम्राज्यवाद शोषण का क्षेत्र घेर कर नये उगते हुए साम्राज्याभिलाषी देश और शोषित देश

पैदा कर अपना विरोध करने वाली शक्ति पैदा कर देते हैं। जिस प्रकार पूँजीपति अपने देश में पैदावार के साधनों पर मिल्कियत जमाकर मेहनत करने वाली श्रेणी को जीवन के उपायों से हीन कर देता है, उसी प्रकार एक पूँजीवादी देश के साम्राज्य का विस्तार व्यापार के क्षेत्रों को अपने वश में कर नये उगते हुए राष्ट्रों और पराधीन राष्ट्रों का जीवन असम्भव कर देता है। जिस प्रकार एक देश में आर्थिक संकट पूँजीवादी व्यवस्था की अयोग्यता स्पष्ट करता है और नई व्यवस्था की आवश्यकता प्रकट करता है, वैसे ही अन्तर्राष्ट्रीय क्षेत्र में साम्राज्यवादी युद्ध व्यवस्था का निर्वाह असम्भव कर देते हैं।

अन्तरराष्ट्रीय पूँजीवाद साम्राज्यवाद

काटस्की (Karl Kautsky, 1854-1938) का कहना है कि साम्राज्य विस्तार का यत्न पूँजीवाद का आवश्यक परिणाम नहीं। साम्राज्य विस्तार की नीति की जिम्मेदारी पूँजीवादी देशों के कुछ एक पूँजीपतियों पर है। यदि पूँजीवादी देश इस विषय में समझौता करके अपना माल खपाने के लिये और कच्चा माल प्राप्त करने के लिये संसार को आपस में समझौते से बाँट लें तो सभी पूँजीवादी राष्ट्रों की आवश्यकतायें पूरी हो सकती हैं और अन्तर्राष्ट्रीय युद्धों का होना जरूरी न रहेगा।

काटस्की का यह सिद्धान्त इतिहास के अनुभव पर नहीं उतरता। काटस्की यह भूल जाता है कि जिस प्रकार एक देश में आर्थिक हितों की रक्षा के लिये श्रेणियाँ राजनैतिक शक्ति का व्यवहार करती हैं, उसी प्रकार अन्तर्राष्ट्रीय क्षेत्र में भी पूँजीवादी राष्ट्र अपने आर्थिक स्वार्थ की रक्षा के लिये अपने राष्ट्रों की राजनैतिक और सैनिक शक्तियों का व्यवहार करते हैं। जब तक पूँजीवादी राष्ट्रों के सामने अन्तर्राष्ट्रीय क्षेत्र में मुनाफा कमाने के प्रश्न पर होड़ है, उनमें समझौता नहीं हो सकता। प्रत्येक राष्ट्र इस लूट में सबसे बड़ा भाग लेने का यत्न करेगा। जब तक बलवान पूँजीवादी देशों का जोर रहेगा, निर्बल पूँजीवादी देश लूट के बाजार में कम भाग लेना स्वीकार कर लेंगे। परन्तु अन्तर्राष्ट्रीय शोषण द्वारा उनकी सैनिक शक्ति बढ़ते ही वह और अधिक बाजारों और उपनिवेशों की माँग करेंगे। अन्तर्राष्ट्रीय घटनायें इस बात की गवाह हैं।

दूसरे महायुद्ध से पूर्व अपनी पूँजी की शक्ति और सैनिक शक्ति बढ़ाकर पहले इटली ने केवल अबीसीनिया की माँग की परन्तु अबीसीनिया हज्म होते ही उसे और उपनिवेशों और प्रदेशों की आवश्यकता अनुभव होने लगी। दूसरा उदाहरण जर्मनी का हमारे सामने है। अपनी सीमा के देशों को अपनी पूँजीवादी लूट का क्षेत्र बनाकर भी जर्मनी की पूँजीपति श्रेणी की साम्राज्य लिप्सा सन्तुष्ट न हुई। जर्मनी ने दूसरे देशों और उपनिवेशों की माँग पर जोर देना आरम्भ किया। जर्मनी ने नये बर्बरतापूर्ण सिद्धान्त का आविष्कार किया कि निर्बल और पिछड़े हुये देशों का जन्म जर्मनी के साम्राज्यवाद का शिकार बनने के लिये ही हुआ है।

यदि काटस्की के अन्तर्राष्ट्रीय पूँजीवादी साम्राज्यवाद के सिद्धान्त के अनुसार पूँजीवादी राष्ट्र परस्पर समझौते द्वारा संसार के निर्बल राष्ट्रों को शोषण के लिये परस्पर बाँट भी लें तो भी वह समझौता संसार में चिर शांति स्थापित नहीं कर सकता। शोषित राष्ट्रों की जनता का अपने जीवन के अधिकारों के लिये प्रयत्न करना आवश्यक और स्वाभाविक है। इस कारण उपनिवेशों तथा पराधीन देशों में अन्तर्राष्ट्रीय अशान्ति का कारण बना ही रहेगा।

व्यक्ति के जीवन से लेकर अन्तर्राष्ट्रीय परिस्थिति तक में संकट का कारण आर्थिक विषमता ही है। पूँजीवादी समाज में पैदावार समाज के हित के लिये नहीं बल्कि श्रेणी विशेष के मुनाफे के लिये होती है। यही विषमता का कारण है। यह विषमता कायम रखने के लिये पूँजीवादी समाज में सरकार की व्यवस्था और अन्तर्राष्ट्रीय क्षेत्र में साम्राज्य की व्यवस्था की जाती है।

पूँजीवादी प्रणाली जैसे राष्ट्रीय क्षेत्र में सीमा रहित लूट चाहती है, वैसे ही अन्तर्राष्ट्रीय क्षेत्र में भी कोई भी साम्राज्यवादी देश उपनिवेशों की निश्चित संख्या में संतुष्ट नहीं हो सकता। पूँजीवादी प्रणाली एक निश्चित सीमा में लूट-पाट कर शीघ्र ही नये क्षेत्र माँगने लगती है। केवल उपनिवेशों को ही नहीं, वह दूसरे पूँजीवादी देशों को भी अपनी लूट से नहीं छोड़ती। इसका स्पष्ट प्रमाण हमारे सामने दूसरे महायुद्ध के बाद अमेरिका का पूँजी का साम्राज्यवाद (**financial imperialism**) है। अमेरिका युद्ध के कारण निर्बल और जरूरतमंद देशों को आर्थिक रूप से बाँधकर न केवल उनका शोषण कर रहा है बल्कि अमेरिका ने आर्थिक रूप से बरबाद देशों को सहायता देने के नाम पर अपने कर्जों की जंजीरों में उन्हें संसार भर पर अपनी पूँजी का एकछत्र राज्य कायम करने का साधन भी बना लिया है। इन देशों की राष्ट्रीय आत्म-निर्भरता या स्वतन्त्रता का अन्त हो गया है, यह देश अमेरिका के आर्थिक और राजनैतिक उपनिवेश मात्र बन गये हैं।

साम्राज्यवाद या पूँजी की साम्राज्यवाद की नीति संसार को युद्ध के भय से मुक्ति नहीं दिला सकती क्योंकि वह साम्राज्य के साधन से शोषण की होड़ को समाप्त नहीं कर सकती। वह केवल युछ समय के लिये ही दूसरे देशों को दबा सकती है। १९१४ का यूरोपीय महायुद्ध लड़ते समय, उस समय के साम्राज्यवाद के नेता ब्रिटेन का दावा था कि वह संसार से युद्ध की सम्भावना समाप्त कर देने के लिये युद्ध लड़ रहा है। परन्तु २५ वर्ष बाद ही साम्राज्यशाही नीति के परिणाम में उससे भी बड़ा संसारव्यापी युद्ध सामने आ गया।

संसारव्यापी महायुद्ध समाप्त हुये अभी पूरे चार वर्ष भी नहीं हुये थे कि अमेरिका, जिसने पिछले दोनों युद्धों की स्थिति से लाभ उठा कर शोषण के अन्तर्राष्ट्रीय क्षेत्र में प्रधानता पा ली थी, तीसरे युद्ध के लिये साधन बटोरने लगा। अमेरिका को अपने शोषण के प्रति चारों ओर से खतरा दिखाई दे रहा है। पूँजीवादी राष्ट्रों के युद्ध के भीतर भी स्पर्धा और ईर्ष्या चल रही है। ब्रिटेन, अमेरिका और फ्रांस आपस में ही एक-दूसरे की शक्ति के विस्तार से और स्वयं शक्ति खो बैठने से आशंकित हैं। दूसरी ओर उन्हें समाजवादी शक्तिओं से भी आशंका है कि वह इनके शोषण के क्षेत्रों को सीमित करती जा रही हैं और रूस तथा दूसरे समाजवादी देशों का उदाहरण स्वयं उनके अपने देशों में पूँजीवादी प्रणाली की जड़ों पर आघात कर रहा है।

अन्तर्राष्ट्रीय शान्ति की स्थापना के लिये पूँजीवादी राष्ट्र एक-दूसरे से बड़ी सेना और मारात्मक शस्त्र तैयार रखना ही एकमात्र उपाय समझते हैं। अमेरिका समझता है कि संसार में शान्ति की रक्षा या अपने लिये शोषण के अधिकार की रक्षा वह अपने एटम बम की शक्ति से ही कर सकता है। दूसरी ओर समाजवादी रूस का प्रस्ताव है कि अन्तर्राष्ट्रीय शान्ति के लिये, अन्तर्राष्ट्रीय समझौते से सभी देशों को सैनिक शक्तियों को इतना घटा दिया जाय कि किसी देश के आक्रमण का भय न रहे। एटम की शक्ति और दूसरी सभी

वैज्ञानिक, औद्योगिक शक्तियों का व्यवहार समाज की आवश्यकताओं की पूर्ति के लिये हो। अन्तर्राष्ट्रीय शान्ति के प्रति पूँजीवादी और समाजवादी शक्तियों के दृष्टिकोण यह स्पष्ट कर देते हैं कि कौन प्रणाली और विचारधारा समाज के लिये विकासोन्मुख और कल्याणकारी है और कौन ह्रासोन्मुख. और संहारकारी है।

मार्क्सवाद समाज में एक नई व्यवस्था लाने के लिये यत्न करना चाहता है जिसमें यह सब विषमतायें और बन्धन न रहें जो व्यक्ति और समाज के विकास को असम्भव बना रहे हैं। मार्क्सवाद के सिद्धान्त इस प्रकार की नयी व्यवस्था कायम करने की शक्ति रखते हैं या नहीं, यह स्पष्ट करने कं लिये उन्हें उनके वास्तविक रूप में रख देने का यत्न किया गया है।

समाज में शान्ति और व्यवस्था कायम करने के लिये समय-समय पर अनेक सिद्धान्तों का जन्म हुआ है। इन सिद्धान्तों का समुच्चय ही समाजशास्त्र का सबसे नवीन अध्याय है।

●